Wolfgang und Heike Hohlbein • Gralszauber

cbt

Foto: © Tom Platzer

DIE AUTOREN

Wolfgang und Heike Hohlbein zählen zu den erfolgreichsten und meistgelesenen Fantasy-Autoren des deutschsprachigen Raums. Sie wurden unter anderem mit dem „Preis der Leseratten" (ZDF) und dem „Phantastik-Preis der Stadt Wetzlar" ausgezeichnet. Nach ihrem Überraschungserfolg „Märchenmond" konnte sich die wachsende Fangemeinde über zahlreiche weitere Bestseller freuen. Sie leben mit ihren Kindern in der Nähe von Düsseldorf.

Wolfgang und Heike Hohlbein

Gralszauber

Die Legende von Camelot 1

cbt

cbt

cbt – C. Bertelsmann Taschenbuch
Der Taschenbuchverlag für Jugendliche
Verlagsgruppe Random House

FSC
Mix
Produktgruppe aus vorbildlich bewirtschafteten Wäldern und anderen kontrollierten Herkünften
Zert.-Nr. SGS-COC-1940
www.fsc.org
© 1996 Forest Stewardship Council

Verlagsgruppe Random House FSC-DEU-0100
Das für dieses Buch verwendete
FSC-zertifizierte Papier *Munken Print*
liefert Arctic Paper Munkedals AB, Schweden

1. Auflage
Erstmals als cbt Taschenbuch August 2008
Gesetzt nach den Regeln der Rechtschreibreform

Umschlagillustration: Maximilian Meinzold unter
Verwendung eines Bildes von Shutterstock
Umschlaggestaltung: HildenDesign, München
SE · Herstellung: ReD
Druck: GGP Media GmbH, Pößneck
ISBN: 978-3-570-30464-8
Printed in Germany

www.cbj-verlag.de

*

Das Ungeheuer war schnell. Trotz seiner enormen Größe bewegte es sich so leichtfüßig wie ein Wiesel und seinen schwarzen, tückisch funkelnden Augen entging nicht die kleinste Bewegung seines Opfers. Seine Zähne blitzten wie gebogene, rasiermesserscharfe Dolche und seine furchtbaren Krallen gruben sich tief in den weichen Waldboden, während es sich zum Sprung spannte.

Dulacs Herz klopfte. Er stand vollkommen reglos da, ohne auch nur mit der Wimper zu zucken, ja selbst ohne zu atmen, und seine rechte Hand umklammerte das Schwert so fest, dass seine Knöchel wie kleine weiße Narben durch die Haut stachen. Jeder einzelne Muskel in seinem Körper war angespannt. Er beobachtete das Ungeheuer auf der anderen Seite der Lichtung mit der gleichen Konzentration, mit der die Bestie ihn musterte.

Er konnte nicht sagen, wie lange sie jetzt schon so dastanden und sich gegenseitig belauerten. Vermutlich erst wenige Momente, aber ihm kamen sie vor wie Stunden. Und so endlos diese an den Nerven zerrende Wartezeit schien, so schnell würde der Kampf vorüber sein. Dulac wusste es. Ein einziger Blick in die Augen des schwarzen Ungeheuers hatte ihm klargemacht, dass er es hier mit keinem gewöhnlichen Raubtier zu tun hatte.

Es war der größte Wolf, den Dulac jemals gesehen hatte – und er hatte eine Menge dieser gefährlichen Räuber erlegt! Das Tier musste fast so viel wiegen wie ein Mensch und seine Kiefer sahen aus, als könnten sie Dulacs Arm ohne besondere Mühe einfach abbeißen, trotz der schweren eisernen Rüstung, in der er steckte. Und er hatte gesehen, wie unglaublich schnell sich dieses Monster zu bewegen imstande war. Dulac machte sich nichts vor: Dass er den ersten Angriff des Wolfes überlebt hatte, war pures Glück gewesen. Außerdem hatte das Tier ihn unterschätzt. Vermutlich hatte es ihn für einen der wehrlosen Bauern gehalten, von denen es in den letzten Monaten gut ein Dutzend gefressen hatte.

Noch einmal würde es diesen Fehler nicht begehen.

Während Dulac und der Wolf sich langsam zu umkreisen begannen, wurde ihm mit schrecklicher Gewissheit klar, dass dieser Wolf alles war, nur eines nicht: ein normaler Wolf. Wenn er zurück auf Camelot und an König Artus' Tafel war, würde er eine interessante Geschichte zu erzählen haben.

Wenn er zurückkam.

Ganz sicher war Dulac nicht. Als Ritter der Tafel war Dulac daran gewöhnt, gegen gefährliche und manchmal sogar überlegene Gegner zu kämpfen – aber dieses Tier war verhext. Vielleicht war es sogar ein Dämon, der nur in die Gestalt eines Wolfes geschlüpft war, um unter den Menschen zu wüten. Wenn das Ungeheuer angriff, dann würde es schnell geschehen und mit aller Kraft. Der Kampf würde mit dem ersten Zusammenprall entschieden sein.

Als hätte er seine Gedanken gelesen, ließ der Wolf ein leises, dunkles Grollen hören und begann sich langsam auf ihn zu zu bewegen. Seine Lefzen zogen sich zurück und entblößten sein Gebiss, bei dessen Anblick Dulac wieder ein Schauer der Furcht über den Rücken lief. Das böse Funkeln in den Augen des Tieres wurde stärker.

»Nun komm schon, du Ungeheuer!«, sagte Dulac. »Ich

habe keine Angst vor dir. Du magst vom Teufel besessen sein, aber ich gehöre zu den Rittern der Tafel. Wir fürchten uns nicht vor Dämonen!«

Das schien den Wolf nicht besonders zu beeindrucken. Er knurrte nur noch tiefer und kam mit kleinen, vorsichtigen Schritten näher; vermutlich, um die richtige Entfernung zu gewinnen, von der aus er ihn mit einem einzigen Sprung erreichen konnte. Dulac drehte das Schwert ein wenig in der Hand und spannte die Muskeln, um zum Zuschlagen bereit zu sein. Der Wolf würde im nächsten Augenblick angreifen. Er würde –

»Dulac!«

Die Stimme schnitt scharf wie ein Peitschenhieb in Dulacs Gedanken, noch weit entfernt, aber schrill und hörbar wütend.

»Dulac, du nichtsnutziger, fauler Tagedieb! Wo treibst du dich wieder herum? Spielst mit dem Hund und stiehlst Gott den Tag?«

Dulac blinzelte. Das dunkle Grün des ihn umgebenden Waldes verschwand und machte der schäbigen Bretterwand einer Scheune Platz, durch deren Ritzen der Wind pfiff und deren Boden mit halb verfaultem Stroh bedeckt war. Aus dem Schwert in seiner Hand wurde ein abgebrochener Ast und auch der Wolf schrumpfte auf einen Bruchteil seiner ursprünglichen Größe zusammen und sah mit einem Male eher aus wie ein struppiger kleiner Terrier, der Dulac gerade einmal bis zum Knie reichte und schwanzwedelnd zu ihm hochsah.

»So! Habe ich es doch gewusst!« Die Scheunentür flog auf und Tander stapfte herein, baute sich vor ihm auf und stemmte kampflustig die Fäuste in die Fettmassen, die dort hingen, wo eigentlich seine Hüften sein sollten. Dulac ließ hastig seinen Stock sinken, drehte sich zu dem glatzköpfigen Schankwirt herum und versuchte den Ast hinter seinem Rücken zu verbergen, aber es war zu spät. Tander hatte ihn längst gesehen und sein Gesicht verfinsterte sich noch weiter.

»Weißt du, wie spät es ist, du Nichtsnutz?«, schimpfte er. »Die Sonne ist längst aufgegangen! Du solltest schon lange in der Burg sein! Soll der König mit seinem Morgenmahl etwa warten, bis es dir genehm ist?«

Es war keine Frage, auf die er eine Antwort haben wollte, sondern vielmehr die Vorbereitung auf eine der Maulschellen, die er ebenso freigiebig und gern verteilte, wie er mit Essen oder gar Lohn geizte. Dulac war jedoch darauf vorbereitet, sodass es ihm nicht besonders schwer fiel, den Kopf einzuziehen und auf diese Weise der Backpfeife zu entgehen, die Tander ihm zugedacht hatte. Da er wusste, wie heimtückisch der Schankwirt war, machte er hastig einen Schritt zurück. Und wäre Wolf nicht in genau diesem Moment hinter ihm gewesen, dann hätte es vermutlich sogar geklappt.

So aber stolperte Dulac rückwärts über den kleinen Hund, ruderte einen Moment hilflos mit den Armen und schlug schließlich der Länge nach hin. Das nasse Stroh nahm dem Sturz zwar die ärgste Wucht, aber er knallte trotzdem hart genug mit dem Hinterkopf auf den Boden, dass er für den Moment nur noch Sterne sah.

»Da hört sich doch alles auf!«, ereiferte sich Tander. »Ich sage dem Burschen, dass er sich zur Arbeit scheren soll, und was tut er? Er albert weiter herum! Warte, Kerl, dir werde ich schon noch Manieren beibringen!«

Dulac wusste ungefähr, was kam, und rollte sich hastig zur Seite. Trotzdem gelang es Tander, ihm zweimal kräftig gegen den Oberschenkel zu treten, bevor Dulac sich aufrappelte und rasch ein paar Meter davonkroch.
»Jetzt scher dich gefälligst auf die Burg, bevor du noch Schande über mich und meine ganze Familie bringst!«, schrie Tander. »Ist das etwa der Dank dafür, dass ich dich aufgenommen und wie mein eigen Fleisch und Blut behandelt habe? Was habe ich nur getan, dass Gott mich so bestraft?«
Die Antwort auf *diese* Frage hätte Dulac ihm geben können – aber sie hätte nicht nur den halben Vormittag in Anspruch genommen, sondern ihm auch eine weitere Tracht Prügel eingebracht. Also rappelte er sich lieber hoch, warf Wolf noch einen zornigen Blick zu und rannte in großem Bogen um Tander herum und aus der Scheune. Der Terrier folgte ihm kläffend und schwanzwedelnd und hinter sich hörte er den Schankwirt weiter schimpfen und lauthals mit dem Schicksal hadern, obwohl längst niemand mehr da war, der ihm zuhörte.
Dulac blinzelte, als er ins Freie kam und das grelle Licht der Morgensonne in seine Augen stach. In einem Punkt hatte Tander vollkommen Recht gehabt: Die Sonne stand schon hoch am Himmel. Er würde zu spät kommen.
Er rannte jetzt nicht mehr, sondern verfiel in einen raschen, aber kräftesparenden Trab. Er hatte noch ein gutes Stück vor sich. Burg Camelot lag am anderen Ende der gleichnamigen Stadt, die zwar nicht allzu viele Bewohner hatte – jedenfalls im Vergleich zu den fremden Städten, von denen Artus und seine Ritter manchmal erzählten –, sich aber über eine große Fläche erstreckte, sodass man in

gemächlichem Tempo eine gute halbe Stunde brauchte, um sie zu durchqueren.
Dulac schaffte es in weniger als fünf Minuten.
Schon von weitem konnte er sehen, dass das große, zweiflügelige Tor weit offen stand und auf dem Hof ein reges Kommen und Gehen herrschte.
Das war ungewöhnlich. König Artus und seine Ritter waren alles andere als Frühaufsteher. Normalerweise waren Dulac, Dagda und zwei oder drei weitere Bedienstete die Einzigen, deren Stimmen und Schritte man morgens in der Burg hörte. Jetzt aber sah er mindestens ein Dutzend Männer und Frauen, die in großer Hast über den Hof eilten, und nachdem er noch etwas näher gekommen war, entdeckte er ein fremdes, prachtvoll aufgezäumtes Pferd.
Besuch.
Und auch das war ungewöhnlich. Fremde kamen oft nach Camelot, aber sie kamen sehr selten unangemeldet, schon gar nicht, wenn es sich um Ritter oder Edelleute handelte. So prachtvoll, wie das Pferd aufgezäumt war, konnte es nur einem König gehören. Dagda würde schäumen vor Wut.
Dulac rannte mit weit ausgreifenden Schritten durch das Tor und flitzte die Treppe hinunter, die zum Küchengewölbe und den angrenzenden Räumen führte. Hier unten war es noch dunkel. Die Nacht hatte etwas von ihrer Kühle zurückgelassen und wie immer, wenn er hier herunterkam, verspürte er auch jetzt wieder ein kurzes Frösteln. Offiziell dienten diese finsteren Kellergewölbe als Vorratslager, Speisekammer, Küche und auch als Dagdas Schlafraum, aber manchmal glaubte Dulac auch noch etwas anderes zu spüren; etwas, das uralt war und in den Schatten und im Stein der Wände lebte.

Dulac legte einen letzten Endspurt ein, rannte gebückt durch den niedrigen Eingang in die Küche und sah seine schlimmsten Befürchtungen bestätigt. Über dem Feuer brodelte bereits Suppe in einem großen Kessel. Dichter Qualm hatte sich unter der Decke gesammelt und reizte zum Husten und Dagda selbst stand neben dem Kessel und hielt einen riesigen Schöpflöffel in der linken Hand, mit dem er hin und wieder in der Suppe rührte. Mit der anderen warf er immer wieder Zutaten in die kochende Suppe. Er war ein alter, ziemlich magerer Mann, dessen Schultern sich unter der Last der Jahre weit nach vorne gebeugt hatten. Sein weißes Haar hing lang bis auf seine Schultern und seinen Rücken herab, war aber schon so dünn geworden, dass seine Kopfhaut hindurch schimmerte. Sein Gesicht schien nur aus Falten und Runzeln zu bestehen und sein Hals war so dünn, dass sich Dulac manchmal fragte, wieso er nicht einfach abbrach. Dulac hatte es nie gewagt, ihn nach seinem Alter zu fragen, aber er schätzte, dass er mindestens hundert sein musste, wenn nicht mehr. Alles an ihm wirkte alt und seine Bewegungen waren manchmal schon ein wenig zittrig. Einzig seine Augen passten nicht zu diesem Eindruck, denn obwohl auch sie in ein Netz aus zahllosen winzigen Falten eingebettet waren, wirkten sie so klar und wach wie die eines jungen Mannes.

Normalerweise jedenfalls.

Heute waren seine Augen trüb und er sah noch viel älter aus als sonst. Sein Gesicht war grau und die fahrige Art, mit der er sich bewegte, ließ ihn regelrecht gebrechlich wirken. Als Dulac hereinkam, sah er nur flüchtig auf und senkte den Blick dann wieder in den brodelnden Suppentopf.

»Bitte verzeiht, Dagda«, stieß Dulac kurzatmig hervor. »Ich weiß, ich bin zu spät, aber es ist –«
»Spar dir deine Entschuldigungen und hilf mir lieber«, fiel ihm Dagda ins Wort. »Rasch, zieh dein bestes Gewand an und dann geh und bring dem König und seinem Besuch Wein.«
Dulac sah einen Moment lang hilflos an sich herab. Er trug sein bestes Gewand – das zugleich auch sein einziges war. Bis vor zwei Jahren hatte das schmucklose Kleidungsstück Tanders ältestem Sohn gehört, bevor dieser herausgewachsen war, und der Schankwirt hatte den zerrissenen Fetzen, großzügig wie er nun einmal war, seinem Pflegesohn Dulac geschenkt.
»Was ist?«, fragte Dagda. »Träumst du? Nimm den Wein, schnell. Artus ist nicht gerade bester Laune. Ich glaube, sein Besucher hat keine guten Neuigkeiten gebracht.«
Dulac tat, wie ihm geheißen, und hütete sich zu widersprechen. Für Dagdas Verhältnisse war dies schon ein ungewöhnlich scharfer Verweis gewesen. Irgendetwas stimmte mit ihm nicht. Dagda war einer der wenigen Menschen auf Camelot, die es wirklich gut mit ihm meinten; vielleicht sogar der einzige wirkliche Freund, den er hatte. Aber auch darum würde er sich später kümmern. Jetzt galt es, möglichst schnell in den Thronsaal hinaufzukommen. Dagda hatte Recht: Artus war nicht gerade gut gelaunt, wenn er so früh geweckt wurde.
Wolf wollte ihm folgen, aber Dulac scheuchte ihn mit einem scharfen Befehl zurück. Artus mochte keine Tiere und Hunde schon gar nicht. Schwankend unter der Last eines hoch beladenen Tabletts verließ er die Küche und machte sich auf den Weg zum Thronsaal.

Gottlob war Burg Camelot nicht besonders groß. Viele Fremde, die das erste Mal hierher kamen, waren überrascht und nicht wenige regelrecht enttäuscht, wenn sie die sagenumwobene Burg König Artus' und seiner Ritter das erste Mal sahen, denn Camelot bestand im Grunde aus nicht viel mehr als dem Wohnhaus des Königs und seiner Gefolgsleute, einem angrenzenden, dreißig Meter hohen Wehrturm und einem Viereck aus wuchtigen Mauern, die beides umschlossen. Und seine Wände bestanden auch nicht aus Gold, wie die Legende behauptete, sondern aus grobem Sandstein, der eher die Farbe von frischem Hühnermist hatte – wenigstens, wenn man Dagdas Worten glauben wollte.

Aber es war eine Burg, und auch wenn seine Bewohner meistens unrasiert waren, fast immer schlecht rochen und dem Wein nur zu oft über die Maßen zusprachen, so waren sie doch trotzdem Ritter und es war Dulacs größter Herzenswunsch, eines Tages ein ebensolcher Ritter zu sein und einen festen Platz an Artus' Tafel zu haben. Irgendwann einmal, das wusste er einfach, würde auch er eine Rüstung tragen und in die Welt hinausziehen, um gegen Heiden und Dämonen zu kämpfen und den Frieden im Lande zu sichern.

Schwer atmend erreichte er das erste Stockwerk, in dem Artus' Thronsaal lag. Seine Schritte wurden langsamer, je mehr er sich dem Thronsaal näherte. Aufgeregte Stimmen drangen an sein Ohr: Artus', Gawains und einiger anderer Ritter der Tafel, aber auch die Stimme eines Fremden, die in einem schwer verständlichen Dialekt sprach und nicht besonders freundlich klang. Dulac verlangsamte seine Schritte noch mehr und fuhr sich mit den gespreiz-

ten Fingern der linken Hand durch das verstrubbelte Haar, ehe er den Thronsaal betrat.
Nur sehr wenige Ritter hielten sich im Moment im Thronsaal auf. Abgesehen von Artus und Gawain, deren Stimmen er schon draußen auf dem Flur gehört hatte, saßen bloß drei weitere Männer an der gewaltigen Tafel, die leicht Platz für sechzig Besucher bot; zwei weitere Ritter der Tafel und ein hoch gewachsener, dunkelhaariger Fremder, der eine prachtvolle Rüstung und einen dunkelroten Umhang trug. Er hatte ein breites, hart wirkendes Gesicht und kalte Augen, mit denen er Dulac kurz musterte, als dieser hereinkam. Dann wandte er sich wieder Artus zu.
»Wie ich Euch bereits sagte, mein Freund«, sagte Artus, während er Dulac mit einer herrischen Geste herbeiwinkte, »es ist leider vollkommen ausgeschlossen. Das Gesetz verbietet es mir.«
Das Gesicht des Fremden verfinsterte sich noch weiter. »Gesetz?«
»Das Gesetz der Tafel, edler Mordred«, sagte Gawain an Artus' Stelle. »Ihr mögt noch nichts davon gehört haben, aber es hat überall in unserem Lande Gültigkeit.«
Mordred wollte widersprechen, doch Dulac hatte mittlerweile den Tisch erreicht und Artus kam ihm zuvor.
»Trinkt einen Schluck Wein, mein Freund«, sagte er. »Camelots Wein ist weithin berühmt und mit einer befeuchteten Zunge redet es sich leichter.«
Mordreds Gesicht verfinsterte sich noch mehr und Dulac senkte rasch den Blick und begann die mitgebrachten Becher mit Wein zu füllen. Artus griff als Erster nach einem davon, seine Hände zitterten leicht. Dulac hatte ihm und den anderen bis lange nach Mitternacht Wein serviert, bis

Dagda ihn endlich nach Hause geschickt hatte. Unter Artus' Augen lagen dunkle, schwere Tränensäcke und seine Haut hatte einen ungesunden, teigigen Glanz. Auch Gawain und die anderen sahen nicht viel besser aus.
»Gesetz! Dass ich nicht lache!«, ereiferte sich Mordred. Er verscheuchte Dulac mit einer unwilligen Handbewegung, als dieser auch ihm einen Becher Wein hinhalten wollte. »Ein Gesetz, das Ihr selbst erlassen habt!«
»Und trotzdem hat es auch für mich Gültigkeit«, belehrte ihn Artus. Er trank einen Schluck Wein. »Es tut mir Leid, edler Mordred, aber Ihr werdet mit Euren Begleitern die Grenzen Camelots nicht überschreiten können.«
»Oh, wir *können* schon, König Artus«, antwortete Mordred in einem Ton, der das Wort *König* zu einer glatten Beleidigung werden ließ.
»Aber ich kann es nicht gestatten«, sagte Artus ruhig. Dulac war nicht ganz sicher, ob er Mordreds beleidigenden Ton ignorierte oder ob er einfach noch nicht wach genug war, um ihn überhaupt zur Kenntnis zu nehmen.
Mit Ausnahme Mordreds hatte er mittlerweile allen Anwesenden eingeschenkt und somit hatte er eigentlich hier nichts mehr zu tun. Aber er verließ den Raum nicht, sondern ging nur ein paar Schritte rückwärts und blieb mit gesenktem Blick und gespitzten Ohren stehen.
»Warum verweigert Ihr uns das Wegerecht, Artus?«, wollte Mordred wissen. »Wir haben keinen Streit mit Euch. Wir verlangen weder Nahrung noch Obdach. Die Grenzen Eures Reiches zu umgehen würde uns drei Wochen kosten! Zeit, die unsere Feinde nutzen würden, um uns einen Hinterhalt zu legen. Wenn Ihr uns den Weg verweigert, dann verurteilt Ihr Hunderte unserer Krieger zum Tode!«

»Es ist Euer Krieg, nicht der unsere, Mordred«, antwortete Gawain an Artus' Stelle. »Ließen wir Euch passieren, so hättet Ihr Cunninghams Heer gegenüber einen Vorteil, der zahlreichen *seiner* Männer das Leben kostete.«

»Ihr –«

»Unser Gesetz verbietet uns, uns in das Schicksal unserer Nachbarn einzumischen, Mordred«, fiel ihm Artus ins Wort. »Es sei denn, sie bitten uns um Hilfe.«

»Euer Gesetz, dass ich nicht lache!«, sagte Mordred feindselig. »Ein Gesetz, dass Ihr selbst erdacht habt! Ihr seid der König dieses Landes! Ihr könnt dieses Gesetz nach Belieben ändern.«

»Eben das kann ich nicht«, sagte Artus und trank einen weiteren Schluck Wein. »Seht Euch um, Freund. Seht Ihr diesen Tisch?«

Mordred wirkte leicht irritiert, ließ seinen Blick aber über den großen Tisch schweifen, der an jeder Seite Platz für fünfzehn Stühle bot. Er hob die Schultern. »Und?«

»Ich nehme an, Ihr habt von König Artus' Tafel gehört«, fuhr Artus fort. »Nun, dies ist sie. Es gibt in diesem Raum keinen Thron, obwohl es ein Thronsaal ist. An diesem Tisch sind alle Stühle gleich. Weil wir alle gleich sind. Wenn ich hier sitze, bin ich nicht König, sondern Gleicher unter Gleichen. Würde ich ein Gesetz brechen, nur weil ich König bin, wie könnte ich dann auch nur vom geringsten meiner Untertanen verlangen, dass er sich daran hält?«

»Worte!«, sagte Mordred verächtlich. »Man hat mich gewarnt, dass Ihr versuchen würdet, mich mit Worten zu verwirren.« Er stand auf. »Aber gut. Ich habe versucht, es im Guten zu regeln. Doch es geht auch anders. Wir wer-

den durch Euer Land ziehen, Artus, ob mit oder ohne Eurer Erlaubnis. Solange Ihr nicht versucht uns aufzuhalten, wird niemandem etwas geschehen. Solltet Ihr es jedoch tun, dann werden die Waffen sprechen.«
»Mordred, ich bitte Euch!«, sagte Gawain besänftigend. »Dies ist ein Ort des Friedens. Seid Ihr wirklich hierher gekommen, um Drohungen auszustoßen? Das kann ich mir nicht vorstellen.«
Dulac konnte es sich durchaus vorstellen, als er den Blick hob und in Mordreds Gesicht sah. Der Krieger hatte sich hoch aufgerichtet und die rechte Hand auf das Schwert in seinem Gürtel gelegt. Seine Augen blitzten herausfordernd.
»Ich drohe nicht. Ich sage nur, was geschehen wird. Unser Heer wird in einer Woche die Grenzen im Norden überschreiten. Wir werden eurer Stadt und der Burg nicht einmal nahe kommen. Doch wenn ihr uns dazu zwingt, dann werden wir uns unseren Weg freikämpfen.«
Damit ging er. Ohne ein Wort des Abschieds drehte er sich auf dem Absatz herum und stampfte aus dem Raum. Dulac war sicher, dass er die Tür hinter sich zugeworfen hätte, wäre sie nicht zu schwer dazu gewesen.
Gawain wartete, bis er verschwunden war, dann seufzte er tief und wandte sich mit besorgtem Gesichtsausdruck zu Artus um. »Das könnte man beinahe als Kriegserklärung auslegen.«
»Du siehst zu schwarz«, antwortete Artus. Er trank von seinem Wein, leerte den Becher mit einem zweiten Zug und hielt ihn dann auffordernd in Dulacs Richtung.
»Mehr Wein, Junge. Und was diesen Mordred angeht – er ist nicht der Erste, der hierher kommt und glaubt, uns mit

seinem Heer oder seinem Reichtum oder nur durch Dreistigkeit beeindrucken zu können. Wer ist er überhaupt?«
Dulac schenkte Artus nach und Parzifal antwortete: »Niemand weiß genau, wer er ist. Aber ich kann Euch sagen, was er ist. Er steht seit einem Jahr im Dienste König Denolds, des Herrschers der Pikten.«
»Und die Pikten liegen im Streit mit Cunningham«, fügte Gawain hinzu, ernst und in eindeutig besorgtem Ton.
»Dieser Streit geht uns nichts an«, sagte Artus. »Wir werden uns nicht einmischen.«
»Ich fürchte, so einfach ist das nicht«, seufzte Parzifal. »Wenn es stimmt, was ich gehört habe, dann ist Mordred mit einem Heer von fünfhundert Mann auf dem Marsch gegen Cunningham. Und ihr Weg führt keinen Tagesritt an Camelot vorbei.« Er lachte leise, aber es klang nicht besonders amüsiert. »Ich fürchte, wir mischen uns allein durch den Umstand ein, dass es uns gibt.«
»Ganz davon abgesehen, dass Cunningham unser Freund ist«, fügte Gawain hinzu. »Wenn er uns um Hilfe bittet, müssen wir ihm beistehen.« Er seufzte tief. »Es wird Krieg geben.«
»Krieg?« Artus lachte abfällig, stand auf und schlug mit dem Knie so wuchtig gegen die Tischkante, dass er vor Schmerz den Becher fallen ließ und um ein Haar gestürzt wäre. Dulac sprang hastig vor und versuchte den Becher aufzufangen, griff aber daneben und das dünne Tongefäß prallte zu Boden und zerbrach in tausend Stücke.
»Krieg«, wiederholte Artus gepresst. »Nun, so weit sind wir noch nicht.« Er stützte die linke Hand auf den Tisch, humpelte mit schmerzverzerrtem Gesicht einige Schritte weit davon und schüttelte den Kopf. »So weit sind wir

noch lange nicht. Junge – wisch diese Schweinerei weg. Und dann geh und sage Dagda, dass ich mit ihm reden muss.«

»Krieg?« Dagda schöpfte eine Kelle des heißen Gebräus aus dem Kessel, kostete und verzog eindeutig angewidert das Gesicht. »Krieg«, sagte er noch einmal. »Dieser Dummkopf hat seit zehn Jahren keinen Krieg mehr geführt. Und die, die er davor geführt hat ...«

»Ich glaube nicht, dass Artus es will«, sagte Dulac hastig. »Aber Parzifal und Gawain klangen sehr besorgt.«

Dagda blickte stirnrunzelnd in den Suppentopf, warf eine Hand voll Salz hinein und rührte kräftig um.

»Gawain und Parzifal sind heißblütige junge Narren, die gar nicht wissen, was das Wort Krieg wirklich bedeutet«, sagte er. »Mach dir keine Sorgen. Ich werde mit Artus reden. Es wird keinen Krieg geben.«

»Das hoffe ich«, antwortete Dulac. Er hockte mit angezogenen Knien auf dem Sims des einzigen schmalen Fensters. Es lag hoch unter der Decke des Raumes, aber da die Küche sich im Keller der Burg befand, war alles, was er sehen konnte, das grobe Pflaster des Hofes und dann und wann ein schmutziger Schuh, der vorüber ging. Dulac saß fast immer hier, wenn er in der Küche war und Dagda kochte. Der Grund brodelte in dem gewaltigen Kessel, der vor ihm über dem Feuer hing und die Küche zur Gänze mit Dampf erfüllte. Der Platz am Fenster war der einzige im Raum, an dem man einigermaßen frei atmen konnte.

Und von dem aus man einen ausgezeichneten Überblick nicht nur über den Kellerraum, sondern auch über die Treppe hatte, sodass Dulac jeden, der hereinkam, schon lange vor Dagda sehen würde. Und auch rechtzeitig genug, um rasch wieder zu Boden zu springen und so zu tun, als wäre er beschäftigt, sollte ein unangemeldeter Besucher hereinschneien. Wenn Artus irgendetwas noch mehr hasste als frühes Aufstehen, so war es Müßiggang – bei seinem Gesinde.

Im Moment jedoch bestand diese Gefahr wohl kaum. Artus kam ohnehin selten hierher und *heute* würde er bestimmt nicht kommen, sondern sich zusammen mit seinen Rittern den Kopf darüber zerbrechen, was die Zukunft bringen mochte. Und dabei wie üblich in reichlichem Maße dem Wein zusprechen ...

Bei diesem Gedanken blieb Dulacs Blick – nicht zum ersten Mal – an dem Regalbrett hängen, das Dagda an der Wand neben der Tür angebracht hatte. Es enthielt eine stattliche Anzahl unterschiedlicher Trinkgefäße, vom einfachen Zinnbecher bis hin zu einem prachtvollen Pokal aus purem Gold, der mit zahlreichen Edelsteinen besetzt war. Dagda hatte ihm irgendwann einmal erzählt, dass Artus jedes dieser Gefäße von irgendeiner seiner zahllosen Reisen mitgebracht hatte, und so hatte auch jeder dieser Becher und Pokale seine eigene Geschichte. Manche davon kannte Dulac, andere nicht, manche waren spannend, andere weniger und die meisten wahrscheinlich sowieso erfunden.

Vor allem die Geschichte eines schwarzen, eher unscheinbaren Pokales interessierte Dulac sehr. Er war nicht besonders groß und schon fast schäbig anzusehen und außerdem war sein Rand an mehreren Stellen eingedellt, als hätte jemand versucht, ihn als Hammer zu benutzen – oder als Waffe? Mit diesem Becher musste es etwas ganz

Besonderes auf sich haben, wenn Artus ihn mitgebracht und Dagda ihn auf dasselbe Brett mit all den anderen kostbaren Gefäßen gestellt hatte – aber Dagda hatte sich bisher sonderbarerweise immer geweigert, seine Geschichte zu erzählen.

Er verscheuchte den Gedanken – das war im Moment nun wirklich nicht wichtig! Und fragte noch einmal: »Krieg?«

»Keine Angst«, beharrte Dagda, während er irgendetwas großzügig in den Suppentopf warf. »Krieg! Lächerlich!«

Wolf winselte leise. Er saß unter Dulac an der Wand, hatte beide Pfoten über die empfindliche Nase gelegt und sah neidisch zu der Quelle frischer Luft empor, die er nicht erreichen konnte.

»Das hoffe ich«, sagte Dulac. »Dieser Mordred klang jedenfalls ganz so, als ob er es ernst meinte.«

Dagda hörte auf in seinem Suppenkessel zu rühren. »Was hast du gesagt?«, keuchte er.

»Ich glaube nicht, dass es eine leere Drohung war«, wiederholte Dulac, aber Dagda unterbrach ihn mit einem hastigen Kopfschütteln, ließ die Kelle in den Suppenkessel fallen und kam mit überraschend schnellen Schritten um das Gefäß herum. »Sein Name! Wie hast du ihn genannt?«

»Mordred«, antwortete Dulac.

»Mordred!« Dagdas Gesicht verlor auch noch den letzten Rest von Farbe. »Bist du sicher?«

»Sicher bin ich sicher«, antwortete Dulac in leicht ungehaltenem Ton. »Das war der Name, mit dem er angesprochen wurde. Warum?«

»Wie sah er aus?«, wollte Dagda wissen, ohne seine Frage zu beantworten. Er wedelte unwillig mit der Hand. »Hör endlich mit dem Unsinn auf und komm da runter. Und beantworte meine Frage: Wie hat er ausgesehen?«

In seiner Stimme war ein Ton, der Dulac aufhorchen ließ. Dagda war in letzter Zeit oft mürrisch und übellaunig, aber er konnte sich eigentlich nicht erinnern, ihn jemals so erschrocken erlebt zu haben. Rasch schwang er die Beine vom Fenstersims und sprang zum Boden hinab. Wolf jaulte erschrocken auf und verschwand wie der Blitz.

»Sprich!«, fuhr ihn Dagda an.

»Er war sehr groß«, antwortete Dulac. »Breitschultrig. Ich glaube, dass er sehr stark ist.«

»Sein Gesicht«, unterbrach ihn Dagda. »Wie hat sein Gesicht ausgesehen? Seine Augen!«

»Seine Augen?« Dulac verstand nicht ganz, was Dagda meinte.

»Wie sahen seine Augen aus?« Dagda schrie ihn fast an. »Denke genau nach! Hatte er Artus' Augen? Sprich!«

Artus' Augen? Im ersten Moment wollte Dulac einfach nur mit einem Lachen auf diese Frage antworten. Wie konnte jemand Artus' Augen haben? Aber dann versuchte er konzentriert Mordreds Gesicht vor seinem inneren Auge auferstehen zu lassen, und je länger er darüber nachdachte ... Ja, ganz zweifellos, da ... war etwas gewesen. Nicht einmal das Aussehen. Aber da war irgendetwas in Mordreds Blick gewesen. Etwas, das ihn tatsächlich an König Artus erinnerte, auch wenn er es vorhin gar nicht richtig begriffen hatte. Er antwortete nicht, aber sein Schweigen schien Dagda als Antwort durchaus zu genügen.

»Also war er es wirklich«, murmelte Dagda. Er klang ... erschüttert. »Gott möge uns beistehen. Er ist zurück.«

»*Wer* ist zurück?«, fragte Dulac verwirrt. »Mordred? Ihr kennt diesen Mann?«
»Kennen?« Dagda lachte bitter. »O ja und ob ich ihn kenne. Artus kennt ihn auch, auch wenn er es im Moment noch gar nicht weiß. Ich habe gewusst, dass er eines Tages kommen wird ... aber warum ausgerechnet jetzt?«
Er schüttelte ein paar Mal den Kopf und drehte sich dann herum, um zu seinem Kessel zurückzugehen. Er wirkte plötzlich sehr müde.
»Ihr ... kennt ihn«, sagte Dulac zögernd. »Ihr habt gewusst, dass er kommen wird?«
»Ja«, murmelte Dagda.
»Wer ist dieser Mann?«, fragte Dulac. Sein Herz klopfte. »Warum erschreckt er Euch so sehr?«
»Weil er große Gefahr bedeutet«, antwortete Dagda, ohne sich zu ihm herum zu drehen. »Er wird großes Unheil über Camelot bringen. Und für Artus vielleicht den Tod.«
»Den Tod?« Dulac erschrak zutiefst. »Das ... das meint Ihr nicht ernst!«
»Ich habe nie etwas ernster gemeint«, antwortete Dagda. »Es steht geschrieben, dass es so und nicht anders kommen wird.« Er sah Dulac voller Trauer und Schmerz an. »Es wird Mordred sein, von dessen Hand König Artus den Tod empfängt.« Er schüttelte müde den Kopf. »Und ich werde nicht da sein um ihm beizustehen.«
»Wieso?«, fragte Dulac.
»Weil ich sterbe, du Dummkopf«, antwortete Dagda.
»Ihr sterbt?« Dulac riss entsetzt die Augen auf, aber Dagda machte eine besänftigende Geste mit der rechten Hand. Mit der anderen griff er nach der Kelle und rührte wieder heftig im Suppentopf um.

»Nicht jetzt«, sagte er. »Nicht diese Woche und vielleicht nicht einmal dieses Jahr. Aber sieh mich an! Ich bin ein alter Mann. Meine Kräfte schwinden. Ich werde krank und schwach. Ich vergesse immer mehr und manchmal habe ich Mühe, mich an das Rezept meiner Suppe zu erinnern, obwohl ich sie seit zwanzig Jahren jeden Tag koche! Bald werde ich nicht mehr da sein, um Artus in seinem Kampf beizustehen. Dabei würde er mich gerade jetzt am dringendsten brauchen.«

»Dann müsst Ihr ihn warnen«, sagte Dulac. Er spürte eine Art Erleichterung. Dagdas Worte hatten ihn bis ins Innerste erschreckt, aber im Grund sagten sie ihm nichts Neues. Dagda war alt, wirklich uralt. Er war der älteste Mensch, den Dulac jemals getroffen hatte, und natürlich würde er irgendwann einmal sterben. Niemand lebte ewig.

»Warnen?«, fragte Dagda leise. »Aber wovor denn?«

»Vor Mordred«, antwortete Dulac verständnislos. »Davor, dass er ihn töten wird!«

»Vor Mordred ...« Dagda lächelte bitter. »Aber wie könnte ich das, mein junger Freund? Sag mir: Wie soll ich meinem König sagen, dass sein eigener Sohn zurückgekommen ist um ihn zu vernichten?«

Dagda hatte ihm für den Rest des Tages frei gegeben, aber Dulac war von allem, was er an diesem Tag erlebt und vor allem erfahren hatte, noch so durcheinander, dass er sich nicht wirklich darüber freuen konnte. Während er in gemächlichem Tempo zum Gasthaus zurückging, wurde ihm schmerzhaft bewusst, dass er eigentlich kaum etwas wusste – von Camelot, König Artus und den Tafelrittern, von der Geschichte der Burg und Dagda, ja, sogar von sich selbst. Er wusste nicht einmal, wie alt er war. Ebenso wenig, wie er wusste, wo er herkam, wer seine wirklichen Eltern waren und wie sein richtiger Name lautete. Solange er sich erinnern konnte, lebte er bei Tander, dem Besitzer des einzigen Gasthauses in Camelot.

Dagda hatte ihm erzählt, dass König Artus selbst und einige seiner Ritter vor gut zehn Jahren an einem kleinen See vorbeigekommen waren, an dessen Ufer sie eigentlich nur eine kurze Rast einlegen und die Pferde tränken wollten. Dann aber hatten sie das Weinen eines Kindes gehört, und als sie sich auf die Suche gemacht hatten, da hatten sie ein zerbrochenes Boot sehr sonderbarer Bauart gefunden und in dessen Trümmern einen vielleicht drei- oder vierjährigen Knaben, der verwundet und halb verhungert und der Sprache nicht mächtig war, sondern nur unverständliches Zeug brabbelte. Die Suche nach den Eltern des Jungen verlief ebenso ergebnislos wie die nach den Insassen des Bootes oder auch nur einer Spur seiner Herkunft, sodass Artus den Jungen schließlich mit zurück nach Camelot nahm. Dagda, der sich des elternlosen Knaben für eine Weile angenommen hatte, hatte ihn auf den Namen Dulac getauft und behauptet, es hätte irgendetwas mit dem Ort zu tun, an dem er gefunden worden war, sich aber niemals die Mühe gemacht, diese Behauptung zu erklären, und sein Alter willkürlich auf vier Jahre festgesetzt. Was dazu führte, dass Dulac auf eine entsprechende Frage antwortete, er sei vierzehn – aber es konnten ebenso gut auch schon fünfzehn oder erst dreizehn sein. Was machte das schon? Auch viele von Artus' Rittern wussten nicht genau, wie alt sie waren, und nur die wenigsten waren in der Lage, ihren Namen zu schreiben – ganz im Gegensatz zu

Dulac, dem Dagda schon vor Jahren Lesen und Schreiben beigebracht hatte.
Die ersten vier Jahre hatte Dulac bei Tanders Familie gelebt und gearbeitet, bei der Artus ihn untergebracht hatte, und in den ersten drei dieser vier Jahre war es ein wirklich gutes Leben gewesen. Wie alle Mitglieder der großen Familie hatte auch er mit zupacken und einen seinem Alter entsprechenden Teil der Arbeit übernehmen müssen, von der es in einem Gasthaus immer genug gab. Dann aber war Tanders Frau gestorben und seither war der Schankwirt immer mürrischer und geiziger geworden. Dulac hatte sein winziges Zimmer unter dem Dach räumen und in die Scheune ziehen müssen, in der es im Winter zu kalt und im Sommer zu heiß war, und den schmalen Lohn, den ihm Dagda für seine Arbeit als Küchenjunge zahlte, musste er zur Gänze abliefern. Wenn er von der Arbeit nach Hause kam und noch Gäste in der Schänke waren, dann hatte er aufzubleiben und hinter der Theke zu helfen und selbst sonntags, wenn alle zur Kirche gingen, musste er oft als Einziger dableiben und die Gaststube scheuern. Trotzdem jammerte Tander unentwegt darüber, dass er ihn durchfüttern musste und dass es eines Tages sein Ruin sein würde, dieses nichtsnutzige Findelkind unter seinem Dach aufgenommen zu haben. Dulac war sicher, dass er ihn längst hinausgeworfen oder in aller Heimlichkeit als Sklave verkauft hätte, müsste er nicht befürchten, sich damit Artus' Zorn zuzuziehen.
Trotzdem wollte sich Dulac nicht beklagen. Es war ein hartes Leben, aber es war noch immer besser als das Schicksal vieler anderer, die er kannte, selbst hier in der Stadt, und es würde nicht von Dauer sein. Eines Tages –

und irgendetwas sagte ihm, dass dieser Tag gar nicht mehr so fern war, würde er dieses erbärmliche Leben wie ein altes Kleid einfach abstreifen und seine wahre Bestimmung erkennen.

Vielleicht würde er sogar erfahren, wer seine Eltern gewesen waren – obwohl er nicht einmal sicher war, ob er sie wirklich kennen lernen wollte. Sowenig wie an das Leben vor dem Tag, an dem Artus und die Ritter ihn gefunden hatten, hatte er irgendeine Erinnerung an seine Eltern. Er mutmaßte allerdings, dass sie keine besonders guten Eltern gewesen waren, ihr Kind einfach so der Gnade des Schicksals auszusetzen oder der irgendeines Fremden, der zufällig des Weges kam. Und sie mussten auch ziemlich grausam gewesen sein, denn das Einzige, was sie ihm außer dem zerschlissenen Kleid, in dem er gefunden worden war, mit auf den Weg gegeben hatten, waren zwei schmale, aber tiefe Narben an seinen Ohren, als hätte man ein Stück davon abgeschnitten oder mit einem glühenden Eisen weggebrannt. Welche Mutter und welcher Vater würde seinem Kind so etwas antun?

Dulac war so tief in Gedanken versunken, dass ihm zu spät aufging, dass er drauf und dran war, einen schweren Fehler zu begehen. Dieser Fehler bestand darin, dass er auf dem kürzesten Weg nach Hause ging, statt sich in eine andere Richtung zu wenden und den freien Nachmittag im nahen Wald oder bei einem seiner wenigen Freunde zu verbringen, und es war zu spät, um ihn rückgängig zu machen, denn in genau diesem Moment öffnete sich die Tür des Gasthauses und Tander trat heraus.

Dulac blieb mitten im Schritt stehen und Tander blinzelte, sichtlich überrascht, ihn zu dieser ungewohnt frühen

Stunde zu sehen. Aber er überwand seine Überraschung schnell. Noch bevor sich Dulac eine passende Ausrede zurechtlegen konnte, um auf der Stelle wieder zu verschwinden, erschien der gewohnte miesepetrige Ausdruck auf seinem Gesicht und er winkte heftig mit der Hand.

»Es wurde auch Zeit, dass du kommst«, knurrte er. »Was stehst du schon wieder herum und hältst Maulaffen feil? Glaubst du, die Arbeit erledigt sich von selbst?« Er legte den Kopf schräg und seine Augen wurden schmal. »Was tust du hier? Man hat dich doch nicht etwa entlassen, weil du zu faul warst?«

»Dagda hat mir den Nachmittag freigegeben«, antwortete Dulac, wobei er das *mir* übermäßig betonte. Aber das ignorierte Tander natürlich.

»Wahrscheinlich hat er den Anblick deiner Faulheit nicht mehr ertragen«, knurrte er. »Komm mir nicht eines Tages und erzähle, dass du deine Arbeit verloren hast. Ich kann keinen gebrauchen, der nicht seinen Teil beisteuert. Wenn du deine Anstellung verlierst, werfe ich dich raus, ob nun der König selbst seine schützende Hand über dich hält oder nicht. Und jetzt mach, dass du in die Küche kommst. Wir haben Gäste, die für Unterkunft und Kost bezahlen – im Gegensatz zu gewissen anderen.«

Dulac antwortete vorsichtshalber gar nicht. Was hätte er auch sagen sollen? Ganz egal was, Tander hätte es nur zum Anlass für eine neuerliche Schimpfkanonade genommen.

Er wollte gerade weitergehen, als er eine Bewegung im Haus hinter Tander bemerkte. Eine schlanke, dunkelhaarige junge Frau war hinter dem Schankwirt erschienen. Sie stand zu tief im Schatten des Hausflures, als dass Dulac sie genau erkennen konnte, aber er hatte einen deutlichen Ein-

druck von dunklen, sehr aufmerksamen Augen, die ihn mit unverblümter Neugier musterten, und großer Schönheit.
Tander wandte den Kopf und schien leicht zu erschrecken, als er sah, wer hinter ihm aufgetaucht war. Hastig fuhr er wieder zu Dulac herum und schrie ihn nun wirklich an: »Scher dich weg! Was stehst du noch hier herum?« Deutlich leiser und zu der Gestalt hinter sich gewandt fuhr er fort: »Bitte verzeiht die Unverschämtheit des Burschen. Ich werde ihn züchtigen.«
»Nein!«, sagte die junge Frau. Sie klang ein wenig erschrocken. Mit einem raschen Schritt trat sie vollends aus dem Haus und ins helle Sonnenlicht.
Ihr Anblick verschlug Dulac den Atem.
Das Erste, was er begriff, war, dass er sich kräftig verschätzt hatte, was ihr Alter anging. Sie war keine junge Frau, sondern ein Mädchen, das bestenfalls so alt sein konnte wie er, vermutlich aber jünger. Trotzdem hatte er niemals ein schöneres Gesicht erblickt. Sie hatte schwarzes, lockiges Haar, das ungebändigt bis weit über ihre Schultern fiel, und Augen in der gleichen Farbe, die direkt bis auf den Grund seiner Seele zu blicken schienen.
»Ich möchte nicht, dass er bestraft wird«, sagte sie.
»Aber er hat Euch angestarrt, Herrin!«, sagte Tander.
»Ich würde eher sagen bewundert«, antwortete das Mädchen. »Welche Frau wüsste es nicht zu schätzen, von einem feschen jungen Burschen bewundert zu werden – auch wenn die meisten es nicht zugeben würden. Wie ist dein Name?«
»Du ... lac«, stotterte Dulac, der schier fassungslos war, dass diese elfengleiche Erscheinung tatsächlich das Wort an ihn richtete.

»Dulac? Ein ungewöhnlicher Name – aber er gefällt mir. Irgendwie passt er zu dir, finde ich. Habe ich richtig gehört? Du arbeitest auf Burg Camelot?«

Dulac nickte. Er brachte keinen Ton heraus.

»Das war ein wenig übertrieben, edle Gwinneth«, beeilte sich Tander zu versichern. »Er ist nur Küchenjunge. Außer der Speisekammer und der Jauchegrube hat er noch nicht viel von Camelot gesehen.« Während er sprach, schien er immer weiter in sich zusammenzuschrumpfen – was ihn aber nicht daran hinderte, Dulac einen Blick zuzuwerfen, der mehr als klar machte, dass die Sache damit noch nicht ausgestanden war. »Glaubt ihm nicht alles. Er ist ein Kind und Kinder schneiden gerne auf.«

»Ich denke, er ist so alt wie ich, mindestens«, antwortete Gwinneth spöttisch. Tander schrumpfte noch ein Stück weiter in sich zusammen. »Und mit dem, was er von Camelot gesehen hat, kennt er mehr von König Artus' Burg als ich.« Sie wandte sich direkt an Dulac. »Hast du den König schon einmal gesehen?«

»Ich serviere ihm täglich sein Essen«, antwortete Dulac impulsiv. Aus Tanders Augen sprach die pure Mordlust, aber Gwinneth wirkte regelrecht begeistert.

»Davon musst du mir erzählen!«, sagte sie aufgeregt. »Ich habe mir so lange gewünscht, den berühmten König Artus und seine Tafelritter einmal zu sehen, und du bist jeden Tag in seiner Nähe!«

»Bitte verzeiht, edle Gwinneth«, sagte Tander, »aber der Junge wird in der Küche gebraucht. Und er ist kein Umgang für Euch. Ein Nichtsnutz und Herumtreiber, den ich aus purem Mitleid unter meinem Dach wohnen lasse.«

Für einen Moment blitzte es ärgerlich in Gwinneths Augen auf. Sie war niemand, der es gewohnt war, Widerspruch zu hören. Und Dulac war fast sicher, dass sie Tander mit ein paar scharfen Worten in seine Schranken verweisen würde. Aber dann sah sie wieder Dulac an und der freundliche Ausdruck kehrte in ihre Augen zurück.

»Da habt Ihr wohl Recht – was die Arbeit angeht«, sagte sie. »Ich möchte ja nicht, dass er Ärger bekommt. Aber ich würde mich freuen, wenn er meinem Gemahl und mir das Nachtmahl servieren könnte. Wäre das zu machen, Wirt?«

Gemahl?, dachte Dulac ungläubig. Hatte sie *Gemahl* gesagt?

»Selbstverständlich, Herrin«, katzbuckelte Tander. »Er steht zu Eurer Verfügung, solange Ihr es wünscht.«

»Das ist gut«, antwortete Gwinneth. »Dann bis später, Dulac. O ja –« Sie deutete auf Wolf. »Und bring deinen Hund mit. Er ist ja allerliebst.«

Sie raffte ihren Rock zusammen, drehte sich herum und verschwand im Haus. Tander wartete, bis sie sicher außer Hörweite war, dann drehte er sich mit einem Ruck zu Dulac herum und starrte ihn fast hasserfüllt an.

»Was fällt dir ein, ihr schöne Augen zu machen?«, zischte er leise, um drinnen im Haus nicht gehört zu werden. »Willst du uns alle ins Unglück stürzen?«

»Aber ich habe ihr doch gar keine –«

»Weißt du überhaupt, wer das ist?«, fiel ihm Tander ins Wort.

»Gwinneth?«

»Lady Gwinneth!«, verbesserte ihn Tander. »Sie ist die Gemahlin König Uthers, du Unglücksrabe! Schon die Tatsache, dass du sie ansiehst, könnte uns alle den Kopf kosten! Ist es etwa das, was du willst? Ist das dein Dank dafür,

dass ich dich selbstlos bei mir aufgenommen und dir Obdach und Speis und Trank gewährt habe?«
Dulac hatte noch niemals von König Uther gehört, aber das besagte nichts. »Seine Gemahlin?«, murmelte er ungläubig. »Aber sie ... sie kann allerhöchstens so alt sein wie ich!«
»Es gibt Könige, die jünger sind als du«, beschied ihm Tander. Er begann so verzweifelt mit den Händen zu ringen, als hätte er den Scharfrichter bereits gesehen. »Nun weißt du, wer sie ist. Verhalte dich entsprechend. Wenn du ihr in Uthers Gegenwart auch nur in die Augen siehst, dann sind wir alle des Todes. Nicht einmal dein Freund Dagda könnte uns dann noch retten. Und jetzt scher dich in die Küche. Wasch dich, bevor du die Speisen aufträgst. Und sag Wander, dass er dir sein bestes Gewand geben soll, damit du uns vor unseren hohen Gästen nicht gänzlich blamierst!«

Der Tag hatte kein Ende genommen. Dulac war in die Küche gegangen, wie Tander ihm aufgetragen hatte, und hatte Holz geschlagen, Vorräte aus dem Keller geholt, Wasser herbeigeschleppt und fast eine Stunde damit verbracht, Tanders bestes Silbergeschirr aus den Regalen zu holen und mit Wasser und feinem Sand so lange zu polieren, bis es wie frisch aus der Schmiede kommend blitzte und er sich darin spiegeln konnte, und anschließend half er noch bei der Zubereitung der Speisen und der Auswahl des Weines, den Tander seinen hohen Gästen kredenzen wollte.
Trotzdem schien der Tag kein Ende zu nehmen. Als Tander endlich in die Küche kam und ihn anfuhr, dass er sich

jetzt waschen und ein sauberes Gewand anziehen sollte, hatte er das Gefühl, dass mindestens eine Woche vergangen war.

Wander, Tanders ältester Sohn, war wenig begeistert von der Idee, Dulac sein bestes Gewand leihen zu sollen, aber Tander brachte seinen zaghaften Protest auf seine normale Art zum Verstummen: indem er ihm eine schallende Ohrfeige verpasste, die Wander mit Tränen der Wut in den Augen aus dem Haus stürzen ließ. Dulac empfand bei dem Anblick für einen Moment unverhohlene Schadenfreude, die aber sofort von Sorge abgelöst wurde. Wander würde sich für die Schmach rächen, das war ihm klar. Er mochte Dulac sowieso nicht und ließ keine Gelegenheit verstreichen, ihn zu demütigen und zu quälen. Sobald Gwinneth und Uther abgereist waren, würde es wahrscheinlich noch schlimmer werden.

Nichts von alledem vermochte jedoch wirklich seine Vorfreude zu trüben, Lady Gwinneth wieder zu sehen. Er wusch sich gründlich, schlüpfte in das Gewand, das ihm Wander gegeben hatte, und ging wieder hinunter in die Küche.

Es war dunkel geworden. Aus dem angrenzenden Schankraum drangen Musik und gedämpfte Stimmen und manchmal auch ein glockenhelles Lachen, bei dessen Klang Dulacs Herz einen freudigen Sprung tat. Es war Gwinneths Stimme. Obwohl er sie nur einmal gehört hatte, hätte er sie unter tausend anderen wieder erkannt.

»Bring unseren Gästen Wein!«, fuhr ihn Tander an. Er war sehr nervös. Als er auf das schon vorbereitete Tablett wies, hätte er den silbernen Weinkrug darauf fast umgestoßen. »Lady Gwinneth hat bereits nach dir gefragt. Und

untersteh dich, ihr in die Augen zu sehen. Ich lasse dich auspeitschen, wenn du es tust!«
Dulac nickte, nahm das Tablett in beide Hände und trat in den Schankraum.
Das große, normalerweise eher schäbig eingerichtete Zimmer hatte sich vollkommen verändert. Vor die ohnehin schmalen Fenster waren Läden gelegt worden, wenn auch wohl weniger, um die hohen Gäste nicht mit dem Anblick der ärmlichen Stadt draußen zu belästigen, als vielmehr, um sie vor allzu neugierigen Blicken von draußen zu schützen. Von Tander wusste er, dass das Gasthaus an diesem Abend für alle anderen Besucher gesperrt war; trotzdem hielten sich außer Gwinneth und ihrem Gemahl noch etliche weitere Personen hier drinnen auf. Zwei Diener in reich bestickten Umhängen standen beiderseits des Tisches und wachten mit Argusaugen darüber, dass kein Wunsch ihrer Herrschaft unerfüllt blieb, und zwei Soldaten hatten sich etwas im Hintergrund postiert.
»Was stehst du herum und gaffst?«, zischte Tanders Stimme an seinem Ohr. »Beweg dich endlich, Kerl!«
Dulac wurde sich der Tatsache bewusst, dass er bereits einige Augenblicke reglos unter der Tür stand. Er fuhr zusammen, setzte sich hastig in Bewegung und balancierte sein Tablett zum Tisch. Tander hatte drei der einfachen Holztische zusammengeschoben, um etwas zu improvisieren, was seiner Vorstellung einer Tafel entsprechen mochte. Es blieb ein schäbiger Tisch, allerdings ein sehr langer. Uther saß an einem Kopfende, Gwinneth an einem anderen. Dulac wagte es nicht, Gwinneth direkt anzusehen, aber er hatte auch eine gewisse Scheu davor, König Uther direkt ins Gesicht zu blicken. Während er sich mit gesenktem Blick dem Tisch

näherte, sah er immerhin, dass König Uther viel älter war, als er erwartet hatte. Nach seinem kurzen Gespräch mit Tander wäre er nicht überrascht gewesen, einen Mann zu erblicken, der Gwinneths Vater sein konnte. Uther war jedoch alt genug, um gut und gerne ihr Großvater zu sein.

Eine der beiden Wachen, die neben dem König standen, vertrat ihm den Weg, aber Uther rief den Mann mit einer raschen Bewegung zurück.

»Nicht doch«, sagte er. »Es ist nur ein Junge. Und er wird mich wohl kaum vergiften wollen.« Er lachte leise, machte eine auffordernde Geste mit der Hand und griff nach dem Weinkrug auf Dulacs Tablett. Bevor einer seiner Bediensteten oder Dulac ihn daran hindern konnten, goss er sich selbst einen Becher Wein ein, kostete, schüttelte sich übertrieben und sagte: »Oder vielleicht doch? Wirt!«

Tander erschien unter der Tür. »Herr?«, fragte er nervös.

»Ist das der beste Wein, den dein Keller zu bieten hat?«, fragte Uther.

Genau genommen war es sein einziger Wein, aber Tander antwortete trotzdem: »Der allerbeste, Herr. Ich habe nur wenige Krüge davon, die ich für ganz besondere Gäste reserviert habe. Selbst König Artus lobt stets meinen Wein, wenn er hierher kommt.«

»Ja, ich habe gehört, dass Artus einem guten Tropfen nicht abgeneigt ist«, antwortete Uther zweideutig. Er nippte noch einmal an seinem Becher, schüttelte sich abermals und stellte ihn mit einem Ruck auf den Tisch zurück.

»Nun gut, wenn es nichts Besseres gibt ... Bringt jetzt das Essen.«

Dulac wollte sich herumdrehen, aber Uther hielt ihn zurück. »Nicht du.«

»Herr?«, antwortete Dulac verwirrt. Hatte er etwas falsch gemacht?
»Bist du der Junge, von dem Gwinneth erzählt hat?«, fragte Uther. »Der tagsüber auf Burg Camelot dient?«
Dulac nickte. Er brachte keinen Ton hervor.
»Dann wirst du mit uns speisen«, bestimmte Uther. »Gwinneth ist begierig darauf, Geschichten von König Artus und den Rittern der Tafel zu hören – und ich auch, nebenbei bemerkt. Das geht doch in Ordnung, oder?«
Der letzte Satz galt Tander, der sich fast überschlug, mit einem hastigen Nicken darauf zu antworten. »Selbstverständlich, Herr. Ganz wie Ihr wünscht.« Damit fuhr er auf dem Absatz herum und knallte die Tür hinter sich zu. Dulac hörte ihn draußen in der Küche Befehle brüllen.
Uther lachte leise. »Das wird ihn eine Zeit lang beschäftigt halten«, sagte er. »Schau mich an, Junge.«
Dulac hob zögernd den Kopf. Sein Herz klopfte und seine Finger zitterten, sodass er die Hände in den Falten seines Gewandes verbarg, damit man es nicht zu deutlich sah. Er fühlte sich nicht wohl in seiner Haut. Es war weiß Gott nicht das erste Mal, dass er einem leibhaftigen König gegenüberstand, selbst wenn er Artus nicht mitrechnete. Aber es war das erste Mal, dass er mit ihm an einer Tafel weilte. Irgendwie hatte er das Gefühl, dass es sich nicht geziemte. Und außerdem war da noch Gwinneth. Er hatte es bisher nicht einmal gewagt, in ihre Richtung zu sehen, aber er glaubte ihre Blicke wie die Berührung einer glühenden Hand zwischen den Schulterblättern zu spüren.
»Wie Ihr ... befehlt, Herr«, antwortete er stockend.
Uther runzelte die Stirn, schwieg aber und Dulac verwandte einige Herzschläge darauf, ihn aufmerksam zu mustern.

König Uther war tatsächlich so alt, wie er im ersten Moment geglaubt hatte. Er musste die fünfzig längst hinter sich gelassen haben, wirkte aber kein bisschen gebrechlich und wenn überhaupt alt, so auf eine würdevolle, Ehrfurcht gebietende Art. Er hatte schulterlanges weißes und noch sehr volles Haar und einen gleichfarbigen, sorgfältig gestutzten Bart, der seinem Gesicht etwas Edles verlieh.
»Zufrieden?«, schmunzelte Uther nach einer Weile.
»Herr?«
»Mit dem, was du siehst«, erklärte Uther lächelnd. »Ich meine: Entspreche ich deinen Vorstellungen? Du siehst doch bestimmt oft Könige und andere Edelleute.«
»Natürlich, Herr«, antwortete Dulac. »Es ist nur ...« Er biss sich auf die Unterlippe um nicht weiterzusprechen, aber natürlich war es zu spät.
Uther nickte. »Ich verstehe. Nachdem du Gwinneth gesehen hast und jetzt mich, hast du einen alten Bock erwartet.«
»Nein, Herr!«, antwortete Dulac hastig – was eine glatte Lüge war. »Ich war nur ... ich meine ... Ihr ... also ich ...«
»Warum quälst du ihn so, Uther?«, mischte sich Gwinneth ein. »Er stirbt noch vor Angst.«
Sie lachte und Dulac drehte sich zögernd zu ihr herum. Gwinneth kam ihm noch schöner als am Mittag vor. Sie trug noch immer dasselbe Kleid, hatte das Haar aber hoch gesteckt und mit einem goldenen Diadem geschmückt. Wenn Dulac jemals eine Frau gesehen hatte, die den Titel Königin verdiente, dann war es Gwinneth in diesem Moment, trotz ihrer Jugend.
Das Einzige, was vielleicht nicht ganz zu diesem Eindruck passte, war das spöttische Glitzern in ihren Augen.

»Lass dich von Uther nicht auf den Arm nehmen«, sagte sie. »Manchmal liebt er es, Menschen in Verlegenheit zu bringen. Lass ihn in Ruhe, Uther.«
Dulac blickte verwirrt von Gwinneth zu Uther und wieder zurück. Er hatte das Gefühl, dass die beiden sich irgendeine Art von Scherz mit ihm erlaubten, den er nicht verstand.
Gottlob ging in diesem Moment die Tür auf und Tander und seine beiden Söhne kamen herein um das Essen aufzutragen. Auf Uthers Geheiß hin wurde noch ein drittes Gedeck für Dulac aufgelegt, was ihm nicht nur einen erstaunten Blick von Tander eintrug, sondern auch ein Gefühl intensiver Schadenfreude. Dass er einmal von Tander selbst bedient werden würde, hätte er sich niemals träumen lassen. Und wahrscheinlich würde er bitter dafür bezahlen müssen, aber das war ihm im Augenblick egal.
»So«, sagte Uther, nachdem die Speisen aufgetragen und sie wieder allein waren. »Und nun erzähle uns von Burg Camelot und König Artus.«
Dulac zögerte noch einen Moment, aber dann begann er von der Burg und dem Leben bei Hofe zu erzählen. Und nachdem er sich einmal überwunden hatte, begannen die Worte nur so aus ihm herauszusprudeln. Er erzählte von König Artus und seinen Heldentaten, den Rittern der Tafel und den heroischen Schlachten, die sie geschlagen hatten, und von der Großmut und Weisheit der Gesetze Camelots, die seit einem Menschenalter für Frieden und Wohlstand im Lande sorgten. Natürlich hatte er keine dieser Heldentaten oder gar Schlachten selbst miterlebt, aber das hinderte ihn nicht daran, sie in den buntesten Farben zu schildern und das eine oder andere auch noch ein we-

nig auszuschmücken. Uther hörte ihm die meiste Zeit über schweigend zu und unterbrach ihn nur um eine Zwischenfrage zu stellen, aber manchmal konnte er ein Lächeln nicht ganz unterdrücken und ein paar Mal tauschte er einen bezeichnenden Blick mit Gwinneth.

»Du scheinst dich wirklich gut am Hofe des Königs auszukennen«, sagte er, nachdem Dulac sicher eine Stunde geredet hatte – wenn nicht mehr.

»Das will ich meinen«, antwortete Dulac stolz. »Ich bin zwar nur Küchenjunge, aber ich bin fast immer in Artus' Nähe.«

»Küchenjungen und Kammerdiener sind oft besser informiert als Minister und Generäle«, antwortete Uther. »Sag, Dulac – kocht Dagda immer noch für Artus und seine Ritter?«

Dulac nickte. »Ihr kennt Dagda?«

»Selbstverständlich«, antwortete Uther. »Jeder, der einmal auf Camelot war, erinnert sich an Dagda und die Köstlichkeiten, die seine Küche hervorbringt.«

»Ihr ... Ihr wart schon einmal auf Camelot?«, fragte Dulac verwirrt.

»Mehr als einmal«, antwortete Uther. »Aber das ist lange her. Ich hätte nicht gedacht, dass der Dagda noch lebt.« Er schüttelte den Kopf. »Er muss schon damals fast hundert Jahre alt gewesen sein!«

»Ihr ... kennt König Artus?«, vergewisserte sich Dulac noch einmal. Er sah zu Gwinneth hin. Sie lächelte und das spöttische Glitzern in ihren Augen schien noch stärker geworden zu sein. Aber sie machte keinen Versuch, seine Frage zu beantworten, sondern beugte sich unter den Tisch, um Wolf mit einem Stück Fleisch zu füttern. Seit er

hereingekommen war, hatte Dulac den Hund nicht mehr gesehen – er wuselte schwanzwedelnd um Gwinneth herum und hatte mittlerweile mehr von ihrem Fleisch gehabt als sie selbst.
»Seit langer Zeit«, bestätigte Uther. »Ich weiß schon selbst nicht mehr genau, wie lange.«
»Aber warum seid Ihr dann hier statt auf Camelot?«, wunderte sich Dulac.
»Einen der Gründe hast du mir gerade selbst genannt«, antwortete Uther lächelnd. »Dagdas Kochkünste. Als ich das letzte Mal auf Camelot zu Gast war, hatte ich hinterher drei Monate lang Magengrimmen.«
Das konnte Dulac verstehen. Uther hatte noch Glück gehabt, wenn er mit ein wenig Bauchschmerzen davongekommen war.
»Aber das ist nicht der einzige Grund«, fuhr Uther fort. »Artus und ich haben uns nicht als Freunde getrennt.«
»Was ist geschehen?«, fragte Dulac. Die Frage tat ihm schon im gleichen Moment wieder Leid, in dem er sie ausgesprochen hatte, denn sie stand ihm nun wirklich nicht zu, doch Uther schien ihm seine Neugier nicht zu verübeln.
»Das spielt keine Rolle«, antwortete er lächelnd. »Wir sind keine Feinde, wenn es das ist, was du fürchtest. Aber es gab bei unserem letzten Zusammentreffen ... sagen wir: einen Misston. Es ist besser, wir übernachten hier und ziehen morgen weiter. Vor allem im Moment, wo Artus genug Sorgen hat.«
»Sorgen?«
»Mordred«, antwortete Uther.
Dulac erschrak. »Ihr wisst von ihm?«

»Er war heute Morgen auf Camelot«, bestätigte Uther. »Auch wenn du nichts davon erzählt hast – was ich im Übrigen zu schätzen weiß. Verschwiegenheit ist eine große Tugend.«

»Woher wisst Ihr dann davon?«, fragte Dulac.

Uther lachte. »Es ist kein Geheimnis, dass die Pikten auf dem Weg nach Süden sind«, antwortete er. »Ich glaube, Artus ist der Einzige, der es noch nicht wusste. Aber solange der Dagda noch auf ihn Acht gibt, muss ich mir keine Sorgen um ihn machen.«

»Nicht, wenn Mordred und sein Heer eine Einladung zum Essen auf Burg Camelot annehmen«, bestätigte Dulac.

Uther lachte. »Das ist wohl wahr. Und ein gutes Schlusswort, wie ich meine. Es ist spät geworden. Ich werde mich zurückziehen.«

»Selbstverständlich, Herr.« Dulac sprang hastig auf und Uther runzelte die Stirn.

»Was hast du vor?«

»Nun, Ihr sagtet doch, dass Ihr –«

»– mich zurückziehen werde«, unterbrach ihn Uther. »Nicht, dass du gehen sollst.« Er wies auf Gwinneth. »Bisher haben nur wir geredet, aber ich bin sicher, dass Gwinneth noch tausend Fragen an dich hat. Sie bewundert Artus, weißt du?«

»Ihr ... Ihr lasst mich mit ... mit Eurer Gemahlin allein?«, fragte Dulac ungläubig.

Uther lachte leise. »Du bist doch ein Ehrenmann, oder? Und du solltest Gwinneth nicht unterschätzen. Sie ist zwar noch jung, aber sie ist durchaus in der Lage, ihre Tugend zu verteidigen. Unterhaltet euch ruhig noch eine Weile.«

Er ging – und nicht nur das: Zu Dulacs maßloser Verblüffung verließen nicht nur seine beiden Bediensteten, sondern auch die beiden Soldaten den Raum. Gwinneth und er blieben allein zurück.
»Ich dachte schon, er wird überhaupt nicht mehr müde«, seufzte Gwinneth. »Uther ist ein lieber Mann, aber wenn er einmal ins Reden kommt, dann findet er kein Ende mehr.«
Genau genommen war es eher Dulac gewesen, der geredet hatte, während Uther im Grunde nur zuhörte. »Ich ... ich verstehe nicht ganz, Herrin«, stotterte er.
»Herrin?« Gwinneth runzelte die Stirn. »Hör mit dem Unsinn auf.«
»Aber Ihr seid doch eine Königin!«, protestierte Dulac.
»Weil mein Gemahl ein König ist, ja«, seufzte Gwinneth. »Aber ich kann dich beruhigen. Uther ist zwar ein König, aber nur ein ganz kleiner.«
»Trotzdem seid Ihr seine Gemahlin«, beharrte Dulac. Er fühlte sich mit jedem Moment weniger wohl in seiner Haut. Sosehr er sich gewünscht hatte, Gwinneth wieder zu sehen, so sehr wollte er nun nichts mehr als von hier zu verschwinden.
»Das stimmt«, sagte Gwinneth. »Aber nicht so, wie du anscheinend denkst.«
»Das verstehe ich nicht«, gestand Dulac.
Die Tür ging auf und Tander streckte den Kopf herein. »Ist alles in Ordnung, Herrin?«
»Natürlich«, antwortete Gwinneth.
»Ich dachte nur, weil ... weil König Uther sich bereits zurückgezogen hat und ...«
»Ich bin noch nicht müde«, unterbrach ihn Gwinneth. »Wir werden noch ein wenig hier sitzen und reden. Aber

ich danke Euch für Eure Fürsorge. Ich lasse Euch rufen, wenn ich noch etwas brauche.«

»Selbstverständlich, Herrin. Ganz wie Ihr befehlt.« Tander bewegte sich rückwärts gehend und mit gesenktem Blick wieder hinaus und zog die Tür hinter sich zu, und obwohl Dulac sein Gesicht nicht sehen konnte, meinte er das zornige Blitzen in seinen Augen regelrecht zu spüren. Gwinneth blickte ihm kopfschüttelnd nach.

»Ein seltsamer Bursche«, meinte sie. »Behandelt er dich gut?«

»Er sagt immer, er behandelt mich wie seinen eigenen Sohn«, antwortete Dulac ausweichend. »Und das stimmt.«

»Oh«, sagte Gwinneth. »Ich verstehe. Er ist also nicht dein Vater.«

»Ich kenne meine Eltern nicht«, erwiderte Dulac. »Sie sind wohl tot. Artus hat mich als kleines Kind im Wald gefunden und hierher gebracht.«

»Ich verstehe«, antwortete Gwinneth wieder. Sie sah einen Moment nachdenklich zur Tür, fast als ahne sie, dass Tander jetzt auf der anderen Seite stand und mit angehaltenem Atem das Ohr gegen das Holz presste. Dann stand sie mit einer schnellen Bewegung auf.

»Dein Hund ist unruhig«, sagte sie. »Gehen wir einen Moment mit ihm nach draußen, bevor noch ein Unglück geschieht.«

Wolf musste ganz und gar nicht hinaus. Er saß schwanzwedelnd neben Gwinneth und gierte auf ihren Teller, obwohl Dulac schätzte, dass er bisher mindestens sein eigenes Körpergewicht in gebratenem Fleisch verputzt hatte. Dann verstand er. Gwinneth ahnte tatsächlich, dass sie belauscht wurden, und wollte hinaus, um ungestört mit ihm reden zu können. Er nickte und stand auf, aber er hatte kein gutes Gefühl dabei. Ungeachtet Uthers Großzügigkeit war er ein König und Gwinneth seine Gemahlin. Eine *Königin*.

Dennoch folgte er ihr ohne Widerspruch hinaus. Wenn Uther am nächsten Tag davon erfuhr und sich auch nur ein Stirnrunzeln auf sein Gesicht stahl, würde Tander ihn grün und blau schlagen, das war ihm klar – aber allein die Aussicht, fünf Minuten mit Gwinneth allein zu sein, war ihm dieses Glück allemal wert.

Erst als sie draußen und einige Schritte entfernt waren, sagte er: »Ich weiß wirklich nicht, ob es sich geziemt, Herrin, dass –«

»Gwinneth«, unterbrach ihn Gwinneth. »Wenn du noch einmal Herrin zu mir sagst, werde ich wütend. Und was sich geziemt oder nicht, entscheide ich hier. Schließlich bin ich die Königin und du nur ein Küchenjunge.«

»Selbstverständlich, Herr–«, begann Dulac und verbesserte sich hastig. »Gwinneth.«

»Obwohl ...«, fuhr Gwinneth nachdenklich fort, »wenn du deine Eltern wirklich nicht kennst, könntest du durchaus ein Prinz sein oder so etwas. Vielleicht waren deine Eltern ja Könige. Oder Raubritter.«

»Ihr nehmt mich auf den Arm.«

»Selbstverständlich«, sagte Gwinneth lachend. Sie sah sich um. Camelot lag nahezu ausgestorben da. Der Sonnenuntergang war noch keine zwei Stunden her, aber in den meisten Häusern waren die Lichter bereits erloschen und es war sehr still.

»Gehen die Leute hier bei euch immer so früh schlafen?«, fragte sie.

»Ja«, antwortete Dulac wahrheitsgemäß. »Ist es dort, wo Ihr herkommt, anders?«
Gwinneth antwortete nicht darauf, aber Dulac hatte das Gefühl, dass sich ihr Gesicht verfinsterte. Vielleicht hatte er mit seiner Frage etwas in ihr angerührt, was ihr unangenehm war.
Es war Wolf, der ihn aus der unangenehmen Situation rettete, wenn auch unfreiwillig. Der Hund war bisher keinen Schritt von Gwinneths Seite gewichen und schien vollkommen vergessen zu haben, dass es Dulac jemals gegeben hatte. Jetzt blieb er plötzlich stehen, spitzte die Ohren – und war mit einem schrillen Heulen wie der Blitz verschwunden. Einen Augenblick später rasten drei riesige schwarze Straßenköter kläffend zwischen Dulac und Gwinneth hindurch und setzten zur Verfolgung an.
»He!«, sagte Gwinneth erschrocken. »Was geht da vor?«
»Das sind nur die Nachbarshunde«, sagte Dulac beruhigend. »Sie machen sich immer einen Spaß daraus, Wolf zu jagen. Aber sie kriegen ihn nie.«
»Spaß?«, fragte Gwinneth stirnrunzelnd. »Das sah aber nicht wie Spaß aus.«
War es auch nicht. Wenn die drei Wolf erwischten, dann war es um ihn geschehen, das wusste er. Und er hatte auch ein ziemlich schlechtes Gewissen, seinem vierbeinigen Freund nicht zu helfen. Aber er tröstete sich damit, dass sie ihn noch nie gekriegt hatten, obwohl die Feindschaft zwischen ihnen und Wolf nun schon so lange währte, wie der Terrier hier war. Wolf war so klein, dass er sich selbst im winzigsten Loch verkriechen konnte.
»Das hoffe ich doch«, sagte Gwinneth besorgt. »Dass es nur Spaß war, meine ich.«

Dulac lächelte nur nervös zur Antwort. Er musste sich beherrschen, um sich nicht angstvoll umzublicken. Neben den drei Nachbarshunden gab es auch noch drei Nachbarsjungen, die sich nur zu oft den gleichen derben Spaß mit ihm erlaubten. Dulac hatte schon mehr als eine Tracht Prügel von ihnen kassiert. Aber sie waren nicht in der Nähe. Wahrscheinlich lagen sie längst in ihren Betten und schliefen.

»Gehen wir ein Stück?«, schlug er vor. »Wolf findet uns schon wieder.«

»Wolf.« Gwinneth grinste. »Irgendwie ist das nicht gerade ein passender Name.«

»Weil er so klein ist?« Dulac schüttelte den Kopf. »Lasst Euch nicht von seiner Größe täuschen. Er ist ziemlich mutig.«

»Das habe ich gesehen«, antwortete Gwinneth.

»Es hat nichts mit Mut zu tun, sich einem Gegner zu stellen, gegen den man keine Chance hat«, erwiderte Dulac vielleicht eine Spur zu scharf. »Wenn man einen Feind nicht besiegen kann, muss man ihn eben überlisten.«

»Stammt diese Weisheit von dir?«, fragte Gwinneth spöttisch.

»Von Dagda«, antwortete Dulac.

»Dagda, ach ja ... Artus' Koch ...?«

»Er ist viel mehr als Artus' Koch«, antwortete Dulac. »Koch, Sterndeuter, Schriftgelehrter, Chronist – einfach alles.«

»Dann hoffe ich, dass er seine anderen Pflichten besser erfüllt als die am Suppentopf.« Gwinneth schauderte übertrieben. »Uther erzählt wahre Schreckensgeschichten über das Essen auf Camelot.«

Dulac hätte ihr gerne widersprochen, aber er konnte es nicht. Dagdas Kochkünste waren im Land berüchtigt. Ein guter Teil von Dulacs schmalem Gehalt bestand in freier Kost auf der Burg, aber er kam nur zu oft mit knurrendem Magen zurück ins Gasthaus.

»Mir ist kalt«, sagte Gwinneth, nachdem sie eine Weile gegangen waren. Bevor Dulac noch antworten konnte, trat sie näher an ihn heran, hakte sich bei ihm unter und kuschelte sich an seine Schulter. »So ist es besser.«

Dulac ging zwar weiter, erstarrte aber innerlich schier zur Salzsäule. Dass Gwinneth ihn berührte, hätte er sich in seinen kühnsten Träumen nicht zu wünschen gewagt, aber ihm war auch klar, wie ungeheuerlich es zugleich war. Wenn Uther davon erfuhr, konnte es ihn den Kopf kosten. Trotzdem löste er sich nicht aus ihrem Griff, wie es sein erster Impuls war. Ihre Nähe war einfach zu wunderbar.

Sehr vorsichtig sagte er: »Versteht mich nicht falsch, Gwinneth, aber –«

Wieder unterbrach sie ihn mit ihrem hellen Lachen. »Du hast Angst, dass mein Gemahl dich an deinen edelsten Körperteilen aufhängen lässt.«

Speziell daran hatte Dulac zwar nicht gedacht, aber ihre Vermutung kam der Wahrheit schon ziemlich nahe. Er nickte verlegen.

»Du brauchst keine Angst zu haben«, sagte Gwinneth. »Uther ist nicht eifersüchtig.«

»Nicht?«, wunderte sich Dulac. »Wenn ich eine Frau wie dich hätte, wäre ich eifersüchtig.«

»Danke für das Kompliment«, sagte Gwinneth. »Aber wir sind nicht ... Mann und Frau, weißt du? Nicht wirklich. Er könnte mein Großvater sein.«

»Ich weiß«, sagte Dulac. »Aber du hast doch selbst gesagt, er wäre dein Gemahl.«
»Das ist er auch«, bestätigte Gwinneth. Dulac verstand nun gar nichts mehr. »Wir sind seit zwei Jahren verheiratet, vor Gott und dem Gesetz.«
Dulac sah sie verwirrt an. »Aber wenn du nicht ... ich meine, wenn ihr nicht ... also ... Uther und du, ihr ...«
»Nein, haben wir nicht und werden wir auch nicht.« Gwinneth lachte, als sie seine wachsende Verlegenheit bemerkte. Dulac konnte selbst spüren, wie ihm das Blut ins Gesicht schoss und seine Ohren rot anliefen.
»Aber warum hat er dich dann geheiratet?«, wunderte sich Dulac.
»Um mich zu schützen«, antwortete Gwinneth, wieder ernst. »Uther und mein Vater waren gute Freunde. Ich kenne ihn, seit ich auf der Welt bin. Vor drei Jahren wurde mein Vater getötet.«
»Getötet?«, fragte Dulac erschrocken. »Von wem?«
»Von einem Mann, der geschworen hat, unsere gesamte Familie auszulöschen.« Gwinneths Stimme wurde bitter. »Sie kamen nachts. Dutzende von Männern, die ohne Gnade angriffen. Unsere Krieger hatten keine Chance. Sie alle wurden getötet, auch meine Eltern.«
»Wie schrecklich«, flüsterte Dulac. »Das tut mir sehr Leid.«
»Ich war die einzige Überlebende«, fuhr Gwinneth leise fort. »Und auch ich wäre gestorben, wenn Uther mich nicht gerettet hätte. Er nahm mich mit auf seine Burg, aber der Mörder meiner Eltern erfuhr davon und verlangte meine Auslieferung. Also hat Uther mich zur Frau genommen um mich zu schützen. Er hoffte wohl, dass Mordred

keinen Krieg beginnen würde – was er musste, um Uthers Frau zu töten.«

»Mordred?«, entfuhr es Dulac. »Mordred, König Artus' –« Er biss sich auf die Lippe, um nicht weiterzusprechen, aber es war zu spät. Gwinneth hob den Kopf von seiner Schulter und sah ihn fragend an. »König Artus' was?«

»Besucher«, antwortete Dulac hastig. »Sein Besucher von heute Morgen.«

»Ja, eben dieser Mordred«, sagte Gwinneth. »Er ist ein Ungeheuer, dem ein Menschenleben nichts gilt. Uther meint, er wäre mit dem Teufel im Bunde.«

»Keine Sorge«, sagte Dulac überzeugt. »Solange ihr in Camelot seid, wird euch nichts geschehen. Artus wird euch beschützen.«

Gwinneth schüttelte nur traurig den Kopf. »Uther würde Artus niemals um Hilfe bitten«, sagte sie. »Wir bleiben nur heute Nacht in der Stadt. Morgen früh reiten wir weiter.«

Dulac spürte einen Stich tiefer Enttäuschung, obwohl er sich sagte, dass er kein Recht dazu hatte. Was hatte er erwartet? Dass Gwinneth und er ... Das war absurd.

»Was war zwischen Uther und König Artus?«, fragte er nach einer Weile.

»Das weiß ich nicht«, antwortete Gwinneth. »Sie waren einmal gute Freunde, aber irgendetwas ist geschehen. Uther spricht nie darüber. Wir wären gar nicht hierher gekommen, wenn Mordred und seine Pikten uns nicht den Weg abgeschnitten hätten.«

»Sie verfolgen euch?«

»Nein. Sie wissen nicht einmal, dass wir hier sind. Deshalb reisen wir auch morgen früh weiter. Uther will nicht, dass Artus in seinen Streit mit Mordred hineingezogen wird.«

Das ist er wahrscheinlich schon, dachte Dulac. Er musste an den schwarzhaarigen Mann mit dem harten Gesicht denken und ein kurzer, eisiger Schauer lief ihm über den Rücken. Er konnte das Gefühl nicht begründen, aber er spürte, dass mit Mordred großes Unheil über Camelot und seine Bewohner hereinbrechen würde.
»So, jetzt haben wir genug finstere Gedanken gewälzt«, sagte Gwinneth plötzlich und in völlig verändertem Ton. »Ich habe eine Bitte. Wirst du sie mir erfüllen?«
Wenn ich wüsste, wie sie lautet, dachte Dulac. Laut sagte er: »Natürlich.«
»Camelot«, sagte Gwinneth. »Ich möchte Camelot sehen!«
»Camelot?« Dulac blieb erschrocken mitten im Schritt stehen. »Du meinst –«
»Die Burg«, bestätigte Gwinneth. »Ich möchte die Burg sehen. König Artus' Thronsaal und die berühmte Tafel.«
»Ich ... weiß nicht ...« Dulac druckste einen Moment herum.
»Bitte!«, sagte Gwinneth.
»Es ist spät«, sagte Dulac unbehaglich. »Sicher schlafen dort alle schon und ... und ...«
»Umso besser«, unterbrach ihn Gwinneth. »Ich will ja auch nur die Burg sehen, nicht mit Artus reden. Uther wäre ziemlich böse, wenn ich es täte. Du kennst doch bestimmt einen Weg, um ungesehen in die Burg zu kommen.«
»Den kenne ich«, sagte Dulac. »Trotzdem. Ich –«
»Du hast es versprochen!«, schmollte Gwinneth.
Genau genommen hatte er das nicht. Er hatte es nicht einmal angedeutet.

Aber dann blickte er in ihre wunderschönen schwarzen Augen und seine Antwort war klar.

Es war nicht ganz so, wie er gesagt hatte. Der größte Teil von Camelot lag in völliger Dunkelheit da und auch die beiden Wachen am Tor hatten sich auf ihre Speere gestützt und schliefen fest; ein Trick, den jede Torwache schnell lernte. Hinter den Fenstern im ersten Stockwerk aber brannte Licht, und als sie auf Zehenspitzen durch das Tor schlichen, hörten sie Stimmengewirr und Gelächter.
»Der Thronsaal«, flüsterte Dulac mit einer entsprechenden Geste. »Die Tafel werde ich dir nicht zeigen können, fürchte ich.«
»Das macht nichts«, antwortete Gwinneth. Sie blieb stehen und sah sich aus leuchtenden Augen um. »Das ist also Camelot. Das berühmte Camelot, die Burg des legendären König Artus!« Sie streckte die Hand aus und strich fast bewundernd über den rauen Stein des Torgewölbes. »Ich habe gehört, seine Mauern wären aus reinem Gold.«
»Die Leute übertreiben«, antwortete Dulac. »Nicht alles, was man über Camelot und Artus erzählt, ist wahr.« *Genau genommen das Allerwenigste,* fügte er in Gedanken hinzu. Aber nur in Gedanken.
»Aber es ist Camelot«, beharrte Gwinneth. »Solange ich denken kann, wünsche ich mir schon, Camelot einmal zu sehen. Und nun bin ich tatsächlich hier.«
Dulac sah sich mit wachsender Nervosität um. Die Wachen hinter ihnen schnarchten so laut, dass es in der ganzen Burg zu hören sein musste, und er war auch ziemlich sicher, dass außer Artus und den Rittern der Tafel niemand mehr wach war. Trotzdem hatte er immer mehr das

Gefühl, aus unsichtbaren Augen angestarrt zu werden. Er bedauerte es längst, Gwinneths Drängen nachgegeben und sie hierher gebracht zu haben. So gerne er ihr den Gefallen tat – er hatte das Gefühl, einen schweren Fehler begangen zu haben. Unheil lag wie etwas Greifbares in der Luft.

»Es ist zu gefährlich, weiterzugehen«, sagte er. »Wenn Artus oder einer der Ritter uns entdecken –«

»– behauptest du, ich wäre deine Freundin aus der Stadt«, fiel ihm Gwinneth ins Wort. Zumindest eine unangenehme Eigenschaft hatte Dulac mittlerweile an ihr ausgemacht: Sie ließ ihren Gesprächspartner selten einen Satz zu Ende reden. Er seufzte tief.

»Warum zeigst du mir nicht, wo du arbeitest?«, fragte Gwinneth.

Dulac nickte zögernd. Es gab an Dagdas Kellergewölben nichts Interessantes zu sehen, aber dort bestand wenigstens nicht die Gefahr, dass sie entdeckt wurden. Er machte eine entsprechende Geste, ging mit schnellen Schritten an Gwinneth vorbei und wandte sich nach rechts, als er das Torgewölbe hinter sich hatte. Gwinneth folgte ihm dichtauf.

Mit gesenktem Kopf und auf Zehenspitzen ging er die Treppe zum Keller hinab. Er rechnete fast damit, dass es dunkel und still sein würde, aber als er die Tür am Ende der steilen Treppe aufstieß, war das genaue Gegenteil der Fall: Er hörte sonderbare Geräusche und aus dem angrenzenden Raum drang flackerndes, rötliches Licht. Er blieb stehen.

»Was ist?«, fragte Gwinneth hinter ihm.

Dulac deutete ihr hastig mit der linken Hand leise zu sein.

»Dagda«, flüsterte er. »Er ist noch wach. Verdammt! Ich hätte geschworen, dass er längst schläft!«
»Der Dagda?« Gwinneth klang nicht beunruhigt, sondern eher begeistert. »Ich kann ihn sehen?«
Wieso sagten sie und Uther eigentlich immer *der* Dagda?, dachte Dulac. »Lieber nicht«, flüsterte er. »Er ist ... manchmal etwas sonderbar, weißt du? Er ist ein alter Mann.«
Gwinneth reagierte ziemlich genau so, wie er erwartet hatte: Sie ignorierte seinen Einwand und schob sich kurzerhand an ihm vorbei. Dulac streckte automatisch die Hand aus um sie zurückzuhalten, ließ den Arm dann aber wieder sinken.
»Das ist also der berühmte Kessel des Dagda!« Gwinneth war neben Dagdas überdimensionalem Suppentopf stehen geblieben und starrte das schäbige Ding aus großen Augen an. Uther musste ja wahre Schauergeschichten über Dagdas Kochkünste erzählt haben.
Er nickte nur, bedeutete Gwinneth, nicht so laut zu sein, und schlich auf Zehenspitzen zum Durchgang zum nächsten Raum. Das flackernde rotgelbe Licht und die Geräusche, die er immer noch nicht deuten konnte, kamen von dort. Behutsam schob er den Kopf in die Tür
– und erlebte eine Überraschung.
Dagda saß mit dem Rücken zur Tür an dem windschiefen Möbelstück, das er als seinen *Studiertisch* bezeichnete. Vor ihm lag ein aufgeschlagenes, in schweres Leder gebundenes Buch, wie sie seine Regale zu Dutzenden füllten.
Aber es war nicht irgendein Buch.
Die Seiten dieses Buches glühten in einem unheimlichen, gelben Schein und die Buchstaben selbst loderten in grel-

lem Rot, als hätten sie Feuer gefangen. Und sie schienen sich zu bewegen!
Und das war noch nicht einmal das Unheimlichste.
Viel unglaublicher war der Anblick, den die gegenüberliegende Wand bot.
Eigentlich sollten dort grober Stein und die Tür zu Dagdas Schlafgemach sein, aber stattdessen loderten dort grelle, prasselnde Flammen, die aber sonderbarerweise keinerlei Hitze auszustrahlen schienen. Sie bildeten eine Art Tor, durch das hindurch Dulac einen Blick in eine Welt werfen konnte, die einfach zu bizarr war um Wirklichkeit zu sein. Er sah auf eine schier endlose, von blühenden Bäumen und Wildblumen bestandene Ebene hinab. Das dünne Silberhaar eines Flusses schlängelte sich in zahllosen Kehren und Windungen dem Horizont entgegen, der von einer Kette gewaltiger, schneegekrönter Berge gebildet wurde. Im Vordergrund waren etliche ganz und gar unglaubliche Wesen zu sehen: ein schneeweißes Einhorn, eine Anzahl winziger tanzender Lichtpunkte, die sich bei genauerem Hinsehen als kaum handgroße Elfen entpuppten, und auch einige Geschöpfe, die Dulac ganz und gar nicht beschreiben konnte. Weit entfernt, eigentlich eher zu ahnen als wirklich zu sehen, schimmerte ein fragiles Gebilde aus Silber und Gold, vielleicht ein Schloss, vielleicht auch etwas vollkommen Fremdartiges. Und so wunderschön und faszinierend dieser Anblick auch war – er machte Dulac gleichzeitig auch Angst.
Gwinneth erschien neben ihm, riss ungläubig die Augen auf und schlug die Hand vor den Mund, konnte einen kleinen, erschrockenen Schrei aber nicht mehr ganz unterdrücken.

Dagda fuhr so heftig zusammen, als hätte er einen Schlag bekommen. Das Bild an der Wand flackerte; die Flammen an seinen Rändern loderten höher und nun spürte Dulac Hitze. Die grasenden Einhörner auf der Ebene fuhren so erschrocken zusammen, als wäre der Blitz unter sie gefahren, und galoppierten in panischer Flucht davon und Dagda wirbelte mit einer unglaublich schnellen Bewegung auf seinem Stuhl herum. Gleichzeitig schlug er mit einem Knall das Buch zu. Die Flammen an der Wand loderten noch einmal hell auf, verschlangen das Bild in ihrer Mitte und erloschen und etwas Silberhelles, fast Unsichtbares schien für einen Moment aus dem Bild herauszugreifen und dann zu erlöschen.

»Was –?!«, keuchte Dagda. Dann riss er die Augen auf und starrte Dulac fast entsetzt an. »Dulac? Du?«

»Ja ... Herr«, antwortete Dulac stockend. Er wünschte sich zur Größe einer Maus zusammenzuschrumpfen oder im Boden versinken zu können.

»Was tust du hier?«, fuhr ihn Dagda an und sprang so heftig auf, dass sein Stuhl zu Boden krachte. »Und wer ist das Mädchen bei dir?«

Er wies mit der Hand auf Gwinneth, die noch immer in unveränderter Haltung neben Dulac stand: mit aufgerissenen Augen, die rechte Hand vor den Mund geschlagen und die linke wie zur Abwehr ausgestreckt.

»Ich habe dich etwas gefragt!«, herrschte ihn Dagda an, als er nicht sofort antwortete. Dulac konnte sich nicht erinnern, ihn jemals so zornig erlebt zu haben.

»Das ist Gwi...« Er verbesserte sich hastig. »Giselle. Eine ... eine Freundin. Aus der Stadt.«

»Eine Freundin?« Dagdas Augen wurden schmal. »Ich

wusste gar nicht, dass du eine Freundin hast. Und wieso kenne ich sie nicht, wenn sie in der Stadt lebt?«
»Wir sind erst vor ein paar Tagen hergezogen«, sagte Gwinneth. Sie hatte sich wieder gefasst, wirkte aber immer noch sehr blass und ihr Blick wanderte immer wieder zu der Wand, auf der sie das Trugbild gesehen hatten.
»Es ist meine Schuld«, fuhr Gwinneth fort. »Ihr dürft ihn nicht bestrafen, Herr. Er wollte es nicht, aber ich habe so lange gebettelt, bis er schließlich ja gesagt hat.«
»Ja wozu?«
Die Frage galt Dulac, aber es war auch jetzt wieder Gwinneth, die sie beantwortete. »Ich wollte Camelot sehen«, sagte sie. »Die Burg König Artus'.«
»Und natürlich seinen närrischen alten Hofzauberer«, fügte Dagda finster hinzu.
»Also so hat er Euch eigentlich nicht beschrieben«, antwortete Gwinneth. Ein schüchternes Lächeln erschien auf ihrem Gesicht. »Er sagte, Ihr wärt ein sehr weiser alter Mann und sehr freundlich dazu. Und Ihr wärt ein ausgezeichneter Koch.«
Dagda zog eine Grimasse. »Schade. Und ich hätte dir so gerne geglaubt. Aber das hat er bestimmt nicht gesagt.«
»Vielleicht nicht mit diesen Worten ...«, gestand Gwinneth, »– aber der Rest –«
»– ist zweifellos auch gelogen«, unterbrach sie Dagda. Trotzdem erschien in seinen Augen ein amüsiertes Funkeln und der Zorn war von seinen Zügen verschwunden. Offenbar konnte er sich Gwinneths Charme ebenso wenig entziehen wie Dulac. »Aber es war immerhin eine Lüge in bester Absicht.«
Er bückte sich ächzend nach seinem Stuhl, doch Dulac

kam ihm zuvor. Während er den Stuhl aufrichtete, sah er verstohlen zu der Wand hin, auf der er die Flammen und die unheimliche fremde Welt gesehen hatte. Natürlich war dort nichts anderes als rauer Stein und dort war auch niemals etwas anderes gewesen. Er war einem Trugbild aufgesessen, das war alles. Dagda und ein richtiger Zauberer? Das war lächerlich!

Er rückte den Stuhl vor dem Tisch zurecht und unterzog auch das Buch, in dem Dagda gelesen hatte, einer unauffälligen Musterung. Aber ihm fiel auch daran nichts Besonderes auf. Es war ein Buch, wie Dagda sie zu Hunderten besaß. Wertvoll, aber ganz bestimmt nicht magisch.

Und trotzdem ... Da war noch mehr gewesen. So kurz der Moment auch gewesen sein mochte, er *hatte* irgendetwas gesehen, das aus dem Tor in die Anderswelt gekommen war; und viel mehr noch *gespürt*.

»Steh nicht da rum und starr Löcher in die Luft, Dulac«, sagte Dagda plötzlich. »Geh und hol für deine Freundin einen Becher Traubensaft. Du magst doch Traubensaft, Giselle?«

»Natürlich, Herr«, antwortete Gwinneth rasch.

»Dann ist es ja gut«, sagte Dagda. »Ich hatte schon Angst, dich nicht standesgemäß bewirten zu können. Es könnte ja sein, dass du Besseres gewohnt bist.«

Gwinneth tauschte einen raschen, erschrockenen Blick mit Dulac, ehe sie antwortete. »Wie ... kommt Ihr darauf, Herr?«

»Dein Kleid«, sagte Dagda. »Es ist kostbar genug, einer Königin zur Ehre zu gereichen.«

»Oh, das«, sagte Gwinneth. »Ja, ich finde es auch übertrieben. Aber meine Mutter meinte, ich solle es tragen, we-

nigstens in den ersten Tagen. Um einen guten Eindruck zu machen.«
»Deine Mutter?«
»Sie ist Schneiderin, Herr«, sagte Gwinneth. »Sie macht solche Kleider selbst.«
»Erstaunlich.« Dagda schüttelte den Kopf und lachte leise. »Nun ja, Schlagfertigkeit kann man dir jedenfalls nicht absprechen. Dulac, wo bleibt der Saft?«
Dulac fuhr auf dem Absatz herum und beeilte sich, das Gewünschte zu holen. Als er zurück kam, hatte Dagda sich wieder an seinem Schreibtisch niedergelassen. Gwinneth stand neben ihm am Tisch und blätterte in dem Buch, im dem Dagda vorhin gelesen hatte. Dulac verspürte einen dünnen Stich der Eifersucht. *Ihm* hatte Dagda das noch nie erlaubt.
»Ihr seid also neu in der Stadt«, sagte Dagda, während Dulac zwei Becher auf den Tisch stellte und roten Traubensaft aus einem bauchigen Krug eingoss.
»Das sind wir«, bestätigte Gwinneth. »Wir haben vorher auf dem Land gelebt, aber meine Eltern glauben, dass sie hier bessere Geschäfte machen können.«
»Das ist schon seltsam.« Dagda griff nach einem der Becher, gab ihn Gwinneth und nahm sich selbst den anderen, sodass Dulac leer ausging. »Manchmal scheint die Zeit hier still zu stehen und dann geschieht so viel auf einmal. Du und deine Familie, ihr seid schon die zweiten Fremden, die in kurzer Zeit nach Camelot kommen.«
»So?«, fragte Dulac nervös.
»Ja. Gerade heute ist mir zu Ohren gekommen, dass König Uther und seine Gemahlin in der Stadt weilen. Du hast nichts von der schönen Gwinneth gehört? Das ist seltsam, wo sie doch in Tanders Gasthaus wohnen.«

»Das ... das kann schon sein«, stotterte Dulac. »Ich war den ganzen Tag in der Scheune und dann hat Tander mich Holz hacken lassen, bis es dunkel war.«
»Da ist dir etwas entgangen«, sagte Dagda. »Man sagt, Königin Gwinneth sei zwar noch sehr jung, aber trotzdem schon die schönste Frau in ganz England. Ich persönlich halte das für übertrieben.« Er drehte langsam den Kopf, sah Gwinneth durchdringend an und fügte dann hinzu: »Aber ganz zweifellos wird sie es in wenigen Jahren sein.«
»Ich ... verstehe nicht ...«, murmelte Gwinneth.
»Bitte, Kind!«, sagte Dagda lächelnd. »Hast du wirklich geglaubt, ich erkenne dich nicht wieder? Ich habe dich schon auf den Knien geschaukelt, als du noch kein Jahr alt warst.«
»Mich?« Gwinneth riss die Augen auf.
»Ich war oft zu Gast auf dem Schloss deines Vaters«, bestätigte Dagda. »Hat er dir niemals davon erzählt?«
»Nein«, sagte Gwinneth. »Und Uther auch nicht.«
»Uther, o ja«, seufzte Dagda. »Der gute alte Uther. Er ist ein aufrechter Mann, aber es war nicht sehr klug, hierher zu kommen. Nicht in Zeiten wie diesen.«
»Ihr werdet Artus doch nichts verraten?«, fragte Gwinneth ängstlich.
»Wo denkst du hin?«, antwortete Dagda. Er klang ein bisschen beleidigt. »Was zwischen ihm und Uther war, das geht nur sie etwas an. Ich mische mich nicht ein.« Er drehte sich auf seinem Stuhl herum. »Es war klug von dir, sie nicht zu Artus zu bringen. Er hätte sie zweifellos erkannt, was nur zu weiteren Komplikationen geführt hätte. Er hat im Moment wahrlich andere Sorgen.«
»Mordred«, vermutete Dulac.

Dagda deutete ein Nicken an. »Der Mann, der Uthers Burg zerstört und euch aus eurer Heimat vertrieben hat, ja«, bestätigte Dagda, an Gwinneth gewandt. »Er war hier. Aber sorge dich nicht. Artus und seine Ritter werden auch dieser Gefahr Herr.«
Gwinneth wirkte nicht überzeugt. Trotzdem ging sie nicht weiter auf dieses Thema ein, sondern deutete auf die gegenüberliegende Wand. »Das, was Ihr gerade dort getan habt – war das ... Avalon?«
»Nur ein Trugbild«, antwortete Dagda. »Ein kleiner Taschenspielertrick, um die Sinne zu verwirren und das Auge zu täuschen.«
»Aber es sah so echt aus!«
»Das ist der Sinn eines Trugbildes«, belehrte sie Dagda. »Und du willst mir schon wieder schmeicheln, scheint mir. Es war nicht gut. Früher einmal, da war ich wirklich gut in solchen Dingen, aber nun bin ich alt und eingerostet.«
»Ich fand es sehr überzeugend«, beharrte Gwinneth. »Aber es war Avalon, habe ich Recht?«
»Vielleicht«, antwortete Dagda.
»Vielleicht?«
»Vielleicht«, sagte Dagda noch einmal. »Ich war niemals dort. Kein Sterblicher hat jemals einen Fuß auf den Boden Avalons gesetzt. Niemand weiß, wie es dort wirklich aussieht. Oder ob es überhaupt existiert.«
»Jedermann weiß, dass Avalon existiert!«, protestierte Gwinneth.
»Nur weil jedermann etwas zu wissen glaubt, wird es dadurch nicht zur Wahrheit«, antwortete Dagda lächelnd. »Sieh dir zum Beispiel diese Burg an. Jedermann glaubt,

dass ihre Mauern aus reinem Gold bestehen, und trotzdem ist es nicht wahr.«
»Und die Magie?«, fragte Gwinneth. »Gibt es sie auch nicht wirklich?«
»Eine kluge Frage«, antwortete Dagda. »Die Antwort lautet ja und nein.«
»Ja und nein?«
»Das kommt immer auf den Standpunkt an«, sagte Dagda. »Was dem einen ganz normal erscheint, mag dem anderen wie reine Zauberei vorkommen und umgekehrt.«
»Das sagt ausgerechnet *Ihr*?«, wunderte sich Gwinneth. »Ein Magier?«
»Ich bin kein Magier«, sagte Dagda noch einmal. »Ich beherrsche ein paar Tricks, das ist alles, und die nicht einmal besonders gut.«
»Was ich gerade gesehen habe, war gut.«
Dagda zuckte mit den Schultern. »Vielleicht liegt es an diesem Ort«, sagte er. »Ich glaube, wenn es so etwas wie Magie überhaupt gibt, so ist sie an einen bestimmten Ort gebunden. Es gibt magische Orte auf der Welt. Oder zumindest solche, an denen Kräfte wirken, die wir nicht verstehen.«
»Und Camelot ist ein solcher Ort.«
»Nicht Camelot.« Dagda machte eine ausholende Geste mit der freien Hand. »Diese Mauern hier sind viel älter als die, die Camelots Türme und Wände bilden. Die Burg wurde auf den Ruinen eines viel älteren Gebäudes errichtet. Und davor gab es hier einen anderen Ort, zu dem Menschen kamen, um ihren Göttern zu dienen und ihnen Opfer zu bringen, und davor wieder einen und wieder und wieder. Und wenn Camelot längst zu Staub zerfallen und

König Artus' Name vergessen ist, wird hier ein anderer heiliger Ort entstehen. Menschen spüren, wenn an einem Platz etwas Besonderes ist.«

Dulac lauschte gebannt. In all den Jahren, die er jetzt bei Dagda war, hatte er nicht so viel über die Geschichte Camelots erfahren wie in den letzten fünf Minuten. Und auch nicht über Dagda selbst.

»Ihr solltet jetzt gehen«, sagte Dagda plötzlich. »Es ist spät. Uther wird sich Sorgen machen und es könnte sein, dass Artus noch einmal herkommt. Er sollte dich nicht sehen.«

»Da habt Ihr wohl Recht«, sagte Gwinneth traurig. »Schade. Ich hätte gerne noch ein wenig mit Euch geredet.«

»Vielleicht sehen wir uns ja noch einmal«, sagte Dagda.

»Kaum«, antwortete Gwinneth. »Uther und ich reisen gleich morgen früh ab.«

»Nein«, sagte Dagda. »Das werdet ihr nicht.« Er ignorierte Gwinneths verwirrten Blick, stand auf und wandte sich direkt an Dulac.

»Bring sie sicher nach Hause«, sagte er, »und dann geh zu Bett. Ich brauche dich morgen sehr früh. Artus hat befohlen, dass sich alle Ritter bei Sonnenaufgang am Flussufer treffen, um mit ihren Waffen zu üben.«

Er hatte getan, was Dagda von ihm verlangt hatte, und Gwinneth auf dem schnellsten Weg nach Hause gebracht und er hatte auch den Abschied so kurz wie möglich gemacht; schon, damit er nicht zu weh tat. Dagdas kurze Bemerkung gab ihm zwar Anlass zu der Hoffnung, dass er sie vielleicht doch noch einmal wieder sehen würde, aber selbst wenn ... es bestand nicht die mindeste Hoffnung, dass sie irgendwann einmal mehr sein konnten als Freunde. Selbst wenn Uther – ihren eigenen Worten zufolge – nur ein *ganz kleiner König* war ... er war ein *ganz kleiner Küchenjunge* und selbst das nur, solange Artus seine schützende Hand über ihn hielt. Zwischen Gwinneth und ihm klaffte ein Abgrund, über den keine Brücke führte.

Dulac war unmittelbar darauf in die Scheune gegangen und hatte sich hingelegt, aber er hatte in dieser Nacht nicht viel Schlaf gefunden. Es war einfach zu viel geschehen für einen einzigen Tag und dazu kam, dass er unentwegt an Gwinneth denken musste. Dulac hatte sich nie für Mädchen interessiert (nun gut, die Wahrheit war, dass sich die Mädchen aus Camelot nie für ihn interessiert hatten), aber Gwinneth ging ihm nicht aus dem Sinn. Wenn er die Augen schloss, sah er ihr schönes Gesicht vor sich und in der Stille der Nacht schien ihre Stimme und ihr glockenhelles Lachen mitzuklingen. Selbst das Stroh, auf dem er lag, roch nach dem Duft ihres Haares.

Erst lange nach Mitternacht sank er in einen unruhigen Schlaf (in dem er natürlich von Gwinneth träumte), aus dem er wie gerädert und alles andere als ausgeruht erwachte. Aber er spürte auch, dass er sowieso nicht wieder würde einschlafen können; also konnte er ebenso gut auch zur Burg gehen und Dagda helfen. Wenn Artus und seine Ritter eine Waffenübung abhielten, gab es hinterher immer eine Menge Prellungen und Schnittwunden zu versorgen und manchmal Schlimmeres.

Er stand auf, klopfte sich das Stroh aus den Kleider und stieg die Leiter vom Zwischenboden hinab, auf dem er schlief. Es war noch immer vollkommen dunkel und ein Blick in den Himmel zeigte ihm, dass bis zum Sonnenaufgang noch mindestens eine Stunde vergehen würde. Wenn er sich jetzt auf den Weg machte, würde Dagda vermutlich sogar noch schlafen, wenn er Camelot erreichte. Aber er wollte auch nicht wieder zurück in die Scheune gehen.

Dulac musste die Scheune umkreisen, um sich auf den direkten Weg zur Burg zu machen, und kam dabei an der Rückseite des Gasthauses vorbei. Fast gegen seinen Willen ging sein Blick nach oben und blieb am Fenster des Zimmers hängen, in dem Uther und Gwinneth schliefen. Er konnte ihr Gesicht so deutlich vor sich sehen, dass er fast meinte, es anfassen zu können.

Sein Herz zog sich schmerzhaft zusammen. War das Liebeskummer, was er empfand?

Dulac versuchte den Gedanken als lächerlich von sich zu schieben, aber ganz gelang es ihm nicht. Es war auf jeden Fall eine vollkommen neue Erfahrung und sie war zugleich bitter wie unglaublich süß.

Da er es nicht eilig hatte, schlenderte er den Weg zur Burg mehr entlang, als er ging. Wolf wieselte im Zickzack hinter ihm her, lief manchmal voraus oder verschwand auch für einen Moment, wenn er irgendeine interessante Spur gewittert hatte.

Dann blieb er plötzlich stehen, stellte die Ohren auf und ließ ein tiefes, drohendes Knurren hören und aus der Dunkelheit vor ihm traten drei Umrisse, die ihm ähnelten, nur dass sie mindestens fünfmal so groß waren. Die drei Nachbarshunde. Sie hatten Wolf am vergangenen Tag nicht erwischt und nun hatten sie ihm offensichtlich aufgelauert. Wolf knurrte noch lauter und fletschte die Zähne – was ihn aber nicht daran hinderte, sich rückwärts gehend hinter Dulacs Beine zurückzuziehen. Die drei Hunde folgten ihm langsam und bewegten sich zugleich auseinander, um ihn einzukreisen.

»Verschwindet«, sagte Dulac ärgerlich. »Sucht euch gefälligst jemanden in eurer Größe, wenn ihr unbedingt raufen wollt.«

Die Antwort der Hunde bestand in einem dreifachen Knurren und sie kamen näher.

»Das reicht aber jetzt«, sagte Dulac scharf. »Verschwindet oder ihr kriegt einen Tritt.«

»Na, da sind wir aber mal gespannt.«

Hinter den drei Hunden erschienen drei weitere, viel größere Schatten und Dulacs Herz machte einen schmerzhaften Sprung. Es waren die drei Nachbarsjungen, die Herren der drei Hunde. Wieso, um alles in der Welt, waren sie zu dieser frühen Stunde unterwegs?

Wolf stieß ein schrilles Winseln aus und verschwand wie der Blitz und die drei Köter schossen kläffend hinterher. Dulac machte eine Bewegung, wie um ihnen zu folgen, blieb dann aber wieder stehen, als ihm einer der drei Jungen den Weg vertrat. Die beiden anderen kamen langsam näher.

»Soso, du wolltest also unsere Hunde treten«, sagte Mike, der Sohn des Bäckers.

»Das wollte ich nicht«, antwortete Dulac. »Ich wollte nur meinen Hund verteidigen.«

»Siehst du und dasselbe wollen wir auch.« Das war Stan, der Sohn des Schmieds, ein ganz besonders grober, brutaler Bursche, der Dulac vom ersten Moment an gehasst hatte.

»Wie du selbst gesagt hast«, fügte Evan hinzu, der Dritte im Bunde. »Wenn du dich prügeln willst, such dir jemanden in deiner Größe.«
»Ich will mich nicht prügeln«, sagte Dulac. Seine Gedanken überschlugen sich. Er wusste, dass er jedem der drei Burschen im Ernstfall gewachsen war, selbst Stan, aber sie waren zu dritt und sie waren ganz eindeutig auf Streit aus.
»Willst du nicht?«, fragte Stan grinsend. Er verschränkte die Arme vor der Brust und kam mit wiegenden Schritten näher. »Und was ist, wenn wir es wollen?«
»Dann tut, was ihr wollt«, sagte Dulac trotzig. »Ich werde mich nicht wehren. Ich hätte sowieso keine Chance gegen euch drei.«
»Clever«, sagte Stand. Er kam näher, während sich seine beiden Kumpane ein wenig zur Seite und auf ihn zu bewegten, um ihm den Fluchtweg abzuschneiden; genau wie es ihre Hunde gerade mit Wolf getan hatten. »Und jetzt meinst du, ich wäre ein Edelmann und würde dich laufen lassen?«
»Kaum«, antwortete Dulac. »Wie gesagt: Ich wehre mich nicht. Wenn es euch Freude bereitet, zu dritt gegen einen zu kämpfen – bitte.«
Stan nahm die Arme herunter. Sein Gesicht verfinsterte sich. »Mit dir werde ich auch noch allein fertig!«, grollte er. Und damit stürmte er vor.
Dulac hatte genau das erwartet und war vorbereitet. Stan war viel stärker als er, aber er war auch langsam, und wenn er wütend war, dann kämpfte er ungefähr so besonnen wie ein tollwütiger Stier. Dulac ließ ihn herankommen, duckte sich unter seinem wütenden Schwinger hindurch, boxte ihm auf die Nase und stellte ihm gleichzeitig ein Bein. Stan

heulte vor Wut und Schmerz auf, stolperte ungeschickt an ihm vorbei und fiel schließlich der Länge nach in den Schlamm.

Noch bevor er stürzte, fuhr Dulac herum und empfing Evan, der von rechts heranstürmte, mit einer gewaltigen Maulschelle, die den Burschen zu Stan auf den Boden schickte, dann traf ihn ein harter Schlag in den Rücken, der ihn selbst auf die Knie fallen ließ. Dulac keuchte vor Schmerz, aber er war nicht im Geringsten überrascht. Er hatte keine Sekunde lang damit gerechnet, dass die drei Wort halten und Stan den Kampf tatsächlich allein ausfechten lassen würden.

Er ahnte Mikes nächsten Angriff im Voraus und ließ sich zur Seite fallen. Mikes gemeiner Fußtritt ging ins Leere, und statt Dulac vollends zu Boden zu schleudern, wurde er vom Schwung seines eigenen Trittes nach vorne gerissen und kämpfte mit fast komisch aussehenden Hüpfern um sein Gleichgewicht.

Dulac half etwas nach, indem er ihm im Liegen kräftig vor das Fußgelenk trat, und Mike landete mit einem Knall auf dem Hinterteil und begann in hohen, spitzen Tönen zu wimmern. Dulac sprang hastig in die Höhe.

Natürlich hatte er letzten Endes keine Chance. Er war schneller und um etliches geschickter als jeder seiner drei Gegner, aber die Übermacht war einfach zu groß. Er schlug sich tapfer, aber am Schluss lag er doch am Boden, und Stan, Mike und Evan standen hämisch grinsend über ihn gebeugt da.

»Hat sich ja wirklich tapfer geschlagen, unser kleiner Möchtegern-Ritter«, sagte Mike feixend.

»Ja. Nur hat es ihm nicht viel genutzt«, fügte Stan hinzu.

Er versetzte Dulac einen Fußtritt in die Seite, der ihn vor Schmerz aufstöhnen ließ, lachte gehässig und holte bereits zu einem weiteren Tritt aus, als in der Dunkelheit hinter ihm ein schweres Rascheln ertönte und eine tiefe Stimme sagte:

»Findet ihr es etwa tapfer, zu dritt über einen herzufallen?«

Stan fuhr mit einem Zischen herum und auch die beiden anderen drehten sich um und spannten sich. Dulac hob mühsam den Kopf und blinzelte an den drei Jungen vorbei: Eine dunkle Gestalt war hinter ihnen zwischen den Häusern erschienen, allerdings noch nicht weit genug hervorgetreten um erkennbar zu sein.

»Wer bist du?«, fragte Stan herausfordernd.

»Nur ein Mann, der es feige findet, wenn sich drei auf einen stürzen«, antwortete der Schatten, dessen Stimme Dulac irgendwie bekannt vorkam. Etwas Gefährliches schien von der düsteren Gestalt auszugehen.

Vielleicht spürte Stan es auch, denn er machte zwar keine Anstalten, zurückzuweichen oder auch nur die Hände herunterzunehmen, aber als er weitersprach, klang seine Stimme weniger herausfordernd als vielmehr trotzig.

»Misch dich nicht ein«, sagte er. »Das hier geht dich nichts an. Verschwinde lieber oder du spürst gleich selbst, wie es ist, wenn man von dreien verprügelt wird.«

»So?«, fragte die Gestalt. »Nun, tut euch keinen Zwang an.« Damit trat sie zwei weitere Schritte vor und blieb wieder stehen; noch nicht ganz im Hellen, aber nicht mehr völlig von den Schatten verborgen.

Stan fuhr heftig zusammen und Dulac konnte regelrecht hören, wie er alle Farbe verlor. Mike stieß ein fast komisch klingendes Quietschen aus und Evan fuhr auf dem Absatz herum und war wie der Blitz verschwunden. Kaum eine Sekunde später stürzte auch Mike davon und auch Stan stolperte einen Schritt rückwärts.

»Nun?«, fragte Artus lächelnd. »Wolltest du mir noch etwas sagen?« Seine Hand fiel in einer wie beiläufig wirkenden Geste auf das Schwert an seiner Seite.

»Nein ... Herr«, stammelte Stan. »Ich ... ich ...« Er stockte, senkte den Blick und flüsterte mit halb erstickter Stimme: »Entschuldigt, Herr. Es ... es tut mir Leid. Ich habe Euch nicht ... nicht gleich erkannt.«

»Verschwinde«, sagte Artus. »Lauf nach Hause und denk darüber nach, ob es ehrenvoll ist, einen Wehrlosen zu schlagen.«

Das ließ sich Stan nicht zweimal sagen: Er fuhr auf der Stelle herum und war so schnell verschwunden, als hätte die Nacht ihn einfach verschluckt. Dulac sah noch einen Moment mit klopfendem Herzen in die Richtung, in die er verschwunden war, dann stand er mühsam auf und drehte sich wieder zu Artus um.

»Ich danke Euch, Herr«, sagte er. »Wenn Ihr nicht gekommen wärt, dann ...«

»– wäre es dir schlecht ergangen«, führte Artus den Satz zu Ende, als Dulac es nicht tat, sondern ihn nur aus aufgerissenen Augen anstarrte.

Nur dass Artus nicht mehr Artus war, sondern Dagda.

»Dag...da?«, murmelte Dulac stockend.

»Als man mich das letzte Mal angesprochen hat, habe ich noch auf diesen Namen gehört«, sagte Dagda lächelnd. »Bist du verletzt?«

»Nein«, antwortete Dulac ohne wirklich darüber nachzu-

denken. Ihm tat so ziemlich jeder Knochen im Leib weh, aber darauf achtete er in diesem Moment gar nicht. »Aber ... aber wie kann das sein?«
»Was?«, fragte Dagda.
»Artus«, murmelte Dulac. »Ich ... Ihr ... gerade wart Ihr doch noch ...«
»Ja?«, fragte Dagda harmlos.
Dulac schwieg. Er war vollkommen sicher gewesen Artus zu sehen und ihren Reaktionen nach zu schließen war es Stan und den beiden anderen ebenso ergangen. Er trat einen halben Schritt zur Seite, um in die Dunkelheit hinter Dagda zu blicken. Er konnte dort nichts als undurchdringliche Schwärze erkennen, aber er hätte gespürt, wenn dort noch jemand gewesen wäre.
»Erwartest du noch jemanden?« In Dagdas Augen erschien ein amüsiertes Funkeln.
»Nein«, antwortete Dulac. »Ich musste nur an gestern Abend denken. An das, was Ihr über Eure ... Taschenspielertricks erzählt habt.«
»Manchmal sind sie ganz nützlich«, bestätigte Dagda. »Dir fehlt auch wirklich nichts?«
»Es ist nicht so schlimm«, antwortete Dulac. »Ich bin schon schlimmer verprügelt worden.«
»Von diesen drei Burschen? Wer sind sie?«
»Dummköpfe.« Dulac machte eine heftige Handbewegung. »Es lohnt nicht, auch nur über sie zu reden. Was tut Ihr hier?«
Erst als er die Worte schon ausgesprochen hatte, wurde ihm klar, dass ihm diese Frage bei aller Großzügigkeit Dagdas nicht zustand. Aber der alte Magier schien sie ihm nicht übel zu nehmen, denn er zuckte nur mit den Schul-

tern und zog sich sonderbarerweise wieder einen halben Schritt weit in die Dunkelheit zurück.

»Zum Beispiel dir den Hals retten«, sagte er. »Aber was tust du hier, mitten in der Nacht?«

»Aber Ihr habt doch selbst gesagt, dass ich früh kommen soll!«, sagte Dulac. »Artus und die anderen wollen heute mit ihren Waffen üben. Und Ihr wisst doch, was dann immer passiert.«

Dagda nickte. Dulac konnte den Ausdruck auf seinem Gesicht nicht erkennen, denn er stand jetzt wieder zu tief in den Schatten. »Ja, jetzt, wo du es sagst ... ich werde allmählich alt, fürchte ich. Dann geh. Warte unten am Fluss auf mich.«

»Und wie lange werdet Ihr ... wegbleiben?«, fragte Dulac.

»Solange es eben dauert«, antwortete Dagda unwillig. Er machte eine entsprechende Handbewegung. »Geh jetzt!«

In seiner Stimme war plötzlich eine Schärfe, der Dulac nicht mehr zu widersprechen wagte. Er drehte sich halb herum und machte einen Schritt, blieb dann aber noch einmal stehen und sah zu Dagda zurück.

Genauer gesagt: zu der Stelle, an der Dagda gerade noch gestanden hatte.

Er war verschwunden.

Dulac beeilte sich nun, den Weg zur Burg und die gute halbe Stunde zu der Stelle am Flussufer hinunterzulaufen, an der Artus und seine Ritter normalerweise ihre Waffenübungen abhielten. Er war fast sicher, dass Stan und die beiden anderen nach Hause gerannt waren, als wäre der Leibhaftige persönlich hinter ihnen her, aber man konnte schließlich nie wissen ... Es war auf jeden Fall besser, wenn er vorsichtig war. Sein Bedarf an Abenteuer war für den Moment mehr als gedeckt. Der an Prügel übrigens auch. Bei der Erinnerung an die hässliche Szene verdüsterte sich sein Gesicht. Er hatte Dagda gegenüber zwar behauptet, dass ihm der Zwischenfall nichts ausmachte, aber das stimmte nicht. Es stimmte ganz und gar nicht.

Dulac kochte innerlich vor Wut, wenn er daran zurück dachte. Es waren nicht die Schläge, die er bekommen hatte. Das war er gewohnt. Außerdem hatte er deutlich mehr ausgeteilt als eingesteckt; jeder der drei würde am nächsten Morgen mit einer hübschen Sammlung blauer Flecken und Schrammen aufwachen, die der Dulacs kaum nachstand.

Aber was unendlich mehr wehtat, war die Erniedrigung. Stan und die beiden anderen hatten ihn gequält, seit er in der Stadt war. Und im Laufe der Jahre war es schlimmer geworden. Je älter Stan, Mike und Evan wurden, desto derber wurden auch die Scherze, die sie sich mit ihm erlaubten, und seit einigen Monaten wurde es wirklich gefährlich. Der Moment war abzusehen, wo einer von ihnen (vermutlich Dulac) wirklich ernsthaft verletzt werden würde, und wenn Stan noch ein wenig älter wurde und vielleicht eines Tages eine Waffe in die Hand bekam ...

Nein, Dulac wollte lieber nicht daran denken, was dann geschah. Irgendwann einmal, das wusste er einfach, würde er es ihnen heimzahlen. Wenn er erst einmal eine Rüstung trug und seinen Platz an König Artus' Tafel innehatte ...

»Bis dahin ist es aber noch ein weiter Weg, mein Junge.«

Diesmal erkannte Dulac die Stimme sofort. Erschrocken fuhr er herum.

»Und ich fürchte fast, er ist ein bisschen zu weit, als dass

du ihn gehen könntest«, fuhr Artus fort. In seiner Stimme war ein ganz sachter, tadelnder Ton, aber er lächelte und irgendwie spürte Dulac, dass er nicht zornig war.
Trotzdem wich er rasch zwei oder drei Schritte zurück und senkte den Blick. Ihm wurde erst jetzt mit gehörigem Schrecken klar, dass er einen Teil seiner Gedanken wohl laut ausgesprochen haben musste, sodass Artus sie gehört hatte.
»Verzeiht, Herr«, murmelte er. »Ich wollte nicht –«
»Was?«, unterbrach ihn Artus. »Träumen? Aber dafür musst du dich nicht entschuldigen. Träume sind das kostbarste Gut, das Menschen ihr Eigen nennen.«
Dulac verstand nicht wirklich, was Artus meinte – aber er war auch viel zu sehr von Ehrfurcht gepackt, als dass er wirklich darüber hätte nachdenken können. Obwohl fast kein Tag verging, an dem er den König nicht sah, nahm Artus doch normalerweise kaum Notiz von ihm. Und dass er ihn ansprach – außer um ihm einen Befehl zu erteilen – , kam so gut wie niemals vor. Dulac hatte sich schon ernsthaft gefragt, ob Artus überhaupt wusste, wer er war.
»Ich fürchte, ich ... ich verstehe nicht ganz, was Ihr meint, Herr«, stammelte er.
Zu seiner Überraschung lächelte Artus, als hätte er etwas ungemein Komisches gesagt. »Dann bist du ein sehr glücklicher Junge«, sagte er und lachte leise.
»Du willst also ein Ritter werden«, fragte er nach einer kurzen Pause. »Nun, wenn es an dem ist, dann musst du auch den Umgang mit Schwert und Schild erlernen.« Er sah sich nach allen Richtungen um. »Es ist früh. Die anderen werden erst in einiger Zeit kommen. Wenn du willst ...«

Er zog sein Schwert aus dem Gürtel und Dulacs Augen wurden groß vor Staunen. Artus schien seinen Ausdruck jedoch falsch zu deuten, denn er senkte hastig die Waffe und beeilte sich in beruhigendem Ton zu sagen: »Keine Angst. Ich tue dir nichts.«

»Das ... das weiß ich, Herr«, stammelte Dulac. »Ich war nur so ... so überrascht.« Artus, der König von Britannien, wollte ihn, einen einfachen Küchenjungen, den Schwertkampf lehren? Es fiel ihm schwer, das zu glauben.

»Worte«, sagte Artus. Er drehte sich rasch um, ging zu seinem Pferd und kam nach einem Augenblick zurück. Er hielt ein zweites, deutlich kleineres und wohl auch leichteres Schwert in der Hand, das er Dulac mit dem Griff voran hinhielt.

»Nimm es ruhig«, sagte er auffordernd. »Es beißt dich nicht.«

Dulac griff mit klopfendem Herzen nach dem Schwert. Die Waffe war schwerer, als er erwartet hatte, und hatte nur eine stumpfe Schneide und eine abgerundete Spitze; vermutlich, damit man sich beim Üben nicht zu schnell verletzte. Auch bestand sie nicht aus kostbarem Stahl wie Artus' Schwert, sondern aus schlecht geschmiedetem Eisen. Trotzdem fühlte sich das Schwert auf eine fast Angst machende Weise ... gut an.

»Hast du schon einmal ein Schwert in der Hand gehabt?«, fragte Artus. »Ich meine: Um damit zu kämpfen, nicht um es zu polieren oder heimlich damit zu spielen.«

Dulac schüttelte den Kopf. Er hatte gerade Artus' Schwert schon sehr oft heimlich aus der Scheide gezogen, um die schimmernde Klinge zu bewundern oder ein bisschen damit herumzufuchteln und sich dabei wie ein richtiger Ritter zu fühlen, aber Artus' Frage musste er wahrheitsgemäß verneinen.

»Dann wird es Zeit für eine Lektion«, sagte Artus lächelnd. »Aber bevor wir anfangen, denk immer daran: Eine Waffe ist kein Spielzeug. Selbst dieses Übungsschwert ist eine gefährliche Waffe, die verwunden und sogar töten kann. Hast du das verstanden?«

»Ja, Herr«, sagte Dulac ehrfürchtig.

»Dann ist es ja gut«, sagte Artus. »Und nun – greif mich an.«

Dulac rührte sich nicht.

»Nur zu«, sagte Artus aufmunternd. »Keine Angst. Nimm dein Schwert und versuch mich damit zu treffen.«

»Seid Ihr ... ganz sicher, Herr?«, fragte Dulac.

»Natürlich bin ich sicher«, antwortete Artus. Er klang ein bisschen ungeduldig. »Worauf wartest du? Greif mich an!«

Dulac ergriff das Schwert fest mit beiden Händen –

und im nächsten Augenblick lag Artus auf dem Rücken, japste nach Luft und starrte aus ungläubig aufgerissenen Augen auf das Schwert, dessen Spitze Dulac gegen seine Kehle drückte.

Niemand war erschrockener als Dulac selbst. Mit einer fast entsetzten Bewegung sprang er zurück, ließ das Schwert fallen und starrte abwechselnd und fassungslos seine Hände und Artus an.

»Verzeiht, Herr!«, stammelte er. »Bitte vergebt mir! Ich ... ich weiß auch nicht, was ... was ...«

Er verstummte, als ihm klar wurde, dass Artus seine Worte gar nicht hörte. Der König richtete sich unsicher auf, sah Dulac an und blickte dann ziemlich hilflos in die Richtung, in der sein Schwert davongeflogen war.

»Wie ... wie hast du das gemacht?«, wunderte er sich.
»Ich weiß es nicht, Herr!«, stammelte Dulac – und das entsprach der Wahrheit. Er hatte nicht nur nicht die geringste Ahnung, er konnte sich nicht einmal genau erinnern, was er getan hatte. Alles war so unglaublich schnell gegangen. »Bitte verzeiht mir, Herr! Ich wollte Euch wirklich nicht verletzen! Ich weiß gar nicht, wie –«
»Ich muss gestolpert sein«, murmelte Artus. »Wie ungeschickt von mir. Heb dein Schwert auf, wir versuchen es gleich noch einmal.«
»Lieber nicht, Herr«, sagte Dulac. »Ich glaube nicht, dass –«
Artus bückte sich nach seiner Waffe, fuhr mit einer heftigen Bewegung herum und sagte: »Heb dein Schwert auf und versuch es noch einmal!«
Das war ein Befehl, dem Dulac sich nicht widersetzen konnte. Mit zitternden Händen hob er das Übungsschwert auf und sah Artus an. »Ich möchte das eigentlich nicht, Herr«, sagte er. »Ich meine –«
»Aber ich möchte es«, unterbrach ihn Artus. Es klang plötzlich gar nicht mehr freundlich. »Greif mich an!«
»Wie Ihr befehlt, Herr«, seufzte Dulac.
Als Artus das nächste Mal aufstand, hatte sein Gesicht eine Menge von seiner Farbe verloren und er blutete aus einer dünnen Schnittwunde am Hals. Sein Schwert war so weit davongeflogen, dass es in der Dunkelheit nicht mehr zu sehen war.
»Das ... das ... das tut mir entsetzlich Leid, Herr«, stammelte Dulac. Er war den Tränen nahe. Er hatte das Blut des Königs vergossen! Ganz egal, ob er es nun absichtlich getan hatte oder nicht, sein Leben war verwirkt.

»Ach, halt die Klappe!«, knurrte Artus. Er stand auf, fuhr sich mit der Hand über den Hals und betrachtete anschließend stirnrunzelnd das Blut, das an seinen Fingern klebte.

»Du hast also noch nie ein Schwert in der Hand gehabt, wie?«, knurrte er. »Dann musst du entweder ein wahres Naturtalent sein oder der unverschämteste Lügner, der mir je untergekommen ist.«

»Ich schwöre, Herr, ich ... ich weiß nicht, was passiert ist!«, stammelte Dulac und das entsprach mit jedem Wort der Wahrheit. Er erinnerte sich nur, dass ... irgendetwas geschehen war. Nicht er schien das Schwert geführt zu haben, sondern das Schwert ihn, und das so schnell, dass er seine eigenen Bewegungen nicht einmal wirklich mitbekommen hatte.

Zitternd vor Furcht fiel er auf die Knie und senkte das Haupt. »Verzeiht mir, Herr!«, flehte er. »Bitte tötet mich nicht. Ich schwöre Euch, dass es keine Absicht war.«

Artus bedachte ihn mit einem finsteren Blick, dann wandte er sich um und kniete am Flussufer nieder, um sich das Blut vom Hals zu waschen.

»Du kannst gehen«, knurrte er.

»Gehen?« Dulac hob ungläubig den Kopf. »Ihr meint, Ihr wollt mich nicht bestrafen?«

»Wofür?«, fragte Artus übellaunig.

»Ich habe Euch verletzt«, sagte Dulac.

»Verletzt? Dass ich nicht lache! Das war meine eigene Ungeschicklichkeit, was bildest du dir ein, Bursche? Soll ich etwa zugeben, dass mich ein Küchenjunge im Schwertkampf besiegt hat?« Er schüttelte heftig den Kopf. »Verschwinde endlich. Geh und suche Dagda, diesen alten

Quacksalber. Er soll sich beeilen herzukommen, und Verbandzeug mitbringen. Und was dich angeht, so will ich dich in den nächsten beiden Tagen nicht mehr bei Hofe sehen.«

Eine halbe Stunde später ging die Sonne auf, aber er hatte Dagda nicht gefunden. Um ganz ehrlich zu sein: Er hatte auch nicht wirklich nach ihm gesucht.

Dulac befand sich am anderen Ende der Stadt, aber er konnte selbst nicht genau sagen, wie er hierher gekommen war. Er war noch immer vollkommen verstört. Dulac verstand nicht einmal annähernd, was gerade am Flussufer geschehen war, aber eines war ihm doch vollkommen klar: Es war *kein* Zufall gewesen und schon gar keine Ungeschicklichkeit des Königs. Artus war möglicherweise nicht der unbesiegbare Schwertkämpfer, für den ihn der Großteil der Welt hielt (der, der *nicht* in Camelot lebte, hieß das), aber er war immerhin ein Ritter mit langen Jahren an Erfahrung. Es war vollkommen unmöglich, dass er von einem Küchenjungen entwaffnet wurde, der noch niemals zuvor ein Schwert in der Hand gehalten hatte – und noch dazu gleich zweimal hintereinander!

Und doch war ganz genau das geschehen.

Es war vollkommen ausgeschlossen, so viel war klar. Er musste mit Dagda darüber reden.

Dulac überlegte einen Moment, zur Burg zurückzugehen, wo Dagda jetzt wahrscheinlich schon alle Hände voll damit zu tun hatte, die diversen Wunden und Prellungen zu versorgen, die sich Artus und seine Ritter immer zuzogen, wenn sie mit ihren Waffen übten. Aber Artus hatte ihm ja ausdrücklich verboten, ihm in den nächsten beiden Tagen unter die Augen zu treten, und er war nicht besonders ver-

sessen darauf, herauszufinden, wie weit Artus' Geduld mit ihm ging. Außerdem fiel ihm ein, dass Dagda ja auf dem Weg vom Gasthaus gewesen war. Mit ein bisschen Glück würde er ihn dort noch treffen und sie konnten sich auf dem Rückweg zur Burg unterhalten.
Er machte sich sofort auf den Weg. Rings um ihn herum erwachte die Stadt allmählich, und als er das Gasthaus erreichte, waren die Straßen bereits voller Menschen, die ihrem Tagwerk nachgingen.
Im Gasthaus war es noch still, als er es erreichte. Nirgendwo brannte Licht, aber er hörte ein leises Rumoren aus der Küche und traf auf einen ziemlich verschlafen dreinblickenden Tander, als er den Geräuschen folgte. Außerdem hatte Tander seine übliche Laune: miserabel.
»Was tust du hier, du Faulpelz?«, fuhr er ihn an, noch bevor Dulac auch nur ein Wort sagen konnte. »Du solltest längst auf der Burg sein und arbeiten!«
»Der ... der König schickt mich«, improvisierte Dulac hastig. »Ich soll nach Dagda suchen.«
»Der war hier«, knurrte Tander. »Aber du kommst zu spät.«
»Er ist schon wieder fort?«
»Er war nur einen Augenblick hier«, sagte Tander miesepetrig. »Hat mit Uther gesprochen und seiner Frau.«
»Habt Ihr gehört, was sie geredet haben?«, entfuhr es Dulac.
Tander kniff die Augen zusammen. »Was fällt dir ein? Willst du mir unterstellen, dass ich meine Gäste belausche?«
Nein, unterstellen wollte Dulac ihm das ganz bestimmt nicht. Er wusste, dass es so war.

»Sprichst du nicht mehr mit mir?«, fragte Tander ärgerlich, als er nicht sofort antwortete. Er verzog abfällig das Gesicht. »Aber ja, fast hätte ich es vergessen: Du bist ja jetzt etwas Besonderes, seit du mit Königen speist und nächtliche Spaziergänge mit Königinnen machst.«
Dulac zog es vor, auch darauf nicht zu antworten, aber damit hatte Tander wohl auch nicht gerechnet, denn er fuhr fast ohne Unterbrechung fort:
»Aber freu dich bloß nicht zu früh. Sobald du heute Abend von der Arbeit kommst, ist es mit dem schönen Leben vorbei.«
Dulac konnte es sich gerade noch verkneifen, Tander zu fragen, von welchem *schönen Leben* er eigentlich sprach. Stattdessen deutete er nur ein Achselzucken an und sagte leise: »König Uther und sein Gefolge reisen heute ab, ich weiß.«
»Das sind sie bereits«, sagte Tander gehässig. »Deine Gönner sind losgeritten, kaum dass Dagda gegangen war. Und ich kann dir sagen, was sie mir bezahlt haben, war alles andere als königlich.«
»Sie sind schon fort?«, entfuhr es Dulac.
»Fort und vergessen«, bestätigte Tander böse. »Und ich kann dir versprechen, dass du jede Minute nacharbeiten wirst, die du mit Uther und diesem Mädchen vertrödelt hast!«
»Weg?«, sagte Dulac noch einmal. »Einfach so? Ich meine ... haben sie nichts mehr ... gesagt?«
»Was bildest du dir ein, hätten sie sagen sollen? Dass Uther dich adoptiert oder dich wenigstens in sein Testament aufnimmt?« Er schnaubte. »Ich wusste immer, dass du ein Träumer bist. Aber ich werde dir die Flausen schon

austreiben. Geh nach draußen und hol Brennholz aus dem Schuppen und danach –«
»Ich muss zurück zur Burg«, unterbrach ihn Dulac. »Artus hat mir befohlen nach Dagda zu suchen.«
»Dann wirst du die Arbeit eben heute Abend nachholen«, sagte Tander. »Nur keine Sorge, ich hebe sie dir schon auf.«
Dulac hörte kaum zu. Er war zutiefst enttäuscht. Natürlich hatte er sich keinerlei Illusionen gemacht, dass sich zwischen Gwinneth und ihm mehr entwickeln könnte als eine flüchtige Bekanntschaft; eine Bekanntschaft noch dazu, die höchst einseitig war und die die junge Königin vermutlich in wenigen Tagen schon vergessen haben würde. Trotzdem hatte er gehofft, sie wenigstens noch einmal zu sehen, und sei es nur, um sich von ihr verabschieden zu können.
»Wann ... wann sind sie fort?«, fragte er stockend.
»Vor einer ganzen Weile«, antwortete Tander. Seine Augen funkelten boshaft. »Und wenn es nach mir geht, brauchen sie auch gar nicht wiederzukommen. Adeliges Pack! Sie machen sich ein schönes Leben auf unsere Kosten, aber wie es uns geht, das interessiert sie nicht.«
Dulac ging. Wenn Tander so anfing, dann fand er normalerweise kein Ende mehr und nur zu oft artete es darin aus, dass er sich in Rage redete und seine Wut dann an ihm ausließ. Außerdem konnten Uther und Gwinneth noch nicht allzu weit fort sein. Es gab nur zwei Straßen, die nach Camelot und wieder fort führten. Auf einer davon war er selbst hierher gekommen, also musste Uther die andere genommen haben. Und mit seinem Gefolge und dem schweren Tross würde er nicht sehr schnell sein. Dulac hatte eine gute Chance, ihn noch einzuholen.

Er verließ das Gasthaus, wandte sich nach Westen und tat etwas im Grunde ganz und gar Unerhörtes, ohne sich selbst darüber im Klaren zu sein: Statt zur Burg zurückzugehen, wie er Tander gegenüber behauptet hatte, schlug er ein scharfes Tempo ein und machte sich auf den Weg, um König Uther und Gwinneth einzuholen.

Westlich von Camelot erstreckte sich auf einen halben Tagesmarsch ein sanft hügeliges Gelände, in dem sich Grasland und kleine, manchmal aber sehr dichte Waldgebiete abwechselten. Hier wohnten nur sehr wenige Menschen. Camelot war die größte Stadt weit und breit und so weit Dulac wusste, war der nächste Ort, der diesen Namen wirklich verdiente, fast einen Tagesritt entfernt. Allerdings gab es auf dem Weg dorthin einige Höfe und Gasthäuser, in denen Uther und sein Gefolge vielleicht einkehren würden, sodass Dulac sich gute Chancen ausrechnete, sie spätestens dort einzuholen. Er hatte sich vorgenommen, nicht länger als bis zum Mittag zu marschieren und spätestens dann kehrtzumachen, um pünktlich bei Sonnenuntergang wieder in der Stadt zu sein. Eine ganz leise Stimme in seinem Kopf beharrte hartnäckig auf der Frage, was er hier eigentlich tat – es war schon ziemlich verrückt, einen ganzen Tagesmarsch in Kauf zu nehmen, nur um Gwinneth noch einmal zu sehen und sich von ihr zu verabschieden. Dulac weigerte sich einfach ihr zuzuhören.

Es sollte ohnehin anders kommen.

Dulac war vielleicht eine Stunde unterwegs. Der Weg schlängelte sich am Ufer eines schlammigen Sees entlang und war an dieser Stelle sehr schmal. Zur Rechten erhob sich ein dichter Wald, aus dem noch ein Hauch der zurückgebliebenen Nachtkälte herüberwehte, und dicht vor ihm machte der Weg einen scharfen Knick, der Dulac möglicherweise das Leben rettete. Er ging mit gesenktem Blick, weil die Sonne noch tief stand und ihr Licht seine Augen blendete, aber auch weil er hoffte, in dem weichen Boden möglicherweise Spuren zu entdecken.

Er sah nichts, aber er hörte plötzlich Stimmen und das Getrappel von Pferdehufen und irgendetwas daran ... warnte ihn.

Dulac blieb stehen. Sein Herz begann zu klopfen. Er konnte das Gefühl nicht begründen, aber er spürte ganz deutlich, dass dort vorne eine Gefahr auf ihn zukam.

Dulac sah sich hastig um. Der nahe liegende Gedanke war, sich im Unterholz zu verbergen, aber das Gestrüpp war an dieser Stelle so dicht, dass ein Durchkommen unmöglich schien; jedenfalls nicht ohne Spuren zu hinterlassen. Also wandte er sich zur anderen Seite, zum Wasser hin. Der See war nicht sehr groß, aber am Ufer wuchs dichtes und fast mannshohes Schilf, in dem er sich verbergen konnte ... Schnell, aber trotzdem sehr vorsichtig, um das Schilf nicht zu knicken, watete er ins Wasser und ließ sich in die Hocke sinken.

Keinen Augenblick zu früh. Zwei, dann drei und schließlich vier Reiter bogen auf den Weg ein, schwarze Schatten gegen das grelle Sonnenlicht, die Dulac in seiner Aufregung wie leibhaftige Dämonen erschienen, die direkt aus der Hölle gekommen waren. Hätte er auch nur einen Atemzug länger gewartet, dann wären sie buchstäblich über ihn gestolpert.

Der vorderste Reiter ließ sein Pferd noch ein paar Schritte weiter traben, dann hielt er an und legte lauschend den

Kopf auf die Seite. Auch die anderen Männer zügelten ihre Tiere und der Reiter zu seiner Rechten fragte: »Was hast du?«
»Nichts«, antwortete der Fremde in einer Tonlage, die das genaue Gegenteil behauptete. »Ich dachte, ich hätte etwas gehört. Aber anscheinend habe ich mich getäuscht.«
Dulac ließ sich noch weiter ins Wasser sinken, bis seine Knie den schlammigen Grund des Sees berührten. Er war sicher, dass er hinter dem Schilf vollkommen unsichtbar war – aber wenn er die Nähe der Reiter gespürt hatte, wieso sollten sie nicht umgekehrt spüren, dass sie beobachtet wurden?
»Vielleicht sollten wir besser hier warten«, antwortete der andere Reiter. »Der Wald gibt uns Deckung. Ich möchte dem König doch nicht die Überraschung verderben.«
Er lachte rau, stieg vom Pferd und schlug die Kapuze seines schwarzen Mantels zurück. Dulacs Herz begann so heftig zu pochen, dass er für den Moment felsenfest davon überzeugt war, das Geräusch müsse noch auf dem Weg zu hören sein.
Es war Mordred.
Obwohl Dulac ihn nur einmal kurz gesehen hatte und er nun andere Kleider trug, erkannte Dulac ihn sofort. Plötzlich war er sehr, sehr froh, auf seine innere Stimme gehört zu haben. Mordred hatte auch umgekehrt ihn nur einen Augenblick lang gesehen und wahrscheinlich hatte er sich nicht die Mühe gemacht, sich das Gesicht eines Küchenjungen einzuprägen. Aber nach allem, was er über Mordred gehört hatte, würde er auch nicht zögern, ihm schon aus reiner Vorsicht den Hals durchzuschneiden.
»Ich hoffe, dieser verdammte Bengel kommt auch«,

knurrte der Reiter, der zuerst gesprochen hatte. Zusammen mit den beiden anderen Männern stieg auch er vom Pferd und schlug seinen Mantel zurück. Er hatte ein breites, sehr kantiges Gesicht, das fremd, aber nicht unbedingt unsympathisch wirkte, schwarzes Haar und sehr helle, stechend blaue Augen. In seiner Stimme war ein leiser Akzent zu hören, den Dulac nicht kannte.

»Er kommt«, versicherte Mordred. Er lachte leise. »Immerhin habe ich ihm ein Goldstück versprochen. Dafür würde er seine Mutter verkaufen.«

»Falls er eine hat«, antwortete sein Begleiter. »Diese englischen Bastarde werden doch alle von Hündinnen geworfen.«

Seine beiden Begleiter lachten hart, aber Mordreds Gesicht verzog sich zu etwas, das man als Lächeln deuten konnte, das aber wohl eher das genaue Gegenteil war.

»Falls du es vergessen haben solltest, mein Freund«, sagte er in liebenswürdigem Tonfall, »meine Mutter war eine englische Königin.«

»Und Euer Vater ein englischer König, ich weiß«, antwortete der andere ungerührt. »Und trotzdem steht Ihr in unseren Diensten und lasst Euch dafür bezahlen, gegen die Briten zu kämpfen.«

Mordreds Hand senkte sich in einer wie zufällig wirkenden Bewegung auf den Schwertgriff. »Manchmal kämpfe ich auch, ohne dafür bezahlt zu werden«, sagte er.

Der Dunkelhaarige schüttelte den Kopf. »Ich kämpfe nicht mit Euch«, sagte er. Nach einem Moment und etwas leiser fügte er hinzu: »Noch nicht.«

Mordred starrte ihn noch einen Moment lang an, dann aber entspannte er sich sichtbar und nahm die Hand vom

Schwert. »Du hast Recht«, sagte er. »Unsere Schwerter werden in den nächsten Tagen noch genügend Blut schmecken. Es muss nicht das unsere sein.«
Pikten. Dulac dachte an sein Gespräch mit Dagda zurück und war jetzt sicher, dass es sich bei den drei Männern um Pikten handelte. Dagda und auch Uther hatten behauptet, dass es sich um ein wildes Barbarenvolk handelte, aber in Dulacs Augen unterschieden sich die drei Männer kaum von den meisten Edelleuten, die zu Besuch nach Camelot kamen. Was natürlich auch an diesen Edelleuten liegen konnte ...
Dulac verlagerte vorsichtig sein Gewicht, um in eine etwas bequemere Position zu gelangen. Es nutzte nicht viel. Das Wasser war so eisig, dass seine Beine schon fast gefühllos geworden waren, und die Kälte kroch langsam, aber auch unaufhaltsam in seinem Körper hoch. Außerdem war der Schlamm, in dem er kniete, nicht so weich, wie er sein sollte. Etwas Hartes verbarg sich darunter. Er musste irgendwie seine Lage verändern, wollte er nicht Gefahr laufen, ein verräterisches Geräusch zu machen.
Vielleicht hatte er es sogar schon, denn Mordred hob plötzlich den Kopf und sah so genau in seine Richtung, dass es unmöglich ein Zufall sein konnte. Seine Augen wurden schmal. Für die Dauer eines Herzschlages schien sich ihr Blick direkt in den Dulacs zu bohren, dann drehte er sich herum und begann auf das Ufer zuzugehen.
Dulac geriet in Panik. Er war sicher, dass Mordred ihn entdeckt hatte oder ihn spätestens in den nächsten Sekunden sehen würde.
»Da ist er«, sagte der Pikte.
Mordred drehte sich mitten in der Bewegung herum und sah in die Richtung, in die die Hand des Mannes wies, und

Dulac konnte gerade noch ein erleichtertes Aufatmen unterdrücken, das ihn wohl endgültig verraten hätte.
Dann verdüsterte sich sein Gesicht, als er die Gestalt sah, die auf einem klapprigen Esel den Weg heruntergeritten kam. Es war niemand anderes als Evan.
»Das wurde aber auch Zeit«, sagte Mordred, während er dem Jungen entgegentrat. »Du hättest längst hier sein sollen. Was hat dich aufgehalten?«
»Ich konnte nicht eher kommen, Herr«, beeilte sich Evan zu versichern. In seiner Stimme lag ein Ton zwischen Furcht und Trotz, wobei die Furcht deutlich überwog. Und wäre Dulac nicht vollkommen durcheinander und schier erstarrt vor Furcht gewesen, dann wäre ihm sicher auch aufgefallen, was für eine durch und durch lächerliche Figur Evan auf seinem Esel bot. Das Tier war nicht besonders groß, sodass Evans dürre Beine fast über den Boden schleiften, und er gab sich alle Mühe, möglichst gelassen und vielleicht sogar ein bisschen herausfordernd zu wirken, erreichte damit aber eher das Gegenteil.
»Und warum nicht, wenn ich fragen darf?«, erkundigte sich Mordred in einem freundlichen Tonfall, der Dulac einen eisigen Schauer über den Rücken laufen ließ.
»Es ist im Moment gar nicht so einfach, Camelot zu verlassen«, antwortete Evan. »Wenigstens nicht, ohne dass Artus und seine Ritter es merken. Sie sind in großer Aufregung, Herr. Ich glaube, Euretwegen.«
In Mordreds Augen blitzte es auf. Für die Dauer eines Atemzuges gelang es ihm nicht mehr ganz, die Fassade von Freundlichkeit und Langmut aufrechtzuerhalten. Evan war drauf und dran, sich um seinen Hals zu reden, aber er schien es nicht zu bemerken.

»Und?«, fragte Mordred.
»Ich musste einen großen Umweg machen, um ungesehen aus der Stadt zu kommen«, beharrte Evan. »Und es war auch nicht leicht, die Wahrheit aus diesem Dummkopf von Schankwirt herauszubekommen. Erst wollte er gar nicht reden, aber am Schluss habe ich dann doch erfahren, was Ihr wissen wollt.«
»Ach«, sagte Mordred. Seine Hand strich über den Schwertgriff.
Evan druckste einen Moment herum. »Ihr ... hattet uns eine Belohnung versprochen«, erinnerte er.
»Und die wirst du auch bekommen«, antwortete Mordred. »Ich kann dir versichern, dass sie dem Wert deiner Informationen angemessen sein wird.«
»Herr?«, fragte Evan verständnislos.
Mordred seufzte. »Du bekommst dein Goldstück«, sagte er resignierend. »Sprich!«
Auf Evans Gesicht erschien ein breites, fast triumphierendes Grinsen. »Ich weiß, wo Uther und sein Gefolge sind«, sagte er.
»Wie schön für dich«, sagte Mordred gepresst. »Und hättest du vielleicht auch die Güte, uns an deinem Wissen teilhaben zu lassen?«
»Ein ganzes Goldstück?«, vergewisserte sich Evan. »Ganz für mich allein?«
Mordred zog das Schwert einen Fingerbreit aus der Scheide und ließ es mit einem scharrenden Laut wieder zurückschnappen. »Sagen wir, ich verspreche dir auf jeden Fall ein Stück Metall«, antwortete er und das verstand offensichtlich sogar Evan, denn er wurde plötzlich blass.

»Im ... im Schwarzen Eber«, sagte er hastig. »Sie wollen gegen Mittag dort rasten.«
»Der *Schwarze Eber*?«
»Ein Gasthaus, zwei Stunden den Weg hinab«, antwortete Evan. »Mit Euren schnellen Pferden aber viel weniger.« Er atmete erleichtert auf. »Bekomme ich jetzt das Goldstück?«
Immerhin nahm Mordred die Hand vom Schwert und das war vermutlich ein größeres Glück, als Evan auch nur ahnte. »Sobald ich mich davon überzeugt habe, dass du die Wahrheit gesagt hast«, sagte er.
»Aber –«, protestierte Evan.
»Zweifelst du etwa an meinem Wort?«, fragte Mordred kalt.
»Na...na...natürlich nicht, Herr«, stammelte Evan. »Es ist nur so, dass ... dass die anderen sich auf mich verlassen und ...«
»Ihr bekommt, was euch zusteht«, unterbrach ihn Mordred. »Wenn ich Uther wirklich im *Schwarzen Eber* finde und mit ihm reden kann, dann kommen wir spätestens morgen nach Camelot und ihr bekommt eure Belohnung.«
Evan dachte einen Moment angestrengt über diesen Vorschlag nach, aber selbst er schien zu begreifen, dass es besser war, Mordred nicht noch weiter zu reizen.
»Dann ... reite ich jetzt besser wieder zurück«, sagte er stockend.
»Tu das«, antwortete Mordred. »Und kein Wort über unser Treffen. Ich will Uther überraschen.«
»Sicher«, sagte Evan nervös. »Und ... und vielen Dank auch noch einmal, Herr.« Er begann mit reichlich unge-

schickten Bewegungen seinen Esel auf dem schmalen Weg zu wenden und beeilte sich loszureiten.
Mordred sah ihm finster nach, bis er ein gutes Stück entfernt war. Dann sagte er leise: »Heldaar, sorge dafür, dass er nicht redet. Er hat eine lose Zunge.«
Einer der drei piktischen Krieger stieg in den Sattel und ritt in die Richtung davon, aus der sie gekommen waren, und Mordred wandte sich zu dem Dunkelhaarigen um, mit dem er am Anfang gesprochen hatte.
»Es fällt mir schwer, zu glauben, dass Uther es uns so leicht machen soll«, sagte er.
»Er weiß nicht, dass wir hier sind«, gab der Pikte zu bedenken.
»Er weiß es«, versicherte Mordred grimmig. »Du begehst den gleichen Fehler, der daran schuld ist, dass dein Volk in der Vergangenheit beinahe ausgelöscht wurde, mein Freund. Du unterschätzt deine Feinde. Ich tue das nicht. Ich kenne Uther seit vielen Jahren. Er ist alt geworden, ein Wolf, dem allmählich die Zähne ausfallen. Aber er bleibt ein Wolf.«
Der Pikte verzog geringschätzig die Lippen. »Das ist auch nur ein großer Hund.«
Auch er wird nicht mehr allzu lange leben, dachte Dulac. Und was ihn selbst anging: Er würde es nicht mehr lange in dieser Stellung aushalten. Alles unterhalb seines Bauchnabels war mittlerweile vollkommen gefühllos – abgesehen von dem pochenden Schmerz in seinem rechten Knie –, aber sein Rücken und seine Schultern schmerzten unerträglich. Wenn er nur die mindeste Bewegung – und das dazugehörige Geräusch – machte, dann würde der Pikte ihn auf jeden Fall überleben.

»Machen wir uns auf den Weg«, sagte Mordred, als hätte er die Antwort des Pikten gar nicht gehört. »Der Junge hat von zwei Stunden gesprochen. Wahrscheinlich brauchen wir nur eine, aber es ist auch nicht mehr lange bis Mittag.«

Seine beiden Begleiter stiegen in die Sättel und auch Mordred ging zu seinem Pferd und streckte die Hand nach dem Zügel aus, hielt dann aber mitten in der Bewegung inne – und drehte den Kopf genau in Dulacs Richtung!

»Da ist doch jemand«, murmelte er. Statt in den Sattel zu steigen, drehte er sich wieder herum und ging langsam auf das Seeufer zu.

Dulac erstarrte für eine Sekunde vor Entsetzen und klammerte sich wider besseres Wissen an die Hoffnung, dass Mordred doch noch stehen bleiben oder in eine andere Richtung gehen würde. Aber er tat weder das eine noch das andere. Er blieb nicht stehen und er ging weiter und so zielsicher auf Dulacs Versteck zu, als wüsste er genau um seine Anwesenheit.

Dulacs Gedanken überschlugen sich. Selbst wenn er noch die Kraft gehabt hätte, davonzulaufen – seine Beine waren so gefühllos und taub, als wären sie zu Stein erstarrt –, wäre es viel zu spät gewesen. Mordred war nur noch ein paar Schritte entfernt. Er hatte nur eine einzige Chance.

Mordred hob die Arme, um das dichte Schilf zu teilen, und im selben Moment, in dem er ins Wasser trat, ließ sich Dulac zur Seite fallen.

Die Eiseskälte des Wassers nahm ihm auch noch den Rest von Atem. Seine Lungen schienen explodieren zu wollen und seine Finger gruben sich in schierer Verzweiflung in den Schlamm. Noch einen Moment und er würde aufste-

hen müssen und dann würde Mordred ihn töten. Aber wenigstens würde er noch ein einziges Mal atmen können.
Unter seinen tastenden Fingern war plötzlich etwas Hartes, Glattes und sehr Großes. Halb wahnsinnig vor Atemnot und Angst riss Dulac seinen Fund aus dem Schlamm und hatte trotz allem noch genug Energie, um ihn nicht nur als uralten rostigen Helm zu erkennen, sondern sich auch darüber zu wundern, wie dieses Rüstungsteil hierher auf den Seegrund kam.
Ohne zu wissen, warum, griff er auch mit der rechten Hand zu, stülpte den Helm über –
und konnte atmen.
Das Gefühl, endlich wieder Luft zu bekommen, war im ersten Moment so überwältigend, dass Dulac sich nicht einmal darüber wunderte, wo der rettende Sauerstoff in diesem Moment überhaupt herkam, sondern einfach nur tief ein- und ausatmete, immer und immer wieder, als wäre es das Einzige, was in seinem Leben überhaupt noch eine Rolle spielte.
Erst nachdem sicherlich eine Minute vergangen war, wagte er es, die Augen wieder zu öffnen und durch die schmalen Sehschlitze des Helmes nach draußen zu sehen.
Mordreds Stiefel ragten kaum eine Handbreit vor ihm aus dem Schlamm, aber er hatte sich herumgedreht und blickte in die andere Richtung, von ihm weg. Vielleicht hatte er doch noch eine Chance.
Zum allerersten Mal begann sich Dulac zu fragen, wieso er eigentlich noch am Leben war. Er befand sich dreißig Zentimeter tief unter Wasser! In dem Helm musste sich eine Luftblase gefangen haben, als er untergegangen war.
Mordred bewegte sich. Seine Füße wirbelten noch mehr

braunen Schlamm vom Seegrund auf, sodass Dulac gar nichts mehr sah, aber immerhin spürte er, dass Mordred sich von ihm entfernte. So unglaublich es schien, er hatte ihn nicht entdeckt.
Wie lange würde die Luft in seinem Helm reichen? Sicherlich nicht länger als ein paar Augenblicke. Sie schmeckte jetzt schon eigenartig und würde bestimmt in ein paar Minuten verbraucht sein.
Dulac zählte in Gedanken langsam bis zwanzig, dann atmete er noch einmal tief ein, schlüpfte aus dem Helm und richtete sich unendlich behutsam auf.
»... wohl getäuscht haben«, hörte er Mordreds Stimme. Seine Stimme klang verzerrt, weil Dulac noch Wasser in den Ohren hatte, aber immerhin bemerkte er, dass sie von links kam, aus der Richtung, in der das Schilf noch ein wenig dichter war. »Hier ist niemand.«
»Dann kommt aus dem Wasser und lasst uns weiterreiten. Es ist nicht mehr viel Zeit bis zur Mittagsstunde.«
Dulac bog vorsichtig das Schilf auseinander. Mordred befand sich nur ein knappes Dutzend Schritte von ihm entfernt, marschierte aber rasch auf das Ufer zu, ging ohne noch einmal zu zögern zu seinem Pferd und stieg auf. Seine beiden Begleiter wollten unverzüglich losreiten, aber Mordred wandte sich noch einmal im Sattel um und ließ seinen Blick über den See schweifen. Seine Augen waren zu schmalen, misstrauischen Schlitzen zusammengekniffen.
»Ich hätte geschworen ...«, murmelte er. Dann schüttelte er abrupt den Kopf, als hätte er sich in Gedanken eine Frage gestellt und die mögliche Antwort als vollkommen unsinnig abgetan.

»Was hättest du geschworen?«
Nicht nur Dulac fuhr erschrocken zusammen, als die Stimme scheinbar aus dem Nichts ertönte. Auch Mordred erschrak deutlich und drehte sich so hastig im Sattel herum, dass sein Pferd unwillig schnaubte und auszubrechen versuchte.
Ein Gestalt trat aus dem Wald hervor. Im ersten Moment konnte Dulac sie kaum erkennen, obwohl sie im hellen Sonnenlicht dastand. Irgendetwas an ihr war sonderbar. Nein. Das war das falsche Wort. *Unheimlich.* Das traf es schon viel eher. Er konnte erkennen, dass es sich um eine Frau handelte, aber das war auch schon alles. Es war, als hätte sie einen Teil der Dunkelheit, die dort drinnen im Wald herrschte, mit sich nach draußen gebracht, und Dulac verspürte ein eisiges Fröstlen, das viel tiefer ging als die Kälte, mit der ihn das Wasser erfüllte.
Dann machte die Frau einen weiteren Schritt und aus dem Schatten wurde eine Gestalt, die Substanz und ein Gesicht hatte. Ein sehr schönes Gesicht, wie Dulac eingestehen musste, auch wenn irgendetwas Düsteres, Unheimliches hinter seinen ebenmäßigen Zügen zu lauern schien. Er war vollkommen sicher, das Gesicht der schwarzhaarigen Schönheit noch nie zuvor gesehen zu haben, aber etwas daran kam ihm trotzdem unglaublich *vertraut* vor.
»Mor...«, begann Mordred, wurde von der jungen Frau aber sofort und mit einer ärgerlichen Geste unterbrochen. »Was tut ihr hier?«, herrschte sie die Männer an. »Ihr solltet längst beim Gasthaus sein. Ich dachte, ihr hättet dort eine Verabredung.«
»Verzeiht, Herrin«, sagte einer der Pikten hastig. »Wir haben nur –«

Er brach ab, als die Schwarzhaarige den Kopf wandte und ihn mit einem Blick maß, der eine brennende Fackel in Eis verwandelt hätte. Hastig senkte er den Kopf und ließ sein Pferd sogar einen Schritt rückwärts gehen.

»Also?«

»Wir ... sind schon auf dem Weg«, sagte Mordred leise. »Verzeih.«

»Beeilt euch!«, befahl die Schwarzhaarige. »Zum Reden ist später noch Zeit!«

Mordred nickte hastig. Ohne ein weiteres Wort gab er seinem Pferd die Zügel und galoppierte davon. Und auch seine Begleiter hatten es plötzlich sehr eilig, loszupreschen. Dulac blieb reglos und mit pochendem Herzen im Wasser hocken, bis die drei Reiter wieder hinter der gleichen Wegbiegung verschwunden waren, hinter der sie vor wenigen Minuten aufgetaucht waren, und wartete darauf, dass auch die unheimliche Fremde wieder ging. Aber sie rührte sich nicht. Endlose Sekunden stand sie einfach da und starrte in die Richtung, in der Mordred und seine Begleiter verschwunden waren, dann drehte sie sich ganz langsam herum und ihr Blick tastete in Dulacs Richtung.

Dulacs Herz machte einen erschrockenen Sprung. Für einen Moment war er felsenfest davon überzeugt, dass er nun wirklich entdeckt worden war, denn die dunklen Augen der Fremden sahen so genau in seine Richtung, dass es einfach kein Zufall mehr sein konnte. Und dann erschien ein sehr sonderbarer Ausdruck auf ihren Zügen. Etwas, das ein Lächeln sein konnte, aber auch das genaue Gegenteil, und das ganz eindeutig ihm galt.

Dann drehte sich die fremde Frau herum und verschwand

so lautlos und auf ebenso unheimliche Weise wieder im Wald, wie sie aufgetaucht war.
Dulac atmete erleichtert auf, aber er gab selbst dann noch fast eine Minute zu, bevor er es wagte, sich ganz aufzurichten und einen Schritt auf das Ufer hin zu machen.
Sein Fuß stieß gegen etwas Hartes; zweifellos der Helm, der ihm gerade das Leben gerettet hatte. Obwohl es nur ein Stück altes Metall war, hätte Dulac es als unpassend empfunden, ihn einfach so liegen zu lassen, also bückte er sich, grub mit den Händen im Schlamm und stieß auf glatten und sehr harten Widerstand. Es war nicht der Helm. Dafür war es viel zu schwer.
Dulac musste all seine Kraft aufbieten, um seinen Fund aus dem Schlamm zu ziehen. Es war ein Schild. Er war alt und verbeult wie der Helm und angesichts seiner enormen Größe nicht einmal sehr schwer. Dulac drehte ihn einen Moment verwirrt in den Händen, dann warf er ihn mit einer schwungvollen Bewegung in Richtung Ufer und griff erneut nach unten.
Innerhalb der nächsten Minuten fand Dulac einen Brust- und Rückenharnisch, Beinschienen und metallene Stiefel, Panzerhandschuhe und Armschützer und natürlich den Helm, der ihm vorhin das Leben gerettet hatte, kurz: eine komplette Rüstung. Nachdem er den Helm ans Ufer geworfen hatte, griff er aus einem bloßen Gefühl heraus noch einmal in den Schlamm und förderte als Letztes einen aus Metall geflochtenen Waffengurt und eine schlanke Schwertscheide zutage, aus der der Griff einer fast zierlich anmutenden Waffe ragte; ein ausgewachsenes Schwert für Dulac, in den Händen eines Ritters aber kaum mehr als ein Spielzeug.

Dulac war vollkommen verwirrt. Was er hier gefunden hatte, war ein regelrechter Schatz. Alt oder nicht, eine Rüstung war etwas unglaublich Wertvolles, das niemand einfach so wegwerfen würde. Es sei denn ...
Ein eisiger Schauer lief über seinen Rücken, als Dulac begriff, dass er vermutlich die Rüstung eines Toten gefunden hatte. Der Mann musste hier am Ufer gestorben und in seiner Rüstung ins Wasser gestürzt sein. Die Rüstung hatte dort so lange gelegen, bis ihr rechtmäßiger Besitzer von Fischen und Würmern aufgefressen worden war.
Nun, dachte Dulac schaudernd, zumindest wusste er jetzt, warum die Luft im Helm so seltsam geschmeckt hatte.
Nichts war im Moment so wichtig für ihn wie Zeit. Trotzdem überlegte Dulac noch einen Augenblick, was er mit seinem Fund anfangen sollte. Er war einfach zu kostbar, um ihn wieder ins Wasser zurückzuwerfen oder ihn einfach hier liegen zu lassen. Und es war nicht nur der rein materielle Wert – auch wenn er enorm war –, der ihn faszinierte. Irgendetwas ... Besonderes war an dieser Rüstung. Es war, als ob sie auf unheimliche Weise mit ihm sprach. Es waren keine Worte und wenn, dann konnte Dulac sie nicht verstehen, aber da war ein sonderbares, wort- und lautloses Flüstern tief in ihm. Er wusste einfach, dass es kein Zufall war, dass diese Rüstung ihm das Leben gerettet hatte. Ebenso wenig wie es ein Zufall war, dass er sie gefunden hatte. Es war fast, als hätte sie ihn ... *gerufen*?
Dulac lächelte nervös und versuchte den Gedanken als so lächerlich abzutun, wie er klang, als eine Stimme hinter ihm sagte:
»Was treibst du da, Bursche?«
Dulac erstarrte für eine Sekunde. Sein Herz schlug ganz

langsam, aber sehr hart, und er blieb reglos so stehen, wie er war: Halb nach vorne gebeugt und die rechte Hand auf dem Schwertgriff. Er widerstand der Versuchung, sich erschrocken herumzudrehen, aber er wusste wie durch Zauberei ganz genau, was hinter ihm war: Der Pikte war zurückgekommen!

Ohne aufzustehen oder die Hand vom Schwert zu nehmen, drehte er sich herum und sah seine Befürchtungen nicht nur bestätigt, sondern sogar übertroffen. Der Krieger war zurück, aber er war nicht allein. Er zog einen Maulesel am Zügel hinter sich her, über dessen Rücken ein regloser Körper lag. Dulac konnte Evans Gesicht nicht erkennen, aber das Haar das Jungen, das wirr nach unten hing, war voller Blut.

»Ich habe dich gefragt, was du da tust, Bürschchen«, wiederholte der Pikte zornig. Er ließ den Zügel des Maulesels los, schwang sich aus dem Sattel und trat herausfordernd auf Dulac zu. »Was hast du da?«

Dulacs Hand schloss sich um das Schwert. Mit einem scharrenden, sonderbar ... *gierigen* Laut glitt es aus der Scheide.

»Deinen Tod«, sagte er.

Der *Schwarze Eber* war nicht das, was man in Camelot unter einem Gasthaus verstanden hätte – oder in irgendeiner anderen Stadt. Er bestand nur aus einem roh aus kaum behauenen Felsblöcken gebauten Haus, an das sich ein windschiefer Pferdestall anlehnte, der nicht so aussah, als würde er nach dem nächsten Winter noch stehen. Aber er war im Umkreis eines halben Tagesrittes der einzige Ort, an dem Reisende rasten und ihre Pferde tauschen konnten, und zumindest im Moment glich er mehr einem Heerlager als der heruntergekommenen Kaschemme, die er in Wirklichkeit war: Mehr als drei Dutzend gepanzerter Schlachtrösser waren am nahen Waldrand angebunden und die gleiche Anzahl Ritter in schimmernden Rüstungen stand in kleinen Gruppen beieinander, durchsuchte das Haus oder durchkämmte auch den nahe gelegenen Wald. Artus selbst stand zusammen mit Gawain und Parzifal unweit des Einganges und vor ihm stieg ein Junge mit blutverschmierten blonden Haaren vor Aufregung unentwegt von einem Bein auf das andere.

»Aber wenn ich es Euch doch sage, Herr!«, versicherte Evan händeringend. »Es war ganz genau so: Dieser Ritter –«

»Langsam, Junge.« Parzifal unterbrach ihn mit einer Geste. »Vielleicht sollten wir zuerst einmal klären, was du unter einem Ritter verstehst. Beschreibe ihn.«

Evan maß den jungen Tafelritter mit einem Blick, der voller Furcht und Respekt war, in dem aber auch eine Spur von Verachtung mitschwang.

»Er war sehr groß«, antwortete er. »Sicher so groß wie Ihr, Herr, wenn nicht größer. Ich konnte sein Gesicht nicht erkennen, denn sein Visier war geschlossen.«

»Aber er trug eine Rüstung«, vergewisserte sich Artus. »Wie wir.«

»Nicht wir Ihr«, antwortete Evan kopfschüttelnd. »Sie war ganz aus Silber, genau wie sein Schwert. Er hat den Pikten erschlagen.«

Artus und Parzifal tauschten einen raschen, beredten Blick, der Evan möglicherweise entging, Dulac aber keineswegs.

»Ein Pikte, sagst du«, vergewisserte sich Parzifal. »Woher weißt du das?«
»Der Silberne Ritter hat es mir gesagt«, antwortete Evan – was eine glatte Lüge war. Dulac wusste es, aber auch Parzifal schien es zumindest zu ahnen.
»Und du hast gesehen, dass er den Pikten erschlagen hat?«, fragte Artus.
»Nicht ... direkt, Herr«, gestand Evan. »Aber als ich wach wurde, da war er tot und der Silberne Ritter stand vor mir, ein blutiges Schwert in der Hand. Wer sonst soll ihn erschlagen haben?«
Gawain wollte eine Frage stellen, aber Artus hob rasch die Hand und brachte ihn zum Schweigen. »Und dann?«
»Er ... er hat mir aufgetragen, Euch zu alarmieren, Herr«, antwortete Evan stockend. »Ich habe das Pferd des toten Pikten genommen und bin geritten wie der Teufel.«
»Und er selbst ist hierher gekommen und hat Mordred und seine beiden Begleiter in die Flucht geschlagen«, fügte Artus hinzu – allerdings mehr an sich selbst gewandt. Er schüttelte den Kopf. »Ganz allein. Ein Mann gegen drei. Das ist schwer zu glauben.«
»Der Wirt behauptet es wenigstens«, gab Gawain zu bedenken.
»Und König Uther auch«, fügte Parzifal hinzu.
»Uther ...« Artus seufzte. Auf seinem Gesicht machte sich ein seltsamer Ausdruck breit, den Dulac nicht zu deuten wusste, der aber nicht sehr angenehm auf ihn wirkte. Und als hätte er seine Gedanken gelesen, drehte sich Artus in diesem Moment zu ihm herum und maß ihn mit einem langen Blick.
»Herr?«, fragte Dulac nervös.

»Nichts«, antwortete Artus. Seine Hand fuhr in einer unbewussten Bewegung über den schmalen, nicht sehr sauberen Verband, den er am Hals trug, dann drehte er sich wieder herum und wandte sich in verändertem Ton an Evan.

»Du hast recht daran getan, uns zu alarmieren, Junge. Komm morgen früh zur Burg und du wirst eine angemessene Belohnung erhalten. Und nun geh!«

Evan ging nicht, er *floh* regelrecht. Artus sah ihm zu, wie er auf seinen Esel sprang und davonritt, dann drehte er sich zu Dulac herum, maß ihn noch einmal mit diesem sonderbaren Blick und fragte dann: »Und was tust du hier?«

Dulac hätte seine rechte Hand für die Antwort auf diese Frage gegeben. Er wusste es nicht. Er wusste nicht einmal, wie er hierher kam, geschweige denn warum.

»Ich ... ich habe gesehen, dass Ihr und Eure Ritter die Burg verlassen habt«, improvisierte er. Eine glatte Lüge, aber eine Ausrede, die ihm einigermaßen glaubhaft erschien. »Ich bin Euch gefolgt, weil ich dachte, Ihr ... Ihr würdet vielleicht Hilfe brauchen.«

Ich glaube dir kein Wort, sagte Artus' Blick. Aber er ließ es dabei bewenden und wandte sich kopfschüttelnd und mit einem tiefen Seufzen an Gawain.

»Wenn es diesen Silbernen Ritter wirklich gibt, warum ist er dann nicht hier? Wieso riskiert er sein Leben und kämpft gegen Mordred und bleibt nicht einmal hier, um unseren Dank entgegenzunehmen?«

»Das weiß ich nicht«, antwortete Gawain. »Fragt Uther. Vielleicht kann er Euch diese Frage beantworten. Er war dabei.«

Er machte eine Kopfbewegung zum Haus. Die Tür zum *Schwarzen Eber* hatte sich geöffnet und König Uther trat heraus, begleitet von Leodegranz und Braiden, zwei weiteren Tafelrittern. Wie alle anderen waren auch sie gekommen, um ihn und die Seinen zu retten – und trotzdem machten sie irgendwie mehr den Eindruck von *Wächtern* statt von *Beschützern*.
Dulacs Herz schlug ein wenig schneller. Die Tür schloss sich hinter Uther wieder; Gwinneth kam nicht aus dem Haus. Trotzdem wich Dulac ein paar Schritte zurück, um Schutz im Schatten des Waldrandes zu suchen. Sein Herz klopfte. Er wollte nichts mehr als Gwinneth wieder sehen, aber zugleich gab es im Moment auch kaum etwas, wovor er mehr Angst hatte.
Artus verharrte wortlos und in sonderbar angespannter Haltung, während Uther näher kam. Und auch der Ausdruck auf Uthers Gesicht war ... seltsam. Die Freude auf seinen Zügen war echt, aber da war auch noch etwas anderes.
»Artus«, sagte er.
»Uther, alter Freund«, erwiderte Artus. »Ich kann nicht sagen, wie erleichtert ich bin, Euch unversehrt zu sehen – Ihr seid doch unversehrt?«
»Ja«, antwortete Uther. »Alles, was verletzt wurde, ist mein Stolz.« Sein Gesicht verfinsterte sich. »Ich habe versucht Mordred zu bezwingen. Vor zwanzig Jahren wäre es mir gelungen.«
»Und in weiteren zwanzig Jahren wird jemand kommen, der Mordred bezwingt«, fiel ihm Artus ins Wort. »Und mich. So ist der Lauf der Zeit.«
»Ich weiß«, antwortete Uther. »Aber muss es mir gefallen?«

Artus lachte, kurz und sehr hart. »Nein«, sagte er, »erzählt.«
»Da gibt es nicht viel zu erzählen«, antwortete Uther leise. »Mordred und seine Barbarenkrieger haben uns überfallen. Meine Krieger haben sich tapfer gewehrt, aber sie wurden niedergemacht. Und auch ich wäre gestorben, wäre dieser fremde Ritter nicht gekommen.«
»Der Silberne Ritter?«, fragte Parzifal.
Uther hob die Schultern. »Er hat seinen Namen nicht genannt«, sagte er. »Genau genommen hat er gar nicht gesprochen, glaube ich. Mordred und seine Krieger hatten mich eingekreist. Sie hätten mich töten können, aber Mordred wollte wohl noch ein wenig mit mir spielen. Plötzlich tauchte dieser Fremde auf. Er fuhr wie der Leibhaftige unter die Angreifer. Nie zuvor habe ich einen Mann so kämpfen sehen. Er tötete die meisten Pikten.«
»Ich weiß«, sagte Artus. »Wir haben ihre Leichen gefunden. Einige im Gasthaus und noch mehr im Wald. Und er war allein? Ganz allein?«
»Ganz allein«, bestätigte Uther. »Die meisten Pikten flohen bei seinem bloßen Anblick. Er hätte auch Mordred getötet, hätten sich nicht etliche Pikten für ihn geopfert.«
»Also ist Mordred entkommen«, vergewisserte sich Artus. Seine Stimme war vollkommen ausdruckslos.
»Er ist verletzt«, antwortete Uther. Er zögerte einen Moment und hob dann die Schultern. »Ich mag mich irren, aber ich habe das Gefühl, dass er ihn nicht töten wollte.«
»Wie sonderbar«, sagte Parzifal stirnrunzelnd und Leodegranz fügte hinzu: »Warum sollte er sein Leben riskieren und Mordred dann entkommen lassen? Ihr kennt Mord-

red so gut wie ich, Uther. Er wird diese Niederlage nicht auf sich beruhen lassen.«

Artus machte eine unwillige Geste. »Fragen über Fragen. Wir werden sie klären, aber nicht jetzt. Im Moment zählt einzig, dass Ihr am Leben seid, mein alter Freund. Und natürlich Eure Gemahlin. Lady Gwinneth geht es gut, hoffe ich doch?«

Uther zögerte einen Augenblick. »Sie ist unverletzt«, antwortete er, »aber sie hat große Angst ausgestanden. Ich möchte im Moment –«

»Ich verstehe«, unterbrach ihn Artus. Seine Stimme war kühler geworden, aber er lächelte. »Es ist im Augenblick auch nicht so wichtig. Alles, was zählt, ist, dass Ihr am Leben seid und in Sicherheit.« Er machte eine weit ausholende Geste. »Wir kehren zurück nach Camelot. Dort seid Ihr erst einmal in Sicherheit und könnt Euch von den Strapazen und der Aufregung erholen. Wir können später über alles reden.«

Uther nickte. Er sagte nichts, aber der Ausdruck auf seinem Gesicht war eindeutig. Artus' Einladung war keine Einladung – aber welche Wahl hatte er schon?

»Gawain, Parzifal«, sagte Artus, »ihr begleitet mich auf dem schnellsten Weg zurück nach Camelot.« Er hob die Stimme. »Ihr anderen seid mir jeder persönlich dafür verantwortlich, dass König Uther und seine Gemahlin unversehrt nach Camelot kommen. Und schickt Boten in alle befreundeten Königreiche! Ich fürchte, wir stehen vor einem Krieg mit den Pikten!«

Der Rückweg nach Camelot kam ihm endlos vor, obwohl er ihn im Gegensatz zum Hinweg nicht zu Fuß hinter sich

bringen musste. Keiner von Uthers Männern hatte das Gemetzel überlebt, das die Pikten angerichtet hatten, und auch etliche Barbarenkrieger waren hinterher dem Schwert des Silbernen Ritters zum Opfer gefallen, sodass kein Mangel an überzähligen Pferden bestand und Dulac wie alle anderen reiten konnte, Artus hatte ihm einen Platz ganz am Ende der Kolonne zugewiesen, von dem aus er Uther – und vor allem Gwinneth! – nicht sehen konnte, und zu seiner großen Enttäuschung wurden Artus' Gäste auch sofort in ihre Gemächer geführt, als sie die Burg erreichten.
Von diesem Wermutstropfen einmal abgesehen war Dulac jedoch beinahe froh, den Weg mehr oder weniger allein zurücklegen zu können. Da waren einfach zu viele Fragen, auf die er keine Antworten fand – und etliche, deren Antworten er möglicherweise gar nicht wissen wollte.
Zum Beispiel die, wie er zum *Schwarzen Eber* gekommen war.
Oder die, was zwischen dem Moment, in dem er sich zu dem Pikten herumgedreht hatte, und dem, im dem Artus und seine Ritter vor dem Gasthof erschienen, eigentlich *passiert* war.
Dem Stand der Sonne nach zu urteilen mussten seither gute drei Stunden vergangen sein, wenn nicht vier, aber da, wo in seinem Kopf die Erinnerung an diese Zeit sein sollte, war nichts als ein einziges, schwarzes Loch. Er erinnerte sich, sich zu dem Barbarenkrieger herumgedreht zu haben und dann ...
Nichts.
Das Nächste, was er wusste, war, dass er am Waldrand stand und den Tafelrittern zusah, wie sie von ihren Pferden

sprangen und ausschwärmten, um den Wald nach überlebenden Pikten zu durchkämmen.

Was ihn zu einer weiteren – und vielleicht der wichtigsten – Frage brachte: Wieso lebte er noch?

Fragen über Fragen, aber keine einzige Antwort. Jede Möglichkeit, die er erwog, erschien ihm lächerlicher als die andere.

Der Tag war weit fortgeschritten, als sie Camelot erreichten, aber es war eindeutig noch zu früh, nach Hause zu gehen. Dort wartete ohnehin nur Tander auf ihn, um ihn mit Arbeit und Vorwürfen zu überschütten, und wenn er hier blieb, dann hatte er vielleicht noch eine kleine Chance, wenigstens einen Blick auf Gwinneth zu erhaschen. Also ging er in die Küche hinunter. Vielleicht konnte ihm Dagda helfen, Licht in das Dunkel zu bringen.

Er fand ihn nicht. Die Küche war verwaist. Unter dem großen Kessel brannte kein Feuer und auch die angrenzenden Räume waren leer. Er wollte schon wieder gehen, besann sich aber dann anders und trat in die Bibliothek, in der Gwinneth und er Dagda gestern Abend über dem geheimnisvollen Buch angetroffen hatten.

Jetzt, bei Tage, kam ihm der Raum nicht mehr annähernd so verzaubert und unheimlich vor wie in der vergangenen Nacht. Es war einfach nur ein muffiges Gewölbe, in das nur wenig Tageslicht drang und das mit hölzernen Regalen voller Pergamentrollen und schweren gebundenen Bücher voll gestopft war. Das Buch, in dem Dagda gelesen hatte, lag nach wie vor an seinem Platz.

Dulac trat hinzu, strich einen Moment zögernd mit den Fingern über das Leder, in das es gebunden war, und schlug das Buch dann auf.

Die Seiten waren leer!
Die Bilder und kunstvoll gemalten Buchstaben, die er in der Nacht zuvor gesehen hatte, waren nicht mehr da.
Aber das war doch unmöglich! Dulac starrte die Seiten einige Zeit verwirrt an, dann schlug er das Buch zu und besah sich noch einmal und sehr aufmerksam den Einband.
Es war ganz eindeutig dasselbe Buch.
Nur dass seine Seiten jetzt vollkommen leer waren. Die Schrift war ebenso spurlos verschwunden wie die geheimnisvollen Bilder, die Gwinneth und er gesehen hatten ...
Gwinneth.
Dulac schüttelte den Kopf, ein wenig verärgert über sich selbst. Es schien ganz egal zu sein, was er tat und worüber er grübelte – irgendwie kehrten seine Gedanken immer wieder zu Gwinneth zurück.
Er drehte sich herum – und fuhr so erschrocken zusammen, dass er um ein Haar das Gleichgewicht verloren hätte. Dagda stand hinter ihm. Das allein wäre noch nicht so erstaunlich gewesen, denn er kannte Dagda lange genug um zu wissen, dass er sich trotz seines Alters so lautlos wie eine Katze bewegen konnte. Aber hinter Dagda war – nichts. Nur eine Wand aus fugenlos vermauerten Felssteinen, in der es keine Tür, keine Öffnung, nicht den geringsten Spalt gab!
»Hast du gefunden, wonach du gesucht hast?«, fragte Dagda. Seine Stimme klang spröde und in seinen Augen lag ein Glitzern, das Dulac beinahe erschreckte.
»Ich ... ich weiß nicht, was ...«, stammelte Dulac.
»Ganz genau«, sagte Dagda grimmig. »Du weißt nicht. Das ist das Problem, wie mir scheint. Du weißt einfach zu vieles *nicht*. Du weißt nicht einmal, dass du nichts weißt.«

Dulac hatte nicht die geringste Ahnung, wovon Dagda überhaupt sprach, aber es war nicht das erste Mal, dass es ihm so erging. Dagda sprach oft in Rätseln. Und manchmal hatte Dulac auch den Verdacht, dass er einfach nur Unsinn redete.
Er dachte angestrengt über eine Antwort nach, aber Dagda schien gar keine haben zu wollen, denn er winkte herrisch ab und fuhr fort: »Wo warst du den ganzen Tag? Und was ist das überhaupt für eine Aufregung?«
»Ich ... Artus ...«, stotterte Dulac.
»Artus?« Dagda zog die Augenbrauen zusammen und Dulac fiel erst jetzt auf, wie schlecht er aussah. Seine Wangen waren eingefallen und seine Haut wirkte grau und wächsern. Er roch nicht gut: nach kaltem Schweiß und krank.
»Er hat mich weggeschickt«, antwortete Dulac. »Er war ... ziemlich wütend auf mich, fürchte ich.«
»Wütend? Was hast du getan?«
»Ich habe ihn verletzt«, gestand Dulac kleinlaut. Allein die Erinnerung an die hässliche Szene vom Morgen bereitete ihm Unbehagen. Aber zugleich war er auch fast erleichtert, mit jemandem darüber reden zu können.
»Was ist passiert?«, wollte Dagda wissen. Er wirkte mit einem Male sehr angespannt.
»Ich war am Fluss«, antwortete Dulac. »Artus kam eher als die anderen. Er sprach mit mir ... darüber, dass ich ein Ritter werden will, und ... und dann hat er mir ein Schwert gegeben und mir angeboten, ein wenig mit ihm zu üben, und –«
»– und Euer Schützling hätte mir um ein Haar den Hals durchgeschnitten«, führte eine dritte Stimme den Satz zu

Ende. Dagda hob mit einem Ruck den Kopf und Dulac drehte sich mit klopfendem Herzen zu Artus herum, der unbemerkt hereingekommen war.

»Es war meine eigene Ungeschicklichkeit«, fuhr Artus fort und hob die linke Hand zu dem schmalen Verband an seinem Hals. Zu Dulacs Erstaunen lächelte er sogar.

»Auch wenn es ein ungewohntes Gefühl für mich ist«, fuhr er direkt an Dulac gewandt fort, »entschuldige ich mich bei dir. Ich hätte dir keine Vorwürfe machen dürfen. Wenn überhaupt jemanden, dann trifft mich die Schuld. Ich hätte dir kein Schwert geben dürfen. Jemand wie ich sollte wissen, dass eine Waffe kein Spielzeug ist.«

»Ihr habt ... was?«, fragte Dagda fassungslos. »Ihr habt ihm ein Schwert gegeben? Ihr habt zugelassen, dass er Blut vergießt?«

Dulac stieß ungläubig die Luft zwischen den Zähen aus. Der Ton, den Dagda dem König gegenüber anschlug, war ungeheuerlich. Was ihn aber vollends überraschte, war Artus' Reaktion auf Dagdas Worte. Statt ihn in seine Schranken zu weisen, wirkte Artus für einen Moment regelrecht erschrocken, und als er endlich sprach, klang seine Stimme geradezu kleinlaut.

»Es war nur eine harmlose Übung. Ich konnte nicht ahnen –«

»– was geschieht, wenn er ein Schwert in die Hand bekommt?«, fiel ihm Dagda ins Wort.

»Es war nicht einmal ein richtiges Schwert!«, verteidigte sich Artus. Es kam Dulac fast unglaublich vor, aber er sprach eindeutig im Tonfall der Verteidigung, obwohl er der König und Dagda nur sein Koch und Hofzauberer war. »Es war nur ein besseres Spielzeug, das –«

»– um ein Haar ausgereicht hätte, Euch den Hals zu kosten!«, fiel ihm Dagda ins Wort. »Habt Ihr denn alles vergessen ...« Er fuhr plötzlich zusammen, trat einen halben Schritt zurück und senkte betroffen den Blick.
»Verzeiht, mein König«, sagte er. »Ich habe mich hinreißen lassen.«
»Schon gut«, antwortete Artus. Er lächelte, aber auf seine Art wirkte er ebenso erschrocken und verwirrt wie Dagda. »Es war für uns alle ein schwerer Tag. Wir haben heute Abend Gäste auf Camelot. Tragt also dafür Sorge, dass nur das Beste aus Eurer Küche auf unsere Tafel gelangt.«
»Selbstverständlich, mein König«, antwortete Dagda ohne den Blick zu heben.
»Und du ...« Artus drehte sich zu Dulac herum. »Der Junge, der uns gewarnt hat ... du kennst ihn?«
Dulac nickte. »Evan.«
»Geh zu ihm und sorge dafür, dass er morgen früh auf der Burg erscheint. Ich habe ihm eine Belohnung versprochen. Und ich muss mit ihm über diesen Silbernen Ritter reden.«
Dagda sah hoch. Eine tiefe Falte erschien zwischen seinen Augenbrauen, aber er sagte nichts. Als Artus sich wieder zu ihm herumdrehte, senkte er hastig den Blick und wartete, bis sich der König wieder abgewandt hatte und mit schnellen Schritten davongegangen war. Erst dann richtete er seine Aufmerksamkeit wieder auf Dulac.
»Was hat es mit diesem Silbernen Ritter auf sich?«, fragte er.
»Davon weiß ich nichts«, log Dulac. »Aber was hatte das zu bedeuten, dass Ihr ihn gewarnt hättet, mir eine Waffe in die Hand zu geben?«

»Nichts«, antwortete Dagda. »Das war nur so dahingesagt.«
»Nein«, erwiderte Dulac laut und in einem Ton, der keinerlei Widerspruch zuließ. »Das war es nicht.«
Dagda zögerte. Er hustete, drehte sich herum und schlurfte ein paar Schritte davon. »Es ist schwierig zu erklären«, sagte er. »Ich weiß nicht, ob du es verstehst.«
»Versucht es!«, verlangte Dulac. Sein Herz klopfte. Er hatte das Gefühl, dass Dagda ihm gleich etwas sehr Wichtiges mitteilen würde.
»Du warst immer etwas Besonderes für mich, Dulac«, antwortete Dagda leise. »Ich weiß, dass ich es dir manchmal wohl schwer mache, das zu glauben, aber es ist die Wahrheit. Ich wollte nie, dass du so wirst wie die anderen.«
»Welche anderen?«
»Alle«, antwortete Dagda. »Diese Jungen, die es gestern auf dich abgesehen hatten. Artus und seine Ritter. Mordred. Die Pikten.« Er schüttelte den Kopf. »Selbst Uther. Sie alle kennen nur Kampf, Töten, Waffen ...« Er seufzte tief. »Ich will nicht, dass du so aufwächst, Dulac. Nicht mit dem Schwert in der Hand und Hass im Herzen.«
Dulac war verwirrt. Dagdas Worte – so seltsam sie ihm erschienen – klangen sogar einleuchtend, zumindest wenn man Dagda und seine manchmal etwas weltfremden Ansichten kannte. Und trotzdem hatte er das Gefühl, dass es sich nur um eine Ausrede handelte; noch dazu um eine, die ihm in genau dem Moment erst eingefallen war, in dem er sie aussprach.
»Und wie soll ich mich meiner Haut wehren, wenn ich auf jemanden treffe, der nicht so denkt?«, fragte Dulac. »So wie gestern Abend zum Beispiel?«

»Was, wenn du gestern eine Waffe gehabt hättest?«, gab Dagda zurück. »Dann wäre jetzt vielleicht einer der drei Jungen tot. Vielleicht alle. Vielleicht auch du.«
Dulac antwortete nicht. Er wusste nur zu gut, wie wenig Sinn es gehabt hätte. Dagda war ein wahrer Meister darin, ein Gespräch in die Richtung zu lenken, die er wollte. Er wechselte bewusst das Thema und auch die Tonlage.
»Wenn Artus ein großes Festmahl wünscht, dann sollten wir allmählich beginnen.«
Dagda hustete unterdrückt. »Ich fühle mich einer solchen Aufgabe heute nicht gewachsen«, sagte er. »Geh zu deinem Herrn und bestelle ein Festmahl für heute Abend. Er wird sich über diesen unerwarteten Auftrag freuen.«
»Er wird Euch das Fell über die Ohren ziehen«, sagte Dulac. »Tander ist ein Halsabschneider, wie er im Buche steht.«
Dagda lächelte dünn. »Das weiß ich«, sagte er. »Was die Bezahlung angeht, so verweise ihn an mich.«
Dulac spürte, dass das Gespräch damit beendet war, und wandte sich um, ging aber nur ein paar Schritte und blieb dann noch einmal stehen. Was er sah, erschreckte ihn.
Dagda stand noch immer unverändert an der gleichen Stelle und schien in seine Richtung zu sehen, aber seine Augen waren trüb und sein Blick schien geradewegs durch ihn hindurch zu gehen. Seine Lippen waren blutleer, und wenn man genau hinsah, konnte man erkennen, dass seine Hände ganz leicht zitterten. Er sah unglaublich *alt* aus.
»Dagda?«, fragte Dulac.
Dagda fuhr zusammen, blinzelte und zwang dann ein Lächeln auf sein Gesicht, das allerdings vielmehr zur Grimasse geriet. »Was?«

»Ist ... alles in Ordnung mit Euch?«, fragte Dulac zögernd. »Ihr seht ein wenig krank aus.«
»Ich bin nicht krank«, erwiderte Dagda ärgerlich. »Ich bin alt, falls es dir entgangen sein sollte. Aber ich bin bei bester Gesundheit.« Er hustete, um seine Worte auf der Stelle Lügen zu strafen. »Aber du scheinst etwas auf den Ohren zu haben. Hatte ich dir nicht einen Auftrag gegeben?«

Tander zeigte sich von der unerwarteten Bestellung aus Camelot nicht annähernd so erbaut, wie Dagda erwartet hatte. Er reagierte ganz im Gegenteil ziemlich missmutig und begann sofort zu lamentieren, dass er bei Bestellungen von Hofe niemals auf seine Kosten käme und am Ende nicht nur draufzahlen, sondern in den Ruin getrieben würde, wenn Artus ihn öfter mit solchen Aufträgen bedachte.
Dulac hörte auch kaum hin. Natürlich verlangte Tander von ihm, dass er den Großteil der Arbeit übernahm, und obwohl er sich so gut es ging herausredete, legte er den Weg vom Gasthaus zur Burg an diesem Abend mindestens ein Dutzend Mal zurück. Es war lange nach Mitternacht, als er endlich torkelnd vor Müdigkeit in die Scheune zurückkehrte, um sich für die wenigen verbliebenen Stunden bis zum Sonnenaufgang schlafen zu legen. Das Festmahl hatte bis weit in die Nacht gedauert und war gegen Ende eher in ein Trinkgelage ausgeartet und weder Uther noch Gwinneth hatten daran teilgenommen. Dulac tröstete sich mit dem Gedanken, dass er sie am nächsten Tag sehen würde. Und im Moment war ihm nichts wichtiger als sich ins Stroh zu legen und zu schlafen.
Er sollte jedoch nicht so schnell dazu kommen. Als er die

Leiter zum Heuboden hinaufstieg, hörte er ein Rascheln und Wolf sprang freudig kläffend an ihm empor und begann ihm die Hände abzulecken. Dulac spürte leise Gewissensbisse: Er hatte den Hund den ganzen Tag über nicht gesehen und auch nicht einen einzigen Gedanken an ihn verschwendet. Er ging in die Knie, strich Wolf mit der Hand über den Kopf und sagte: »Nicht so laut, mein Kleiner. Du weckst am Ende noch Tander auf und der lässt uns beide dann die Sterne am Himmel zählen oder die Pflastersteine auf der Straße.«

Wolf winselte leise, fast als hätte er die Worte verstanden, rannte zurück zu dem Heuhaufen, aus dem er herausgekommen war, und begann erneut zu kläffen.

»Wolf, still!«, sagte Dulac scharf.

Wolf bellte nur noch lauter und Dulac verdrehte die Augen. Wolf würde nicht eher Ruhe geben, bis er seinen Willen hatte, und die einzige Alternative war, ihn so lange bellen zu lassen, bis Tander tatsächlich wach wurde und herkam – und dann war an Schlaf in dieser Nacht garantiert nicht mehr zu denken.

Er streckte die Hand nach dem Hund aus, aber Wolf wich vor seiner Berührung zurück und verschwand im Stroh. Er machte es ihm wirklich nicht leicht.

Dulac seufzte noch tiefer, grub mit den Händen im Stroh – und riss ungläubig die Augen auf.

Statt eines kleinen schwanzwedelnden Hundes förderte er das silberfarbene Schulterstück einer Rüstung zutage.

Es blieb nicht bei diesem einen Teil.

Dulac wühlte weiter im Stroh und grub nach und nach eine komplette Rüstung aus – die silberne Rüstung, die er im See gefunden hatte.

Sein Herz klopfte. Wie kam sie hierher? Wer hatte sie hergebracht und vor allem warum?
Dulacs Müdigkeit war wie weggeblasen. Mit zitternden Fingern nahm er ein Stück nach dem anderen in die Hände. Er hatte viele Rüstungen, Schwerter und Schilde gesehen, aber noch nie etwas derart Prachtvolles. Das Metall hatte einen Farbton, der tatsächlich mehr nach Silber als nach Eisen aussah, und trotz der langen Jahre, die sie im Wasser gelegen hatte, hatte sie nicht den geringsten Kratzer. Schild, Brustharnisch und Helm waren fein ziseliert und auch der Griff des Schwertes war mit einem kunstvollen, unglaublich feinen Muster verziert.
Das meiste davon waren scheinbar sinnlose Linien und Symbole, die wohl zur Zierde dienten, aber ein ganz bestimmtes Motiv tauchte immer wieder auf – groß auf Brustharnisch und Schild, etwas kleiner auf den Handschuhen und den Ellbogen- und Knieschützern: das Abbild eines prachtvollen Kelches, der Dulac auf seltsame Weise bekannt vorkam, auch wenn er nicht gleich wusste, wieso.
Doch nachdem er eine Weile darüber nachgedacht hatte, glaubte er dieses Symbol zu erkennen. Diese Rüstung musste einem unglaublich edlen und vor allem reichen Ritter gehört haben und die meisten Edelleute pflegten ihre Rüstungen mit religiösen Motiven zu verzieren; den Symbolen des neuen Glaubens, der die alten Götter immer schneller und schneller verdrängte. Vermutlich handelte es sich bei der Darstellung dieses Kelches um nichts anderes als den Heiligen Gral, jenen sagenumwobenen Becher, aus dem Gottes Sohn selbst getrunken und seinen Jüngern das letzte Abendmahl erteilt haben sollte, und den seither je-

der Ritter und jeder Abenteurer auf der Welt suchte. Auch etliche von Artus' Rittern führten den Heiligen Gral in Schild und Wappen, wenn auch nicht so deutlich, wie es bei dieser Rüstung der Fall war.

Zögernd zog Dulac die Waffe aus ihrer Scheide. Auf der Klinge schimmerten fremdartige Runen, Buchstaben in einer Schrift, die Dulac nicht lesen konnte, die ihm aber sonderbar vertraut vorkamen.

Das Schwert war nicht besonders groß. Die Klinge war nicht viel länger als sein Unterarm und kaum breiter als drei nebeneinander gelegte Finger. Der Griff lag so perfekt in seiner Hand, als wäre das Schwert eigens für ihn angefertigt worden, und sein Gewicht war kaum zu spüren.

Dafür fühlte Dulac etwas anderes, etwas durch und durch Unheimliches: Mit einem Mal war es ihm, als höre er ein Wispern und Raunen, helle Stimmen, die in einer zugleich fremden wie vertraut anmutenden Sprache redeten, und dann sah er

blitzenden Stahl, der mit einem schaudernd machenden Laut durch die Luft pfiff

Augen, die sich mit Erstaunen und dann mit jäher Todesangst füllten

Fleisch, das mit einem grässlichen Laut von Stahl durchschnitten wurde

spritzendes Blut und gellende Schreie, Männer, die entsetzt ihre Waffen fortwarfen und in Panik davonstürmten, und er spürte das berauschende Gefühl von Macht, das von der Klinge in seiner Hand ausging, und

Dulac rammte das Schwert mit einem erschrockenen Keuchen in die Scheide zurück und die Visionen erloschen so abrupt, wie sie gekommen waren. Hastig ließ er den Waf-

fengurt fallen und wich zwei, drei Schritte zurück. Sein Herz jagte und er zitterte am ganzen Leib.
Was war das gewesen?
Nur eine Illusion, zweifellos, aber die unheimlichste und realistischste Illusion, von der er jemals gehört hatte. Es war mehr als ein böser Streich gewesen, den ihm seine Nerven gespielt hatten, weit mehr.
Was er gesehen hatte, war ...
Der Kampf vor dem *Schwarzen Eber.*
Es gab gar keinen Zweifel. Hinter den angstverzerrten Gesichtern der Krieger hatte er ganz eindeutig den schäbigen Gasthof erkannt und einige der Barbarenkrieger, die er in seiner Vision gesehen hatte, hatte er erkannt: Er hatte ihre Leichen heute Mittag vor dem *Schwarzen Eber* gesehen.
Dulac blickte die silberne Rüstung voll neu erwachter Angst an. Es gab nur eine einzige Erklärung für diesen ebenso unheimlichen wie erschreckenden Zwischenfall, aber diese erschien ihm so absurd, dass er sich einfach weigerte, den Gedanken auch nur zu Ende zu denken.
Dagda.
Er musste mit Dagda sprechen. Gleich morgen früh als Allererstes würde er Dagda alles erzählen.
Dulac verbarg die silberne Rüstung sorgfältig wieder im Stroh, wobei er streng darauf achtete, ja nicht das Schwert zu berühren, dann stieg er auf den Heuboden und rollte sich im Stroh zum Schlaf zusammen.

Er erwachte vor Sonnenaufgang; noch bevor die Dämmerung anbrach oder Tander ihn wecken konnte, um ihm vielleicht noch eine kleine Sonderaufgabe zuzuteilen, die er erledigen konnte, bevor er nach Camelot ging. Er stieg die Leiter hinab, schlug einen großen Bogen um den Strohhaufen, unter dem er die Rüstung versteckt hatte, und trat auf die Straße hinaus. Wolf folgte ihm, lief ein paar Schritte voraus und blieb dann mit einem leisen Knurren stehen. Als Dulac in seine Richtung sah, erblickte er drei schlanke Schatten, die aus der Dunkelheit heraustraten.

»Nicht schon wieder«, seufzte er, als er Mike, Evan und Stan erkannte. Die drei Dummköpfe mussten tatsächlich die ganze Nacht hier auf ihn gewartet haben. »Habt ihr eigentlich gar nichts anderes zu tun als euch mit mir zu prügeln?«

Zweifellos waren sie aus keinem anderen Grund hier als zu Ende zu bringen, was sie am vergangenen Abend begonnen hatten. Aber es war seltsam: Dulac hatte überhaupt keine Angst. Es war, als ... wisse er einfach, dass er die drei Raufbolde nicht zu fürchten hatte.

»Mit dir zu prügeln?« Mike kam näher und schüttelte den Kopf. »Aber wie kommst du nur auf die Idee, dass wir die Hand gegen dich erheben würden? Wo du doch unter dem Schutz des Königs stehst. Niemals würden wir so etwas tun.«

»Was wollt ihr?«, fragte Dulac herausfordernd.

»Wir wollten dir nur ein wenig Mühe abnehmen«, grinste Mike und machte eine Kopfbewegung auf Evan. »Der König hat dir doch befohlen, nach Evan zu suchen und ihn zu ihm zu bringen, nicht wahr? Immerhin hat er ihm eine Belohnung versprochen.«

»Und für eine Belohnung tut ihr ja alles«, sagte Dulac.

Mikes Augen wurden schmal. »Was meinst du damit?«

Dulac hätte sich am liebsten auf die Zunge gebissen, aber

es war zu spät. »Woher wisst ihr das überhaupt?«, fragte er statt Mikes Frage zu beantworten.
»Man hat so seine Quellen«, grinste Mike. »Du bist doch Artus' Laufbursche, oder?«
»Wenn du es so nennen willst.«
»Will ich«, erwiderte Mike. »Was ist jetzt? Bringst du Evan zum König oder nicht?«
»Ihn schon«, antwortete Dulac. »Aber euch nicht!« Und Evan würde die vermutlich böseste Überraschung seines Lebens erleben, wenn Artus erfuhr, warum er wirklich dort draußen am See gewesen war. Dulac wusste noch nicht genau, wie er es bewerkstelligen sollte, ohne seine eigene Rolle dabei zu verraten, aber er war ziemlich sicher, dass ihm schon etwas einfallen würde.
»Ganz wie du meinst, Küchenjunge«, grinste Mike. Er machte eine einladende Geste zu Evan. »Nun geht schon.«
Dulac zögerte nur noch einen Moment, dann trat er an Mike vorbei und tauschte einen bezeichnenden Blick mit Evan.
»Ach, Küchenjunge«, sagte Mike, als sie ein paar Schritte gegangen waren.
Dulac blieb noch einmal stehen und drehte sich zu ihm herum. »Ja?«
»Fühl dich bloß nicht zu sicher«, sagte Mike. »Artus hält seine Hand über dich, aber vielleicht ändern sich die Zeiten ja einmal.«
»Vielleicht«, sagte Dulac. Für dich ganz bestimmt, fügte er in Gedanken hinzu. Sobald Artus die Wahrheit wusste, würden Mike und seine beiden Freunde im tiefsten Verlies des Schlosses schmoren. Er ging weiter.
»Du solltest ihn nicht unnötig reizen«, sagte Evan, nachdem sie eine Weile gegangen und außer Mikes Hörweite

waren. »Mike ist ziemlich rachsüchtig. Er hat dir den gestrigen Morgen noch nicht verziehen.«
»Ich ihm auch nicht«, antwortete Dulac.
»Das ist etwas anderes«, behauptete Evan und schüttelte zur Bekräftigung den Kopf. »Mike ist gefährlich. Er erträgt es nicht, zu verlieren.«
»Warum bist du dann bei ihm?«, fragte Dulac fast widerwillig. Er wollte nicht mit Evan reden, schon aus Angst, dass ihm etwas herausrutschen könnte, was er besser nicht sagte.
Evan zögerte eine ganze Weile, eher er antwortete: »Genau weiß ich das selbst nicht«, sagte er. »Irgendwie war es schon immer so.«
»Was?«, fragte Dulac. »Dass du tust, was Mike dir sagt, ohne darüber nachzudenken?«
»Du tust doch auch, was der König sagt, ohne seine Befehle in Frage zu stellen, oder?«, gab Evan zurück.
»Das ist ja wohl ein Unterschied!«
»Wieso?«, fragte Evan. »Mein Vater sagt, dass die Menschen immer jemanden brauchen, der ihnen sagt, was sie tun sollen. Deshalb haben wir Könige.«
»Dein Vater ist ein kluger Mann«, erwiderte Dulac spöttisch. »Aber er scheint keinen sehr klugen Sohn zu haben. Mike ist kein König, weißt du?«
»Und?« Evan war nicht beleidigt. »Er hat mir gesagt, dass auch Artus nicht von Geburt an König war, sondern aus einfachen Verhältnissen stammt.«
»Davon weiß ich nichts«, antwortete Dulac. »Warum fragst du Artus nicht selbst danach?«
Evan blinzelte und schien ein bisschen an Farbe zu verlieren, aber er sagte nichts mehr und auch Dulac schwieg

eine ganze Weile. Erst als sie sich Camelot schon fast bis auf Sichtweite genähert hatten, brach er das unangenehme Schweigen wieder.

»Kann ich dir eine Frage stellen?«

»Nur zu«, sagte Evan.

»Der Silberne Ritter«, sagte Dulac. »Als du ihn am See getroffen hast, was genau ist da geschehen?«

Evan blieb stehen und sah ihn mit schräg gehaltenem Kopf an. »Woher weißt du, dass ich ihn am See getroffen habe?«, fragte er.

Dulac hätte sich am liebsten selbst geohrfeigt, aber es war zu spät, um die Worte zurückzunehmen. »Das hast du selbst erzählt, als du mit Artus gesprochen hast«, behauptete er.

»Nein, habe ich nicht«, antwortete Evan. »Niemand weiß davon. Nur ...« Seine Augen weiteten sich und diesmal wurde er wirklich blass. »Du warst dort«, murmelte er. »Du ... du hast ...«

»Mordred und dich belauscht, ja«, unterbrach ihn Dulac. Es hatte keinen Sinn mehr, zu leugnen.

»Dann ... dann wirst du mich verraten?«, stammelte Evan.

»Verdient hättest du es«, erwiderte Dulac. »Aber ich glaube, ich werde es nicht tun. Immerhin solltest selbst du mittlerweile begriffen haben, dass man mit den Pikten kein Geschäft machen kann. Nachdem du fort warst, hat Mordred einem seiner Krieger den Befehl gegeben, dir nachzugehen und dich zu töten. Danach bin ich weggelaufen. Ich hätte nicht geglaubt, dich noch einmal lebend wieder zu sehen.«

»So wenig wie ich«, sagte Evan betrübt. »Der Pikte hat mich niedergeschlagen, aber das ist alles, was ich dir erzählen kann.«

»Und der Silberne Ritter?«
Evan hob die Schultern. »Als ich aufgewacht bin, lag der Pikte in seinem Blut und der fremde Ritter kniete über mir und schlug mir ins Gesicht um mich aufzuwecken«, sagte Evan. »Mir tun noch alle Zähne weh.«
»Konntest du sein Gesicht erkennen?«, fragte Dulac.
Evan schüttelte den Kopf. »Er trug einen Helm«, sagte er.
»Was hat er gesagt?«
»Nicht viel. Nur dass ich nach Camelot reiten und Artus alarmieren sollte. Das habe ich getan.« Er fuhr sich nervös mit der Zungenspitze über die Lippen. »Wirst du ... wirst du mich verraten?«
»Nein«, antwortete Dulac nach kurzem Überlegen. »Nicht, wenn du nichts davon sagst, dass ich am See war.«
»Bestimmt nicht«, sagte Evan erleichtert. »Ich weiß überhaupt nicht, von welchem See du redest.«
Dulac lächelte flüchtig. Evans übermäßige Erleichterung erschien ihm im ersten Moment fast lächerlich – aber dann wurde ihm klar, dass der Junge in den letzten Minuten buchstäblich Todesangst ausgestanden hatte.
Und vielleicht mit Recht.
Es war Dulac bisher noch gar nicht wirklich klar gewesen, aber was er und die beiden anderen getan hatten, konnte man gut und gerne als Hochverrat auslegen. Ein Verbrechen, auf das die Todesstrafe stand.
»Nein«, sagte er noch einmal. »Ich werde dich nicht verraten. Aber du wirst dich in Zukunft von Mike und Stan fern halten, ist das klar?«
»Sicher«, sagte Evan hastig. »Ganz bestimmt. Und was die Belohnung angeht ... ich will sie gar nicht mehr. Vielleicht ... vielleicht sollte ich jetzt besser gehen.«

»Artus will dich sehen«, antwortete Dulac. »Soll ich ihm sagen, du hättest keine Zeit für ihn?«
Darauf reagierte Evan nur mit einem erschrockenen Blick. Sie gingen weiter.

Camelot lag in völliger Dunkelheit und Stille da, als sie die Burg erreichten, aber anders als gestern, als er mit Gwinneth hier gewesen war, vertrat ihnen ein Wächter den Weg. Er sah müde aus und hatte dunkle Ringe unter den Augen, war aber trotzdem sehr aufmerksam und herrschte Dulac in rüdem Ton an, was er hier zu suchen hätte.
»Der König wollte Evan sprechen«, antwortete Dulac mit einer Geste auf den Jungen neben sich. Er war ein wenig erschrocken über das jähe Auftauchen des Soldaten, zugleich aber auch erleichtert. Ganz so sorglos, wie viele glaubten, war Artus wohl doch nicht.
»Zu dieser Zeit?« Der Posten machte ein misstrauisches Gesicht. »Es ist noch eine Stunde bis Sonnenaufgang.«
»Ich weiß«, antwortete Dulac. »Wir wollten vorher noch mit Dagda reden. Evan soll mir helfen. Es werden sicher viele Gäste auf der Burg erwartet. Die Arbeit ist zu viel für mich allein.«
Der Wächter überlegte einen Moment, dann nickte er widerwillig. »Meinetwegen«, brummelte er. »Aber macht keinen Lärm. Die ganze Burg schläft noch.«
»Bestimmt nicht«, versicherte Dulac. Er winkte Evan zu. »Komm.«
Sie eilten durch das Torgewölbe, über den Hof und die Treppe hinunter. »Arbeit?«, fragte Evan. »Was sollte der Unsinn, dass ich dir helfen soll? Ich bin doch kein Küchenjunge!«

»Ich will, dass du mit Dagda redest«, antwortete Dulac. »Du musst ihm von dem Silbernen Ritter erzählen. Es ist sehr wichtig.«
»Warum sollte es wichtig sein, dass ich einem Koch etwas erzähle?«, wunderte sich Evan.
»Tu es einfach«, antwortete Dulac. »Und jetzt sei still!«
Sie durchquerten die Küche und wandten sich nach rechts, um Dagdas Schlafgemach zu erreichen. Dulac bewegte sich schnell und so gut wie lautlos, aber Evan, der sich hier unten nicht so gut auskannte wie er, stieß ununterbrochen irgendwo an und gab manchmal ein schmerzhaftes Keuchen von sich. Dulac grinste schadenfroh in sich hinein.
»Was ist das hier unten?«, maulte Evan. »Eine Gerümpelkammer? Und was ist das überhaupt für ein schrecklicher Gestank? Da wird einem ja übel!«
»Dagdas Kessel«, antwortete Dulac. »Du kannst ihn ja schrubben. Das wird deine erste Aufgabe. Und jetzt sei still.«
Evan gehorchte, wenn auch nicht ohne noch ein missmutiges Grunzen von sich zu geben, und Dualc hatte im Dunkeln die Tür erreicht und drückte sie vorsichtig auf.
Der Raum dahinter war vollkommen dunkel, aber ihm fiel der schlechte, saure Geruch auf und im nächsten Moment hörte er rasselnde Atemzüge und ein gedämpftes Stöhnen.
»Dagda?«, rief er in die Dunkelheit hinein.
Er bekam keine Antwort, aber das Stöhnen wiederholte sich.
»Was ist los?«, fragte Evan.
»Nichts«, antwortete Dulac. »Bleib stehen. Rühr dich nicht.«

Er selbst drehte sich herum, tastete in der Dunkelheit einen kurzen Moment umher und fand, wonach er gesucht hatte: zwei Feuersteine und einen trockenen Span, von denen Dagda eine ganze Anzahl hier unten verteilt hatte, sodass man praktisch überall binnen weniger Augenblicke Licht machen konnte. Er schlug die Feuersteine ein paar Mal aneinander, bis der Funke den Span in Brand setzte, blies in die Glut um sie anzufachen und nahm schließlich eine Kerze aus dem Regal. Als der Docht brannte, gab er den Span an Evan weiter und sagte: »Mach noch mehr Kerzen an. Und entzünde ein Feuer im Kamin. Es ist kalt.«

Evan wirkte ziemlich verwirrt, tat aber, was Dulac gesagt hatte, und Dulac hob die Kerze hoch und trat durch die Tür. Die flackernde gelbe Flamme weckte deutlich mehr Schatten, als sie Licht brachte, und im ersten Moment kam es Dulac so vor, als wäre da etwas Großes, Körperlos-Rauchiges, das sich von der schmalen Gestalt auf dem Bett löste und hastig in das düstere Zwischenreich floh, aus dem es gekommen war. Ein eisiger Schauer lief über Dulacs Rücken.

Dulac verscheuchte den Gedanken, hob die Hand vor die Kerzenflamme, damit sie nicht erlosch, und trat mit zwei schnellen Schritten an Dagdas Bett heran.

Obwohl er geahnt hatte, was er sehen würde, erschrak er bis ins Mark.

Dagda lag mit halb geschlossenen Augen auf dem Rücken. Er war so sehr in Schweiß gebadet, dass seine Kleider nass an seinem Körper klebten, und seine Wangen waren so eingefallen, dass sein Gesicht wie ein Totenschädel aussah. Seine Lippen waren rissig und aufgeplatzt. Der saure Geruch, der in der Luft hing, ging von ihm aus.

»Um Gottes willen«, keuchte Dulac. »Dagda! Was ist mit Euch?!«
Hastig stellte er die Kerze auf das kleine Tischchen neben Dagdas Bett, beugte sich über ihn und begann an seiner Schulter zu rütteln, wobei er unentwegt Dagdas Namen rief. Der alte Mann stöhnte und sein Kopf rollte haltlos hin und her, aber seine Augen blieben leer.
Evan erschien unter der Tür, eine brennende Fackel in der Hand. Das rote Licht vertrieb die Schatten endgültig, aber es ließ den Ausdruck von Krankheit und Schwäche auf Dagdas Gesicht auch noch deutlicher hervortreten.
»Großer Gott!«, entfuhr es Evan. »Was –«
»Halt die Klappe!«, herrschte ihn Dulac an. »Lass die Fackel hier und lauf nach oben und sag dem Wächter Bescheid. Dagda ist krank! Er soll Sir Galahad wecken. Er versteht sich auf die Heilkunst.«
»Sir Galahad?«, fragte Evan zweifelnd. »Aber er ist doch ein Ritter!«
»Geh schon!« Diesmal brüllte Dulac ihn wirklich an und Evan fuhr so erschrocken zusammen, dass er fast die Fackel fallen gelassen hätte. Dann wirbelte er herum und rannte davon. Natürlich nahm er die Fackel mit.
Dulac beugte sich wieder über das Bett. Dagda stöhnte leise. An seinem Hals pochte eine Ader so schnell und heftig, als wolle sie zerspringen, und seine Lippen versuchten vergeblich Worte zu formen. Seine Fingernägel fuhren mit scharrenden Lauten über das grobe Leinen, mit dem sein Bett bezogen war.
Allmählich bekam es Dulac wirklich mit der Angst zu tun. Er hatte schon seit Tagen gewusst, dass etwas mit Dagda

nicht stimmte, aber so, wie er nun vor ihm lag, schien er dem Tode näher zu sein als dem Leben.
Dulac sah sich fröstelnd um. Da Evan die Fackel mitgenommen hatte, war die Dunkelheit wieder in die Kammer zurückgekehrt und mit ihr die Schatten. Sie bildeten einen Belagerungsring um den zitternden Lichtkreis, den die Kerze warf, und wieder glaubte er die Anwesenheit von etwas Körperlosem und unglaublich Mächtigem zu spüren. Und etwas unsagbar Bösem ...
Dagda öffnete stöhnend die Augen und Erkennen trat in seine Pupillen. »Lan ... celot?«, murmelte er.
»Lancelot?«, wiederholte Dulac. Wer sollte das sein? Er schüttelte den Kopf. »Ich bin es, Dagda. Dulac. Erkennt Ihr mich nicht?«
»Lancelot Dulac«, wiederholte Dagda, wobei er Dulacs Namen auf sonderbare Weise aussprach. Es hörte sich an wie Dülac.
»Aber ich bin es doch, Dulac!«, widersprach Dulac.
»Das ist dein vollständiger Name«, sagte Dagda. Er flüsterte nur. Das Reden bereitete ihm offenbar große Mühe. »Lancelot vom See. Niemand außer mir kennt ihn, nicht einmal Artus. Ich hätte es dir längst sagen müssen, aber ...«
Er hätte mir vieles längst sagen müssen, dachte Dulac bitter. »Was ist mit Euch, Dagda?«, fragte er.
»Ich sterbe, Dummkopf«, antwortete Dagda.
»Sagt so etwas nicht«, sagte Dulac streng. »Ihr seid krank, aber das ist auch schon alles.«
»Meine Krankheit heißt Alter«, beharrte Dagda. Er versuchte sich aufzurichten und zu Dulacs Überraschung gelang es ihm sogar. Seine Schultern sanken kraftlos nach

vorne. Er sah unglaublich alt aus. »Dreihundert Jahre sind genug, meinst du nicht auch?«

Dulac riss die Augen auf. Was hatte Dagda gesagt? Dreihundert Jahre? Unmöglich! Er fantasierte im Fieber.

»Aber der Moment ist denkbar ungünstig«, fuhr Dagda mit einem trockenen Husten fort. »Ich meine, nicht dass es einen günstigen Moment gäbe, um zu sterben, aber dieser ist ganz besonders ungünstig. Nicht jetzt, wo Mordreds Pläne aufzugehen drohen.«

Er hob den Kopf und im ersten Moment glaubte Dulac, dass er ihn ansah, aber als er zu sprechen begann, wurde ihm klar, dass sich sein Blick direkt in die wogende Dunkelheit hinter ihm bohrte.

»Guter Versuch, Morgaine le Faye«, sagte er. »Aber noch bin ich nicht geschlagen. Du bist stärker als ich, aber Stärke allein ist nicht alles. Die dunkle Magie wird niemals über das Licht siegen.«

Dulac sah nervös hinter sich. Rings um sie herum war nichts als Schwärze und die unheimliche Bewegung, die er darin zu spüren glaubte, war zweifellos nur ein Ausdruck seiner eigenen Nervosität. Dagda hatte hohes Fieber und fantasierte, das war alles.

»Geh und ... hol mir von den Kräutern in dem grünen Säckchen«, sagte Dagda stockend. »Und einen Becher Wasser.« Er versuchte zu lächeln. »Hab keine Angst. Ich werde zwar sterben, aber noch nicht gleich. Nicht, wenn du ein Feuer machst und mir meine Medizin holst. Es ist bitterkalt hier.«

Dualc sprang hastig auf und tat, was Dagda ihm aufgetragen hatte.

Nachdem er den Lederbeutel gefunden und zusammen

mit einem Becher Wasser zu Dagda gebracht hatte, entzündete er ein weiteres halbes Dutzend Kerzen und trug schließlich einen Arm voll trockenem Reisig zum Kamin. Binnen weniger Minuten prasselte ein Feuer hoch, dessen Flammen nicht nur die Kälte, sondern auch die unheimlichen Schatten aus dem Zimmer vertrieben. Dagda gab unterdessen etwas von seinen Kräutern in den Becher, rührte lange und sorgfältig um und murmelte etwas, von dem Dulac nicht ganz sicher war, ob es sich um einen Zauberspruch handelte oder vielleicht auch nur um das sinnlose Gebrabbel eines alten Mannes.

Als er sich am Kamin aufrichtete und herumdrehte, wurde die Tür aufgestoßen und Sir Galahad und König Artus stürmten herein. Beide wirkten übernächtigt und auf ihren Gesichtern lag ein Ausdruck von Schrecken, der an nackte Panik grenzte.

»Dagda!«, rief Artus. »Was ist mit Euch?«

»Der Junge sagt, Ihr wäret schwer krank!«, fügte Galahad hinzu. Hinter den beiden wurden weitere, polternde Schritte laut. Scheinbar hatte Evan das halbe Schloss alarmiert.

Dagda hustete trocken, ehe er antwortete. »Der Junge hat vielleicht ein wenig übertrieben«, sagte er.

Artus schoss einen ärgerlichen Blick in Dulacs Richtung ab und Dagda fuhr mit einer besänftigenden Geste fort: »Das dürft Ihr ihm nicht verübeln. Ich habe Fieber und habe wohl im Schlaf gesprochen. Er war in Sorge um mich.«

»Es war richtig, dass du uns alarmiert hast«, sagte Galahad, bevor Artus noch das Wort ergreifen konnte. Mit wenigen raschen Schritten war er bei Dagda, legte ihm die

Hand auf die Stirn und schien einen Moment lang in sich hineinzulauschen.
»Ein wenig Fieber? Ihr glüht, Dagda. Ihr seid schwer krank!«
»Unsinn«, widersprach Dagda hustend. Er versuchte Galahads Hand zur Seite zu schieben, aber seine Kraft reichte nicht.
»Vielleicht sollten wir nach einem Arzt schicken«, schlug Evan vor. Er war hinter Galahad hereingekommen und sah aus wie jemand, der sich weit, weit weg wünschte.
»Dagda ist der Arzt hier auf Camelot«, sagte Artus. Er dachte einen Moment nach. »Galahad, bringt ihn in den Thronsaal. Dort ist es zumindest wärmer als hier. Und du, Junge –«, er drehte sich zu Dulac herum, »– machst Feuer unter dem Herd und kochst eine heiße Suppe für Dagda. Nimm nur die allerbesten Zutaten. Dagda muss wieder zu Kräften kommen.«
»Ich ... ich kann nicht kochen, Herr«, antwortete Dulac.
»Dann wird es Zeit, dass du es lernst«, sagte Artus. Mit einem schrägen Seitenblick auf Dagda fügte er hinzu: »Schlimmer als seine Kochkünste können die deinen wohl kaum sein.«
»*Das* habe ich gehört«, sagte Dagda.

Das Licht der Sonne, das durch die hohen Fenster in den Thronsaal fiel, enthüllte einen für diese Stunde ungewohnten Anblick. Im Kamin brannte ein prasselndes Feuer, obwohl es bereits warm war, und nahezu alle Ritter hatten an der Tafel Platz genommen, sodass Dulac und Evan, der kurzerhand dienstverpflichtet worden war, kaum damit nachkamen, die Becher mit Wein und Bier zu füllen. Daran, etwa ein Frühstück aufzutragen, war gar nicht zu denken. Dabei hielten sich längst nicht alle Ritter der Tafel auf Camelot auf. Es geschah so gut wie nie, dass alle sechsundfünfzig Tafelritter gleichzeitig in der Burg weilten.

Heute waren es immerhin an die vierzig Gäste, die an Artus' Tafel Platz genommen hatten, ihn selbst, Uther und Gwinneth mitgerechnet. Dagda saß auf einem Stuhl direkt am Kamin. Trotz der brütenden Hitze, die die Flammen verströmten, hatte er sich zusätzlich in eine Decke gehüllt und zitterte am ganzen Leib. Er sah aus wie das sprichwörtliche Häufchen Elend.

Evan fuhr sich mit dem Handrücken über die Stirn um den Schweiß fortzuwischen und stieß hörbar die Luft zwischen den Zähnen aus.

»Puuuuh«, machte er und verdrehte die Augen. »Ich hatte ja keine Ahnung, dass du so schwer arbeiten musst.«

»Ich auch nicht«, antwortete Dulac.

Evan sah ihn irritiert an, verkniff sich aber eine Antwort und ergriff stattdessen den Bierkrug, als einer der Tafelritter in seine Richtung sah und die Hand hob. Dulac und er hatten sich in einen Winkel des weitläufigen Saales zurückgezogen, damit es nicht so aussah, als ob sie die Ritter bei ihrem Gespräch belauschten. Natürlich verstanden sie trotzdem jedes Wort, denn Artus und seine Ritter sprachen nicht nur laut genug, der Thronsaal hatte auch eine ausgezeichnete Akustik. Aber so waren eben die komplizierten Regeln der Etikette.

Dulac hatte jedoch noch einen anderen Grund, sich möglichst unauffällig zu verhalten. Dieser Grund hieß Gwinneth, saß auf dem Stuhl direkt neben Uther und Artus und trug ein schlichtes Kleid in königlichem Blau, und obwohl ihr Gesicht verschleiert war, glaubte Dulac ihre Blicke manchmal wie die Berührung einer unsichtbaren Hand zu spüren. Sein Herz klopfte, wenn er nur in ihre Richtung sah, und als er ihr vorhin eingeschenkt hatte, hatten seine Hände so sehr gezittert, dass er den Wein um ein Haar verschüttet hätte. Er scheute davor zurück, auch nur in ihre Nähe zu kommen. Artus musste schon blind sein um nicht zu bemerken, dass Gwinneth für ihn mehr war als nur ein weiterer adeliger Gast auf Camelot.

Nachdem Evan eingeschenkt hatte, musste er – zum ungefähr fünfundzwanzigsten Mal – die Geschichte erzählen, wie er auf den Silbernen Ritter gestoßen war. Aller Aufmerksamkeit hing auch diesmal an seinen Lippen, nur Gwinneth nutzte die Gelegenheit, in Dulacs Richtung zu sehen.

Dulac hätte sich gewünscht, dass sie es nicht getan hätte. Warum quälte sie ihn so? Seit er sie das erste Mal gesehen hatte, war sie beinahe alles, woran er noch denken konnte, aber ihm war auch klar, dass sie auf ewig unerreichbar für ihn bleiben musste. Beinahe wünschte er sich, sie niemals getroffen zu haben.

Dagda zog die Hand unter der Decke hervor und winkte in seine Richtung und Dulac schulterte rasch seinen Krug und eilte zu ihm – wobei er einen vollkommen übertriebenen Bogen um die Tafel schlug.

»Gib mir einen Schluck Wasser«, bat Dagda.

»Dann muss ich –«, begann Dulac, doch Dagda unterbrach ihn sofort mit einer müden, aber dennoch befehlenden Geste.

»Wein wird es auch tun«, sagte er.

Dulac schenkte ihm ein, aber Dagda trank nur einen winzigen Schluck, gerade genug, um seine Lippen zu befeuchten. Als Dulac sich umwenden wollte, deutete er mit den Augen ein Kopfschütteln an. »Bleib.«

Dulac setzte den Krug wieder ab und wich auf die andere Seite des Stuhles zurück. Die Hitze, die das Kaminfeuer ausstrahlte, war nahezu unerträglich. Dennoch konnte er hören, wie Dagda mit den Zähnen klapperte.

»Ich muss mit dir reden«, sagte Dagda leise. »Aber nicht hier. Ich werde nachher in mein Gemach zurückkehren. Warte ein paar Minuten und komm dann nach. Es ist wichtig.«

Bevor Dulac antworten konnte, sah er aus den Augenwinkeln, wie Gwinneth sich von ihrem Platz erhob und mit schnellen Schritten näher kam. Während sie es tat, schlug sie den Schleier zurück und Dulacs Herz begann noch heftiger zu pochen. Gwinneths Gesicht war blass und sehr ernst, aber sie war so schön, wie er sie in Erinnerung hatte; wenn nicht noch schöner. Als sich ihre Blicke kreuzten, leuchtete es in ihren Augen erfreut auf und Dulac musste sich mit aller Gewalt beherrschen, um nicht mit einem strahlenden Lächeln zu antworten – oder besser noch ihr entgegenzueilen und sie in die Arme zu schließen.

»Dagda«, begann Gwinneth. »Ihr könnt Euch gar nicht vorstellen, wie sehr es mich schmerzt, Euch so wieder zu sehen.« Sie kam näher, beugte sich über Dagda und hauchte ihm einen Kuss auf die Wange. Ganz leise und an Dulac gewandt fügte sie hinzu: »Ich habe Artus nicht gesagt, dass wir uns kennen. Bitte lass es dabei.«

Ihre Worte versetzten Dulac einen tiefen Stich, obwohl sie

durch und durch vernünftig waren. Trotzdem fühlte er sich von ihr beinahe verraten.
Und vielleicht war es sogar schon zu spät für diese Warnung. Artus hatte den Kopf gedreht und sah stirnrunzelnd in ihre Richtung. Dann stand er mit einem Ruck auf und kam zu ihnen. Er maß Dulac mit einem kurzen, aber alles andere als freundlichen Blick und wandte sich dann zu Dagda um.
»Wie fühlt Ihr Euch?«
»Besser«, antwortete Dagda. Er zog eine Grimasse. »Allerdings werde ich wohl bald taub werden, wenn ich mir euer Geschnatter noch länger anhören muss. Ihr seid ja schlimmer als die Gänse.«
Artus nickte. »Es geht Euch besser«, sagte er. Dann wandte er sich zu Gwinneth um. »Ich muss mich für meine fehlenden Manieren entschuldigen, Mylady«, sagte er. »Ich bin noch gar nicht dazu gekommen, Euch in aller Form willkommen zu heißen. Camelot steht zu Recht in dem Ruf, eine goldene Festung zu sein, nun, wo Ihr in seinen Mauern weilt.«
»Ihr schmeichelt mir, König Artus«, sagte Gwinneth. Sie lächelte, aber ihre Stimme war eine Spur kühler, als sie hätte sein sollen.
»Ganz im Gegenteil, Mylady«, antwortete Artus. »Und nennt mich nicht König, ich bitte Euch. Artus. Mein Name ist Artus. Ich kannte Euch schon, als Ihr noch ein kleines Kind wart. Wie ich sehe, seid Ihr zu einer wunderschönen jungen Frau herangewachsen.«
»Ihr Gemahl ist zu beneiden«, sagte Dulac. Er hatte die Worte noch nicht ganz ausgesprochen, da bereute er sie schon.

Artus reagierte im ersten Moment gar nicht und Dulac begann schon zu hoffen, dass er die Worte vielleicht nicht gehört hätte.

Aber natürlich hatte er sie gehört. Nach einem Augenblick wandte er sich zu Dulac um und sein Gesicht schien zu Stein zu erstarren. Es war kein Zorn in seinen Augen, sondern etwas anderes. Sein Blick bohrte sich in den Dulacs, suchte dann den Gwinneths und kehrte wieder zu Dulac zurück. Er weiß es, dachte Dulac. Er spürte einfach, dass es so war.

»Ja«, sagte Artus kühl. »Ihr Gemahl ist in der Tat zu beneiden.«

Dulac dachte der Panik nahe über irgendeine Erwiderung nach, die Artus vielleicht besänftigen mochte, doch in diesem Moment kam ihm das Schicksal zu Hilfe: Die Tür flog auf und ein Mann in zerfetzter Kleidung torkelte herein. Er atmete keuchend und schnell und schien kaum noch die Kraft zu haben, sich auf den Beinen zu halten. Taumelnd legte er zwei, drei Schritte zurück, prallte gegen den Tisch und fiel auf die Knie, wobei er gleich zwei Stühle mit sich riss.

Artus war herumgefahren und fast alle Ritter waren von ihren Stühlen aufgesprungen; einige Hände hatten sich ganz von selbst auf die Schwertgriffe gesenkt, aber auf den meisten Gesichtern spiegelte sich nur Verwirrung und Schrecken.

»Was ist geschehen?!« Artus war mit zwei, drei weit ausgreifenden Schritten bei dem Gestürzten und ließ sich neben ihm auf ein Knie herab. »Wer bist du? Sprich!«

»Ich ... ich ... Herr«, keuchte der Mann. »Die ... die Pikten. Sie ...«

Seine Stimme versagte. Sosehr er sich bemühte, er brachte nur noch ein schreckliches Röcheln und Keuchen zustande. Artus fuhr zu Dulac herum und winkte herrisch.
»Junge! Bring Wasser!«
Wie Dagda zuvor musste der Mann mit Wein vorlieb nehmen, den er in tiefen, gierigen Zügen zu trinken versuchte, wobei er allerdings das meiste verschüttete und sich ein paar Mal verschluckte, was dann immer in einem qualvollen Hustenanfall endete. Als er den Becher halb geleert hatte, nahm Artus ihn ihm aus der Hand und sagte fast sanft: »Jetzt beruhige dich erst einmal. Auf einen Moment mehr oder weniger kommt es nun auch nicht mehr an.«
Der Mann nickte dankbar. Dulac konnte sehen, wie er mit aller Macht versuchte, seinen pfeifenden Atem wieder unter Kontrolle zu bekommen. Er sah schrecklich aus. Seine Kleidung, die die Farben und das Emblem Camelots zeigte, starrte vor Schmutz, aber auch vor eingetrocknetem Blut, und es schien noch immer endlos zu dauern, bis er endlich die Kraft fand, aufzustehen. Artus richtete einen der Stühle auf, die er mit sich gerissen hatte, und half ihm darauf Platz zu nehmen.
»Jetzt rede.«
»Die Pikten, Herr«, antwortete der Krieger, noch immer keuchend vor Anstrengung und am ganzen Leib zitternd. »Sie haben die Grenze im Norden mit zweihundert Mann überschritten.«
»Zweihundert?«
»Mindestens, Herr!«, antwortete der Krieger. »Vielleicht sogar mehr.«
»Wann?«, fragte Galahad scharf.
»Gestern Abend, bei Sonnenuntergang. Wir hatten keine

Chance, Sir. Sie haben uns vollkommen überrascht. Es waren einfach zu viele.«
»Niemand macht dir einen Vorwurf«, sagte Artus. »Bist du als Einziger entkommen?«
Für einen ganz kurzen Moment erschien so etwas wie Schrecken in den Augen des Mannes. »Ich wäre bei meinen Kameraden geblieben um mit ihnen zu sterben, Herr, aber –«
»– aber dann wärst du jetzt nicht hier um uns zu warnen und Camelot würde vielleicht ebenso überrascht wie ihr«, unterbrach ihn Artus. »Du hast vollkommen richtig gehandelt. War Mordred bei ihnen?«
»Das weiß ich nicht, Herr«, antwortete der Krieger. Er streckte eine zitternde Hand in Dulacs Richtung aus und Dulac reichte ihm einen weiteren Becher Wein, nachdem Artus ihm mit einem kurzen Nicken sein Einverständnis signalisiert hatte. Er trank diesmal langsamer und mit großen, bedächtigen Schlucken, ehe er weitersprach.
»Ich kenne Mordred nicht, aber sie wurden von einem Mann angeführt, der nicht wie ein Pikte aussah.«
»Mordred«, sagte Galahad grimmig. »Er verliert keine Zeit.«
»Ich fürchte, noch weniger, als Ihr ahnt«, sagte der Krieger. »Nachdem ich sicher war, ihnen entkommen zu sein, habe ich sie beobachtet. Sie marschieren auf Camelot, Herr. Sehr schnell.«
Galahad wollte eine weitere Frage stellen, aber Artus brachte ihn mit einer hastigen Geste zum Verstummen.
»Bist du sicher? Wie weit sind sie noch entfernt?«
»Bestimmt nicht mehr als einen halben Tag«, antwortete der Krieger. »Ich habe zwei Pferde zu Schanden geritten,

um möglichst rasch hierher zu kommen, aber sie marschieren sehr schnell, Herr.«
»Gut«, sagte Artus düster. »Du hast uns einen großen Dienst erwiesen, mein Freund. Ich werde später noch einmal mit dir reden, aber im Moment ist es genug. Geh nach unten und lass dir etwas zu essen geben und dann ruh dich eine Weile aus. Ich lasse dich rufen.«
Der Mann stand auf und ging mit unsicheren Schritten hinaus. Niemand sprach, bis er den Raum verlassen und die Tür hinter sich zugezogen hatte.
»Es fällt mir schwer, das zu glauben«, sagte Gawain. »Nicht einmal Mordred ist so vermessen, die Hand gegen Camelot zu heben.«
»Glaubt es ruhig, Gawain«, sagte Uther. »Camelot war von Anfang an, was er wirklich wollte.«
»Aber –«
»Uther hat Recht«, unterbrach ihn Artus. »Ich wusste, dass es so kommt. Nur hatte ich gehofft, dass uns noch ein wenig mehr Zeit bliebe.«
»Zweihundert Mann, das ist ein großes Heer«, sagte Gwinneth. »Und es ist nahe. Die Zeit wird doch reichen, Euer eigenes Heer zu mobilisieren und die Verteidigung zu organisieren?«
Artus sah sie nur wortlos und sehr ernst an und Uther sagte fast sanft: »Camelot hat kein Heer, mein Kind.«
Gwinneth riss ungläubig die Augen auf. »Kein Heer?«, wiederholte sie. »Aber das ... das kann nicht sein. Ich meine: Camelot ist in ganz Britannien für seine Stärke und Macht berühmt! Ich dachte, Ihr hättet eine gewaltige Armee.«
»Uther sagt die Wahrheit, Mylady«, sagte Artus. Er

machte eine weit ausholende Geste. »Wir sind Camelots Heer. Das ist mehr als genug.«
»Ihr allein gegen zweihundert Krieger?«
»Wir haben schon gegen größere Heere gekämpft und gesiegt«, antwortete Artus. »Habt keine Furcht. Mordred wird bekommen, was ihm zusteht. Und bei dieser Gelegenheit wird er auch gleich für den Tod Eures Vaters bezahlen und dafür, was er Uther und Euch angetan hat.«
»Aber –«
»Bitte, mein Kind«, sagte Uther ruhig. »Artus hat Recht. Mordred muss vollkommen den Verstand verloren haben, mit seinen Männern hierher zu kommen. Er weiß, dass er keine Chance hat.«
»Das ist es ja, was mir Sorge bereitet«, sagte Artus düster. »Mordred mag vieles sein, aber eines ist er gewiss nicht: ein Dummkopf. Er führt seine Männer in den sicheren Tod. Und ich frage mich, warum.« Er ballte die Hand zur Faust. »Ich werde ihm diese Frage stellen, bevor ich ihm das Schwert ins Herz stoße.«
»Warum erwarten wir ihn nicht hier?«, fragte Uther. »Sollen sich seine Männer an Camelots Mauern die Schädel einrennen!«
»Und den Krieg in die Stadt tragen?« Artus deutete auf Evan. »Die Eltern dieses Jungen und alle anderen Menschen in der Stadt vertrauen darauf, dass wir ihre Leben beschützen. Nein – wir brechen in einer Stunde auf und reiten den Pikten entgegen. Wir stellen sie in einer offenen Schlacht.«
»Ich begleite Euch«, sagte Uther. Gwinneth sah ihn erschrocken an und Artus hob die Hand und schüttelte den Kopf.

»Sosehr ich Euch verstehe, alter Freund, ich kann das nicht zulassen. Jemand muss für Lady Gwinneths Sicherheit sorgen. Fünf meiner Ritter und die Besatzung der Burg werden bei Euch bleiben, um Euch zu beschützen.«
Uther sah nicht begeistert drein, aber er schien auch zu begreifen, dass es vollkommen sinnlos war, die Diskussion fortzusetzen. Er senkte den Blick und nach einem kurzen Moment eilte Gwinneth zu ihm und legte die Hand auf seine Schulter.
Dagda erhob sich ächzend von seinem Stuhl. »Dann werde ich mich an die Arbeit machen.«
»Ihr wollt was?«, keuchte Dulac.
»Eine Stunde ist nicht viel Zeit«, antwortete Dagda. »Die Ritter werden noch ein Mahl zu sich nehmen wollen, bevor sie aufbrechen. Es kämpft sich schlecht mit leerem Magen.«
Er streckte die Hand aus und Dulac wollte zu ihm eilen, aber Artus hielt ihn mit einer befehlenden Geste zurück. Mit der anderen Hand deutete er auf Evan. »Der Junge da kann Euch helfen. Ich will, dass Dulac uns begleitet.«
»Was für ein Unsinn!«, polterte Dagda. »Was sollte er Euch nutzen?«
»Er wird Eure Aufgabe übernehmen«, sagte Artus. »Ihr seid zu krank um uns zu begleiten, aber jemand muss als Zeuge und Chronist mit uns reiten. Ihr habt ihn doch das Schreiben und Lesen gelehrt, oder?«
»Ja«, sagte Dagda, »aber –«
»Dann ist es ja gut«, fiel ihm Artus ins Wort. »Keine Sorge – er wird nur beobachten. Ich werde persönlich dafür sorgen, dass er nicht einmal eine Waffe berührt.« Er fuhr mit einer beinahe zornig wirkenden Bewegung zu Dulac

herum. »Geh zum Stall und such dir ein Pferd aus. Und ihr anderen: Macht euch fertig. Wir verlassen Camelot in genau einer Stunde!«

Es war ein zugleich prachtvoller wie etwas sonderbar anmutender Zug, der eine Stunde später durch das Burgtor ritt und sich nach Norden wandte: Vierunddreißig Ritter, ein König und ein Junge, der ebenso aufgeregt wie verwirrt war – und zornig. Artus hatte zu verhindern gewusst, dass er noch einmal mit Dagda reden oder Gwinneth sehen konnte. Einer von Artus' Rittern war die ganze Zeit über in seiner Nähe geblieben, vorgeblich um ihm bei der Auswahl des Pferdes zu helfen und ihm zu zeigen, wie er Sattelzeug und Geschirr anzulegen hatte. Dulac zweifelte jedoch nicht daran, dass er in Wahrheit auf Geheiß des Königs gehandelt hatte.

Aber warum? Selbst wenn Artus spüren sollte, dass zwischen Gwinneth und ihm etwas war, was nicht sein durfte – warum hielt er ihn von Dagda fern? Selbst den Lederbeutel mit den Oblaten und seinen Schreibutensilien hatte ihm Evan gebracht, nicht Dagda.

Dulacs Zorn legte sich jedoch, kaum dass sie die Burg verlassen hatten. Um die Straße nach Norden zu erreichen, mussten sie quer durch die Stadt reiten und natürlich sorgte der schimmernde Tross für allgemeine Neugier und Aufregung. Die Männer ritten in voller Rüstung und auch ihre Pferde waren in Schabracken und schwere Kettenpanzer gehüllt. Die Stadt dröhnte unter dem Donnern der Hufe und an den Lanzenspitzen der Männer waren bunte Wimpel befestigt und am Beginn des Zuges flatterte das prachtvolle Banner Camelots. Das Sonnenlicht brach sich auf Stahl und silbernen und goldfarbenen Rüstungsteilen, sodass es nahezu unmöglich war, den Heereszug anzusehen ohne geblendet zu werden. Doch trotz dieses prachtvollen Anblickes war die Menschenmenge, die bald die Straße säumte, erstaunlich still. Dulac hörte nur ganz selten einen Hochruf oder ein »Lang lebe der König!« und der Ausdruck auf den allermeisten Gesichtern, in die er schaute, war eindeutig Furcht. Die schlimmen Neuigkeiten schienen bereits die Runde gemacht zu haben. Die Menschen wussten, dass Artus und seine Ritter nicht zu einer Parade ritten, sondern in den Krieg.

Sie verließen die Stadt und ritten zwei Stunden in scharfem Tempo nach Norden. Begegneten ihnen am Anfang noch vereinzelte Fuhrwerke, Reiter oder auch Menschen, die zu Fuß unterwegs waren, so wurde die Landschaft rechts und links des Weges doch bald immer einsamer. Es gab keine Gehöfte mehr, keine Häuser, und endlich verschwand auch die Straße selbst und unter den hämmernden Hufen der Pferde war nur noch nacktes Erdreich und Gras.

Eine weitere Stunde lang sprengten sie in rasendem Tempo direkt nach Norden und wichen höchstens einmal von dieser Richtung ab um einem Waldstück auszuweichen oder einem Sumpfgebiet, die häufiger wurden, je weiter sie nach Norden vordrangen.

Dulac wusste schon bald nicht mehr, woher er die Kraft nahm, sich noch im Sattel zu halten. Jeder Muskel in seinem Leib schmerzte und er spürte mittlerweile jeden einzelnen Hufschlag des Pferdes wie einen Tritt, der ihn selber traf. Das Pferd, das Sir Braiden für ihn ausgesucht hatte, war ein kräftiges, gut trainiertes Tier, aber es war deutlich am Ende seiner Kräfte. Es fiel ihm immer schwerer, mit den anderen Tieren Schritt zu halten. Dabei trug es weder selbst einen Panzer noch musste es das Gewicht eines Ritters in voller Rüstung schleppen. Wie die Tafelritter und ihre Rösser die Anstrengungen aushielten, war Dulac ein Rätsel.

Gerade als er glaubte, im nächsten Moment einfach aus dem Sattel stürzen zu müssen, hob Artus den Arm und gab damit das Zeichen zum Anhalten. Vor ihnen lag eine flache, bewaldete Hügelkuppe, die selbst einem so großen Tross wie ihnen hinlänglich Deckung vor einer zufälligen Entdeckung bot, und nachdem das Donnern der Hufe verklang, konnte er das Geräusch von Wasser hören, das ganz in der Nähe floss; vermutlich auf der anderen Seite des Waldes.

Die Ritter stiegen einer nach dem anderen aus den Sätteln und auch Dulac versuchte abzusteigen, erstarrte dann aber mit einem zischenden Laut. Seine Kniekehlen, die Innenseiten der Oberschenkel und vor allem der Körperteil, auf dem er saß, brannten wie Feuer.

»Worauf wartest du?« Auch Artus war abgestiegen und kam mit schnellen Schritten auf ihn zu. Er trug den Helm unter dem linken Arm und sah geradezu unverschämt frisch aus; als käme er von einem gemächlichen Waldspaziergang, nicht von einem stundenlangen Gewaltritt. Plötzlich verhielt er im Schritt, legte den Kopf auf die Seite und grinste dann breit.

»Ich verstehe«, sagte er. »Du hast dir einen Wolf geritten.«

»Herr?«, sagte Dulac verständnislos.

»Du bist wund«, erklärte Artus. »So nennt man das.«

»Oh«, murmelte Dulac. »Ich verstehe.«

Artus grinste noch breiter und streckte ihm die Hand entgegen. »Ich helfe dir. Steig einfach ab. Nur zu. Da musst du durch, wenn du eines Tages ein Ritter werden willst.«
Dulac griff nach der Hand, die Artus ihm entgegenstreckte, biss die Zähne zusammen und stieg mit einer schnellen Bewegung aus dem Sattel. Es tat schrecklich weh und sein Rücken fühlte sich an, als wollte er wie ein trockener Ast einfach durchbrechen.
Artus hielt seine Hand etwas länger fest, als nötig gewesen wäre – als wäre er nicht ganz sicher, dass Dulac auch aus eigener Kraft stehen könnte. Dann fragte er: »Willst du es?«
»Was?«
»Ein Ritter werden, so wie ich und die anderen?«, antwortete Artus.
»Natürlich, Herr«, antwortete Dulac spontan.
»Welcher Junge in deinem Alter wollte das nicht?«, sagte Artus. »Nur schade, dass Dagda so gänzlich andere Pläne mit dir hat.«
Jetzt war Dulac vollends verwirrt. Er war fest überzeugt davon gewesen, dass Artus ihn mitgenommen hatte, um ihn für irgendetwas zu bestrafen. Nun aber sprach der König in einem fast freundschaftlichen Ton mit ihm. Worauf wollte er hinaus?
Statt sein seltsames Benehmen zu erklären fuhr Artus auf dem Absatz herum und winkte einen Ritter zu sich. »Sir Lioness! Mordreds Pikten befinden sich auf der anderen Seite des Hügels. Bitte seht nach, wie weit sie noch entfernt sind. Ich würde gerne noch eine Andacht abhalten, bevor wir in den Kampf ziehen.«
Der ganz in Rot und Gold gekleidete Ritter eilte davon um

Artus' Befehl nachzukommen und Dulac sah den König erstaunt an. »Auf der anderen Seite des Hügels? Woher wisst Ihr das?«
Artus lachte leise. »Zweihundert Männer marschieren nicht ohne Spuren zu hinterlassen«, sagte er. »Siehst du die Punkte dort oben am Himmel?«
Dulacs Blick folgte der Richtung, in die Artus' ausgestreckter Arm wies. Er nickte. »Vögel.«
»Zu viele Vögel und nur dort«, sagte Artus. »Mordreds Heer hat sie aufgescheucht. Und wenn du genau hinsiehst, erkennst du auch den Staub in der Luft.«
»Das ... wäre mir niemals aufgefallen«, gestand Dulac. Er maß Artus mit einem fast bewundernden Blick.
»Wie auch? Dagda hat dich zum Küchenjungen und Mundschenk ausgebildet. Aber ich kann mir nicht vorstellen, dass dir ein solches Leben reicht.«
»Dagda war sehr gut zu mir«, antwortete Dulac. »Er hat mich viel gelehrt.«
»Und noch viel mehr hat er von dir fern gehalten«, sagte Artus. Dulac musste an den Streit zwischen ihm und Dagda denken. Offenbar erlebte er nun die Fortsetzung des Gespräches, das gestern so abrupt unterbrochen worden war. Wenn auch auf eine völlig andere Art, als er erwartet hätte.
Er sprach einfach aus, was ihm auf der Zunge lag. »Ihr ... seid nicht mehr zornig auf mich?«, fragte er vorsichtig.
»Zornig? Wegen des kleinen Kratzers?« Artus lachte. »Es war meine eigene Ungeschicklichkeit. Ich war ungerecht zu dir. Und es war dumm von mir, dir ein Schwert in die Hand zu geben. Nichts ist gefährlicher als eine Waffe in der Hand eines Mannes, der nicht damit umgehen kann.«

Dulac schwieg. Artus' Worte hatten ihn mehr verstört, als sie irgendeine Frage beantwortet hätten. Und er wusste nicht einmal, ob er wirklich lernen wollte mit einem Schwert umzugehen.
Noch vor einem Tag hätte er diese Frage mit einem ganz eindeutigen Ja beantwortet. Aber seither war doch einiges geschehen. Er *hatte* ein Schwert in der Hand gehabt und die Bilder, die es ihm gezeigt hatte, waren furchtbar gewesen.
»Es wird bald eine Schlacht geben«, sagte Artus. »Hast du Angst?«
»Nein«, antwortete Dulac, doch das schien nicht die Antwort zu sein, die Artus hatte hören wollen, denn auf seinem Gesicht erschien ein Ausdruck von Sorge.
»Das solltest du aber«, sagte er. »Wir werden mit Sicherheit siegen, doch es werden Menschen sterben und das ist immer eine schlimme Sache.«
»Aber es sind doch nur Pikten.«
»Sind sie keine Menschen?«, gab Artus zurück. »Für uns mögen sie Barbaren sein, die finstere Gottheiten anbeten und unsere Art zu leben bedrohen. Unsere Feinde. Aber auch sie sind Männer und Väter und Söhne. Viele Tränen werden in ihren Heimatdörfern vergossen werden, wenn sie nicht heimkehren.«
Dulac fragte sich, warum Artus eigentlich Krieger geworden war, wenn er wirklich so dachte. Und fast gegen seinen Willen stellte er diese Frage laut – was er gleich darauf wieder bedauerte. Irgendwann würde ihn seine lose Zunge den Hals kosten.
Artus reagierte jedoch nicht verärgert, sondern lächelte auf eine Art, als hätte er auf diese Frage gewartet und wäre

froh sie zu hören. »Weil es leider notwendig ist, mein Junge«, antwortete er. »Vielleicht wird einmal eine Zeit kommen, in der die Menschen keine Krieger mehr brauchen, doch noch ist es nicht so weit. Es ist noch gar nicht so lange her, da war dieses Land ganz genau wie das der Pikten. Wild. Barbarisch und gewalttätig. Die Menschen Britanniens haben dazugelernt und nun ist es an der Zeit für die Pikten, zu lernen.« Er legte die Hand auf das Schwert. »Manchmal tut es weh, zu lernen. Ich freue mich nicht darauf, ihre Krieger zu erschlagen, doch ich muss auch die Menschen beschützen, die mir vertrauen.«

Sir Lioness kam zurück. »Sie sind da«, sagte er. »Auf der anderen Seite des Hügels, vielleicht eine Meile entfernt. Sie lagern am Waldrand. Ich glaube, sie wissen, dass wir kommen.«

»Sie wollen uns in den Wald locken, wo uns unsere Pferde und die Rüstungen eher behindern würden«, sagte Artus grimmig. »Aber den Gefallen werde ich ihnen nicht tun.« Er überlegte einen Moment. »Schickt einen Boten zu ihnen. Ich will mich in einer halben Stunde mit ihrem Anführer treffen, nur er und ich.«

»Sie werden versuchen die Zeit zu nutzen um uns zu umzingeln«, gab Lioness zu bedenken.

»Sollen sie«, erwiderte Artus abfällig. »Geht. Tut, was ich Euch gesagt habe.« Er hob die Stimme. »Sir Mandrake! Lasst uns noch eine Andacht abhalten und Gott um Kraft für den bevorstehenden Kampf bitten!«

Dulac kam sich ein wenig hilflos vor – oder um es auf den Punkt zu bringen: fehl am Platz. Artus hatte dieses kurze Gespräch vermutlich nur mit ihm geführt, um sich die Zeit bis zur Rückkehr des Ritters zu vertreiben, ganz bestimmt

nicht, weil es von irgendeiner *Wichtigkeit* war. Nun rief er seine Ritter zum gemeinsamen Gebet zusammen und dabei hatte er nun wirklich nichts verloren. Artus und seine Ritter waren wie beinahe jedermann in Camelot Christen. Dagda hingegen glaubte noch an die alten Götter, die schon über dieses Land und die Menschen geherrscht hatten, als es den Gott der Christen noch nicht einmal gab, und was Dulac selbst anging ... Er war sich bis zum heutigen Tage im Grunde nicht darüber im Klaren, woran er glaubte; oder ob überhaupt an irgendetwas. Ganz bestimmt jedoch nicht an den Gott der Christen, der Liebe und Vergebung predigte und das Leben der Menschen mit einer Unzahl von Reglementierungen und Ver- und Geboten knebelte, bis ihnen kaum noch Luft zum Atmen blieb. Tander wusste das und ging im Allgemeinen darüber hinweg, gab es ihm doch einen Vorwand, ihm auch am Sonntag Arbeit zuzuweisen, wenn die anderen zur Kirche gingen, und auch Artus hatte einmal eine entsprechende Bemerkung gemacht und ihn auf diese Weise wissen lassen, dass es ihn nicht störte. Dulac wusste allerdings, dass unter Artus' Rittern viele waren, die ihrer Religion mit schon fast erschreckendem Eifer nachgingen, und er wollte den König nicht in Verlegenheit bringen. Nicht wenige Tafelritter hätten empört reagiert, hätten sie erfahren, dass Artus einen Heiden an seinem Hofe duldete.
So wandte er sich um, ging ein paar Schritte bis zum Waldrand und suchte sich einen Platz, um sich hinzusetzen und seinem schmerzenden Rücken ein wenig Ruhe zu gönnen. Es war sehr still hier. Aus dem Wald drang nicht der geringste Laut, nicht einmal das Knacken eines Zweiges oder das Rascheln der Blätter, und der Wind trug einen leicht

modrigen Geruch mit sich, den Dulac aber nicht als unangenehm empfand. Vielmehr erfüllte er die Umgebung mit einem Gefühl von Leben, wie er es in dieser Intensität selten verspürt hatte.

Überhaupt begann ihm dieses Stück Land immer besser zu gefallen, so unwirtlich und fremd es ihm auch im ersten Moment vorgekommen war. Sie waren hier weitab von jeder menschlichen Behausung und noch weiter von dem, was Artus manchmal mit dem Wort *Zivilisation* bezeichnete. Es hätte Dulac nicht gewundert, zu erfahren, dass hier manchmal monatelang keine Menschen entlangkamen, wenn nicht Jahre. Und vielleicht war es gerade das, was er spürte: die Unberührtheit dieses Ortes.

Nicht weit von ihm entfernt zogen Artus und seine Ritter nacheinander ihre Schwerter aus den Gürteln und rammten die Waffen vor sich in den Boden, um davor niederzuknien und die Hände zum Gebet zu falten. Einzig Sir Mandrake blieb stehen und begann mit leiser Stimme lateinische Verse zu zitieren, die vermutlich außer ihm und Artus niemand verstand.

Dulac konnte sich eines eisigen Schauderns nicht erwehren. Der Anblick erinnerte ihn an Männer, die vor Grabkreuzen knieten, um Gnade für die Seelen der Verstorbenen zu erbitten. Nur dass er sich des unheimlichen Gefühles nicht erwehren konnte, dass es *ihre eigenen* Gräber waren ...

Er verscheuchte den Gedanken, aber ganz gelang es ihm nicht. Etwas von der klebrigen Furcht blieb, die er mit sich gebracht hatte. Er hatte das unheimliche Gefühl, einen Blick in die Zukunft getan zu haben, ja auf eine bestimmte Weise *wusste* er, dass es ganz genau so war. In den Jahren, die er nun auf Camelot lebte, hatte er so manchen Ritter kommen und gehen sehen und die meisten, die gegangen waren, waren im Kampf gefallen. Die Tafelritter und allen voran König Artus mochten schon zu Lebzeiten eine Legende sein, doch sie waren weder unsterblich noch unverwundbar. Die meisten von ihnen – wenn nicht alle – würden durch das Schwert fallen, mit dem sie gelebt hatten. Vielleicht nicht heute, vielleicht nicht in einem Monat oder einem Jahr, aber sie würden durch das Schwert fallen. Er fragte sich, ob es das war, was Dagda gemeint hatte.

Das Gebet ging zu Ende. Mandrake hob die Hand, um die Ritter vor sich zu segnen, stockte dann mitten in der Bewegung und sah sich irritiert um und Dulacs Herz machte einen erschrockenen Satz. Mit einer einzigen Bewegung sprang er auf, rannte zu seinem Pferd und nestelte den Lederbeutel vom Sattelgurt, den Dagda ihm mitgegeben hatte. Noch während er zu Mandrake hinrannte, riss er ihn auf und grub mit zitternden Fingern nach dem zweiten, kleineren Ledersäckchen, das er enthielt. Er brauchte auf diese Weise weniger als eine halbe Minute, bis er Mandrake erreichte. Trotzdem durchbohrte ihn der Tafelritter mit einem Blick, als hätte er ein todeswürdiges Verbrechen begangen, und riss ihm das Säckchen ungestüm aus der Hand.

Dulac wich rasch rückwärts gehend ein halbes Dutzend Schritte zurück, um die Zeremonie nicht noch weiter zu stören und sich Mandrakes Zorn damit endgültig zuzuziehen. Mandrake schenkte ihm noch einen zornsprühenden Blick, dann öffnete er das Säckchen und schüttelte die darin befindlichen Oblaten in seine geöffnete linke Hand. Während er weiter halblaut lateinische Texte murmelte, traten die Tafelritter einer nach dem anderen zu ihm, knieten vor ihm nieder und ließen sich eine der Oblaten auf die Zunge legen, wobei Mandrake mit der anderen Hand das Kreuzzeichen auf ihre Stirn machte. Dulac kannte natürlich die Bedeutung dieses Vorganges, auch wenn er kein geübter Kirchengänger war, aber er war ein wenig erstaunt. Er glaubte kaum, dass dies die übliche Form des christlichen Abendmahles war; oder dass man es überhaupt in einer Situation wie dieser abhielt.

Aber andererseits war er auch noch niemals zuvor mit Artus und seinen Männern in die Schlacht geritten.

Dulac sah schweigend zu, während die Ritter einen Schluck Messwein aus dem einfachen Becher tranken, den ihnen Sir Mandrake hinhielt.

Nach einer Weile runzelte er erstaunt die Stirn, trat ein paar Schritte näher – gerade so weit, wie er es wagte, ohne dadurch Artus' oder den Unmut eines der anderen Ritter auf sich zu ziehen – und kniff die Augen zusammen um genauer sehen zu können. Er erkannte den einfachen Trinkbecher, den Sir Mandrake in den Händen hielt. Es war kein prunkvoller Pokal, wie er es erwartet hätte, sondern der zerbeulte, schäbige Becher, der normalerweise auf Dagdas Regalbrett stand; kaum eines Bettlers würdig, geschweige denn eines Königs. Wieso, fragte er sich, hatte Dagda den Rittern ausgerechnet den einfachsten und schäbigsten seiner Pokale mitgegeben? Er würde ihn fragen, sobald sie zurück waren – auch wenn er ganz und gar nicht sicher war, überhaupt eine Antwort zu bekommen. Und er wäre nicht einmal überrascht zu erfahren, dass es sich um einen von Dagdas manchmal schon reichlich seltsamen Scherzen handelte, den König und all seine Ritter mit diesem verbeulten Blechnapf in die Schlacht ziehen zu lassen, statt mit einem goldenen Pokal ...

Artus war der Letzte, der das Abendmahl empfing. Dann stand er auf, zog jedoch nicht wie alle anderen sein Schwert aus dem Boden, um die Waffe wieder in seinen Gürtel zu stecken, sondern drehte sich zu Dulac herum.

»Junge! Bring mir Excalibur!«

Dulac eilte zu Artus' Pferd, einem prachtvollen weißen Hengst in einem goldschimmernden Schuppenpanzer, löste die in roten Samt eingeschlagene Waffe vom Sattelgurt und brachte sie dem König. Artus nahm das Schwert entgegen und begann es auszuwickeln, während er Dulac ein kurzes, aber sehr warmes Lächeln schenkte – fast als wollte er sich für Sir Mandrakes Benehmen von vorhin entschuldigen.

Dulac verspürte ein Gefühl von Ehrfurcht, als Artus den Samt zurückschlug und Excalibur in seiner weißen Lederscheide zum Vorschein kam. Artus gab Dulac den Samt zurück, löste seinen Waffengurt und ließ ihn einfach fallen. Dulac konnte ihn gerade noch auffangen, bevor er in den Schmutz fiel.

Während Artus den Schwertgurt mit Excalibur umschnallte, holte Dulac das Schwert, das Artus mitgebracht hatte, schob es in die Scheide und wollte zu seinem Pferd eilen, um die Waffe am Sattelgurt zu befestigen, wo sie auf die Rückkehr des Königs warten konnte, doch Artus winkte ihn erneut heran.

»Nimm es an dich«, befahl er.

»Herr?«

»Nimm es an dich«, wiederholte Artus mit einer leicht un-

geduldigen Geste auf den Waffengurt. »Du wirst mich begleiten.«
»Ich?«, wiederholte Dulac fassungslos. »Aber wieso ich? Ich meine –«
»Dir wird nichts geschehen, solange du immer in meiner Nähe bleibst«, unterbrach ihn Artus. »Du begleitest mich. Wenn du hinterher immer noch Ritter werden willst, werde ich persönlich für deine Ausbildung sorgen.«
Er hatte gesagt, was er zu sagen hatte, und drehte sich wieder zu seinen Rittern herum. »Lasst uns beginnen«, sagte er. Dann legte er die Hand auf den Schwertgriff, zog Excalibur und reckte die Waffe hoch in die Luft.
»Für Camelot!«
»Für Camelot!«, wiederholten die Ritter im Chor.
Und Dulac stockte schier der Atem.
Es war das erste Mal, dass er Excalibur wirklich erblickte. Dagda hatte ihm einmal erklärt, dass Excalibur nicht nur eine heilige, sondern vor allem auch eine *magische* Waffe sei, die nur zum wirklichen Kampf gezogen werden durfte, und so hatte er Excalibur bisher nur in seiner weißen Lederscheide gesehen.
Zugleich stimmte das aber auch nicht.
Er *hatte* Excalibur schon einmal gesehen oder zumindest ein Schwert wie dieses. Es war sogar erst ein paar Stunden her, seit er es in der Hand gehalten hatte.
Denn Excalibur und das Schwert, das er im See gefunden hatte, glichen sich wie ein Ei dem anderen ...
Artus drehte sich zu ihm herum, schien etwas sagen zu wollen und runzelte dann die Stirn, als er den Ausdruck von Fassungslosigkeit sah, mit dem Dulac das Schwert anstarrte. Natürlich deutete er ihn völlig falsch, denn nach ei-

nem Atemzug lächelte er und sagte: »Eine prachtvolle Waffe, nicht wahr? Möchtest du sie vielleicht einmal anfassen?«

Er hielt Dulac die Klinge hin und Dulacs Herz begann noch schneller zu schlagen, als er die seltsamen Runen sah, die die Blutrinne des Schwertes einrahmten. Obwohl er sie nur flüchtig gesehen hatte, gab es nicht den geringsten Zweifel: Es waren die gleichen Runen. Excalibur und das Schwert aus dem See waren Zwillingsbrüder.

»Nur zu«, sagte Artus auffordernd. »Es beißt nicht. Jedenfalls nicht, solange du nicht sein Feind bist.«

Dulac streckte zögernd die Hand aus, wagte es aber nicht, die Bewegung zu Ende zu führen. Nach dem, was ihm widerfahren war, als er das Schwert aus dem See berührt hatte, was würde da erst passieren, wenn er *Excalibur* anfasste?

»Nun gut.« Artus steckte das Schwert mit einem enttäuschten Schulterzucken wieder ein. »Ich sollte vielleicht nicht zu viel auf einmal erwarten. Steig in den Sattel. Wir reiten los.«

Ganz wie Sir Lioness gesagt hatte, erwartete sie das piktische Heer auf der anderen Seite des Hügels, genauer gesagt vor dem dichten Wald, der sich vielleicht eine halbe Meile entfernt erhob. Und selbst Dulac, der nicht das Geringste von Kriegsführung oder Taktik verstand, erkannte sofort, dass es eine Falle war. Die Pikten hatten in einer langen, mehrfach gestaffelten Reihe dicht am Waldrand Aufstellung genommen, und wenn dieser Wald auch nur annähernd so dicht war wie der, hinter dem sie gerade gerastet hatten, dann mussten Artus' Ritter auf ihren schwer

gepanzerten Pferden schon nach wenigen Schritten hoffnungslos darin stecken bleiben.
Er erschrak, als er sah, wie viele es waren. Das piktische Heer bestand nur aus sehr wenigen Reitern, aber gut und gerne zweihundert Männern zu Fuß. Sie waren in Kleidung aus grobem Stoff gehüllt und trugen weder so etwas wie eine wirkliche Rüstung und auch ihre Bewaffnung hielt keinem Vergleich mit der der Tafelritter stand. Aber es waren entsetzlich viele.
»Da ist er.« Artus deutete auf einen einzelnen, in Schwarz gehüllten Reiter, der langsam in ihre Richtung kam. »Der Unterhändler.«
»Das ist nicht Mordred«, sagte Galahad, der rechts neben Artus ritt. Dulac hatte sein Pferd auf die andere Seite gelenkt, war aber ganz bewusst ein kleines Stück zurückgefallen.
»Ich sehe es«, sagte Artus düster. »Das gefällt mir nicht.«
»Wir sollten sofort angreifen«, schlug Galahad vor. »Das ist mit Sicherheit eine Hinterlist.«
»Vermutlich«, bestätigte Artus. »Ich werde ihn fragen. Haltet Euch bereit.«
Galahad sog erschrocken die Luft zwischen den Zähnen ein. »Ihr wollt doch wohl nicht wirklich allein dorthin reiten?«
»Ich werde nicht allein gehen, keine Angst.« Artus drehte den Kopf. »Dulac.«
Gehorsam lenkte Dulac sein Pferd neben das des Königs. Galahad widersprach noch einmal und erhielt diesmal eine scharfe Abfuhr, aber Dulac hörte gar nicht mehr hin. Die Situation kam ihm mit jedem Moment unwirklicher vor, als erlebe er in Wirklichkeit einen Traum, der bizarr und

erschreckend war, in dem er aber nicht wirklich Angst haben musste. Artus lenkte sein Pferd mit sanftem Schenkeldruck den Hügel hinunter und auf den Unterhändler zu und Dulac schloss nach wenigen Schritten auf.
»Angst?«, fragte Artus leise und ohne ihn dabei anzusehen.
»Ich weiß nicht«, antwortete Dulac. Dann verbesserte er sich: »Ja. Ein wenig.«
»Wenn das hier vorbei ist, wirst du viel Angst haben«, sagte Artus. Und es war Dulac, als ob er lautlos, aber auch unüberhörbar hinzufügte: *dafür werde ich sorgen.*
»Warum tut Ihr das, Herr?«, fragte Dulac.
»Warum ich will, dass du mich begleitest?« Artus lachte auf eine Weise, die Dulac einen kalten Schauer über den Rücken laufen ließ. »Nenn es einen Test.«
»Einen *Test*?«
»Ich muss wissen, woran ich mit dir bin«, antwortete Artus. »Und du selbst solltest es auch wissen. Frauen bewundern Ritter, keine Knaben.«
Ein plötzlicher Schlag ins Gesicht hätte Dulac kaum härter treffen können. Er glaubte zu spüren, wie sein Herzschlag stockte. Doch er kam nicht dazu, eine weitere Frage zu stellen, denn sie hatten sich dem Pikten mittlerweile fast bis auf Hörweite genähert und er wusste, dass Artus jetzt nicht mehr antworten würde. Und einen Augenblick später sah er zudem etwas, das ihn kaum weniger erschreckte als Artus' Worte von vorhin.
Der Pikte war ein sehr großer, dunkelhaariger Mann, der einen schwarzen Mantel über einer gleichfarbigen Hose und einem rotbraunen Lederharnisch trug. Aus seinem Gürtel ragte der Griff eines gewaltigen Schwertes, das die

meisten anderen Männer als Beidhänder benutzt hätten, und an seinem Sattel war eine riesige zweischneidige Axt befestigt. Zweifellos führte er diese Waffen nur mit sich, um sein barbarisches Äußeres zu unterstreichen und seine Feinde damit einzuschüchtern, denn so beeindruckend sie aussahen, waren sie im Kampf wohl eher unpraktisch. Als Dulac ihn das letzte Mal gesehen hatte, hatte er ein normales Schwert im Gürtel getragen. Es war der Pikte, mit dem Mordred am Seeufer gesprochen hatte.

»König Artus.«

Der Pikte senkte grüßend den Kopf und Artus erwiderte die Bewegung knapp, besaß aber nicht einmal die Höflichkeit, sich nach dem Namen seines Gegenübers zu erkundigen, sondern begann übergangslos:

»Wo ist Mordred?«

»Sir Mordred ist ... anderweitig beschäftigt«, antwortete der Pikte in ebenso kühlem Tonfall. »Ich fürchte, Ihr müsst mit mir vorlieb nehmen. Ihr habt einen Boten zu uns geschickt und wolltet mich sprechen?«

Wenn so viel Unverfrorenheit dem König die Sprache verschlug, so ließ er es sich jedenfalls nicht anmerken. »Ihr kommt ohne Umschweife zur Sache«, sagte er. »Gut. Auch ich bin für ein offenes Wort. Geradeheraus: Was wollt ihr hier?«

»Wir suchen keinen Streit mit Euch, Artus«, antwortete der Pikte, »oder mit Camelot. Wir sind lediglich auf dem Durchmarsch. Ich versichere Euch, dass kein Bewohner Eures Landes irgendetwas von uns zu befürchten hat.«

»Ich weiß, warum ihr hier seid.« Artus ließ – vermutlich ganz bewusst – offen, was er von der letzten Behauptung des Pikten hielt. »Ich kann das nicht zulassen. Ich dachte, ich hätte mich Mordred gegenüber deutlich ausgedrückt. Hat er Euch meine Antwort nicht überbracht?«

»Das hat er«, erwiderte der Pikte. »Ich kann sie nicht akzeptieren. Es würde uns zu viel Zeit kosten, die Grenzen Eures Landes zu umgehen.«

»Das ist euer Problem«, antwortete Artus. »Es bleibt dabei: Kehrt auf der Stelle um und Euch und Euren Männern wird nichts geschehen. Tut es nicht und die Waffen werden sprechen.«

Der Pikte spannte sich ein wenig, doch seine Stimme blieb so beherrscht und kühl wie zuvor. »Überlegt es Euch gut, Artus. Wir wollen keinen Streit mit Camelot, doch wir schrecken auch nicht davor zurück, wenn es sein muss. Keiner von uns hätte etwas von einem Kampf. Viele gute Männer würden sterben, auf beiden Seiten. Das muss nicht sein.«

»Dann machen wir es gleich hier aus, unter uns«, sagte Artus. Er legte die Hand auf den Schwertgriff. »Nur wir beide. So werden viele Leben geschont.«

Der Pikte schüttelte den Kopf. »Ich bin kein Feigling, König Artus, aber auch nicht tollkühn genug, gegen einen Mann zu kämpfen, der die Magie der alten Götter auf seiner Seite hat.«

»Hütet Eure Zunge!«, zischte Artus. »Ich kämpfe in Gottes Namen, nicht in dem heidnischer Götter wie Ihr!«

»Artus, ich bitte Euch!« Der Pikte machte eine Kopfbewegung auf Excalibur. »Ihr und ich, wir wissen beide, woher dieses Schwert stammt.«

»Ich kehre jetzt zurück zu meinen Männern«, sagte Artus, ohne die Worte des Pikten zu beachten. »Genau so lange habt Ihr noch Zeit, Euch zu entscheiden. Habt Ihr bis dahin nicht mit dem Rückzug begonnen, greifen wir an!«

Er wartete die Antwort des Pikten nicht einmal ab, sondern drehte sein Pferd auf der Stelle und setzte sich in Bewegung und auch Dulac wollte sein Pferd wenden.
Statt es zu tun schrie er Artus eine Warnung zu. Der Pikte machte keine Bewegung um sich ebenfalls zurückzuziehen, sondern riss stattdessen das Schwert aus dem Gürtel und schwang die Waffe zu einem gewaltigen Hieb.
Artus reagierte mit fast übernatürlicher Schnelligkeit und ganz anders, als Dulac erwartet hatte; und wohl auch der Pikte. Statt irgendeine Bewegung der Abwehr zu machen oder sich zu ducken, rammte er seinem Pferd die Absätze in die Seiten, sodass das Tier einen erschrockenen Satz machte und sich dann aufbäumte. Der Beidhänder des Pikten zischte kaum eine Handbreit hinter Artus' Nacken durch die Luft. Hätte der Hieb sein Ziel getroffen, so hätte er Artus zweifellos enthauptet. So aber ging der Schlag nicht nur ins Leere, sondern wurde dem Pikten um ein Haar auch zum Verhängnis. Der Schwung seiner eigenen Bewegung und vor allem das enorme Gewicht der Waffe rissen den Krieger mit solcher Gewalt nach vorne, dass er halbwegs über den Hals seines Pferdes sank und nur mit letzter Kraft verhinderte aus dem Sattel zu stürzen.
Während er verzweifelt um sein Gleichgewicht kämpfte, riss Artus mit aller Kraft an den Zügeln seines Pferdes und ließ das Tier ein ganz erstaunliches Manöver vollführen: Das Pferd hatte sich auf die Hinterläufe aufgebäumt und schlug wiehernd mit den Vorderhufen aus. Artus' Bewegung zwang den Hengst, weiter auf den Hinterläufen zu tänzeln und sich dabei auf der Stelle zu bewegen. Statt ihm den Rücken zuzuwenden, schlug der Hengst plötzlich mit den Vorderhufen nach dem völlig überraschten Pikten.

Der Mann hatte mittlerweile sein Gleichgewicht wieder gefunden und versuchte sich im Sattel aufzurichten. Mit einer verzweifelten Bewegung warf er den Kopf zurück und entging den tödlichen Hufen auf diese Weise nur um Haaresbreite. Statt seinen Schädel zu treffen prallten sie klirrend auf die Schwertklinge und prellten dem Mann die Waffe aus der Hand.

Der Pikte schrie wütend auf und musste einige Sekunden lang mit aller Macht darum kämpfen, nicht rücklings aus dem Sattel zu stürzen.

Endlich ließ Artus die Zügel des Hengstes los und das Tier sank mit einem protestierenden Schnauben wieder auf alle viere herab und tänzelte ein paar Schritte zurück. Auf der Hügelkuppe vor dem Wald wurde ein erschrockenes Brüllen aus zweihundert Kehlen laut und auch der Pikte brüllte vor Wut und riss seine Axt vom Gürtel. In derselben Sekunde schien Excalibur fast wie von selbst aus seiner Scheide und in Artus Hand zu springen.

Das Gebrüll auf der Hügelkuppe wurde lauter, und obwohl Dulac den Blick keine Sekunde von Artus und dem Pikten nehmen konnte, sah er trotzdem aus den Augenwinkeln, wie sich mehr und mehr Barbarenkrieger in Bewegung setzten und auf sie zurannten oder zuritten.

Der Pikte schwang seine gewaltige Axt mit beiden Armen und schien jede Furcht vor Artus' magischem Schwert vergessen zu haben, denn er griff ohne das geringste Zögern und brüllend vor Zorn an. Sein Pferd prallte gegen Artus' gepanzertes Schlachtross und wäre um ein Haar von den Beinen gerissen worden, aber die gewaltige Axt sauste trotzdem auf Artus herab.

Artus wehrte den Hieb ohne besondere Probleme ab. Sein

hochgerissenes Schwert zielte auf die Handgelenke des Pikten und hätte sie zweifellos mitsamt der Waffe abgehackt, denn es gab nichts, was Excaliburs Biss widerstehen konnte. Im letzten Moment aber drehte Artus die Klinge, sodass sie mit der Breitseite auftraf. Ihre Wucht war immer noch so groß, dass sie die Hände des piktischen Kriegers auf der Stelle lähmte, sodass er die Axt mit einem Schmerzensschrei fallen ließ und halb benommen im Sattel zusammenbrach, aber Artus verzichtete ganz offensichtlich darauf, den Mann zu töten oder schwer zu verletzen. Stattdessen ließ er sein Pferd einige Schritte zurücktänzeln und begann seinen Gegner zu umkreisen, wobei er immer wieder mit dem Schwert nach ihm stieß, ohne ihm jedoch mehr als einige harmlose Kratzer und Schnittwunden beizubringen. Dulac verstand nicht, was er da eigentlich tat. Es war, als ob er mit seinem Gegner spielte wie eine Katze mit der Maus, die sie gefangen hatte.

Plötzlich schrie Artus: »Verschwinde! Sie kommen!«

Dulac sah hoch – und verstand mit jähem Schrecken, was Artus meinte: Die Pikten stürmten in breiter Front heran. Die meisten waren noch hundert oder mehr Schritte entfernt, aber die zwanzig oder dreißig Reiter, die vorab ritten, hatten sie schon fast erreicht.

Voll Panik riss er sein Pferd herum – und schrie vor Schrecken und Enttäuschung auf, als er sah, dass es auch in dieser Richtung kein Entkommen gab, denn von hinten galoppierten Artus' Tafelritter heran!

Es ging alles viel zu schnell, als dass er auch nur Zeit fand, einen weiteren klaren Gedanken zu fassen. Artus ließ endlich von seinem ohnehin wehrlosen Gegner ab und im nächsten Augenblick prallten rings um ihn herum die bei-

den unterschiedlichen Reiterheere zusammen. Ihre Zahl war in etwa gleich, aber das war auch schon alles, was gleich war.
In wenigen Augenblicken war es vorüber und es kam Dulac beinahe so vor, als hätte es gar keinen wirklichen Kampf gegeben. Die golden und silberfarben schimmernde Front der Tafelritter prallte gegen die heranpreschende Front der Pikten und zermalmte sie regelrecht. Der Großteil der Reiter wurde schon im ersten Anprall von den Pferden gerissen oder brach mitsamt seinen Tieren zusammen und die wenigen, die den ersten Ansturm überlebt hatten, fielen unter den erbarmungslosen Hieben der Tafelritter. Nur einen Augenblick nachdem der Kampf begonnen hatte, war er auch schon wieder vorbei. Keiner der Pikten hatte ihn überstanden, während es unter Artus' Rittern nicht einmal einen Verwundeten zu geben schien.
Artus lenkte sein Pferd neben das Dulacs. »Jetzt verschwinde endlich«, sagte er. »Gleich wird es hier ziemlich übel. Warte oben am Waldrand auf uns.« Er lachte. »So viel zu ihrer Reiterei. Aber es war fast zu leicht.«
Allmählich glaubte Dulac zu verstehen. Artus' sonderbares Verhalten war nicht sinnlos gewesen und schon gar nicht leichtsinnig. Er war mittlerweile sogar fast sicher, dass er den heimtückischen Angriff der Pikten bewusst herausgefordert hatte, um einen überhasteten Angriff des gesamten piktischen Heeres zu provozieren und ihre Kräfte auf diese Weise zu spalten.
Schaudernd sah Dulac sich um. Ein halbes Dutzend toter Pferde und annähernd dreißig erschlagene Pikten bedeckten den Boden, ein Anblick, der ihn an den vor dem *Schwarzen Eber* erinnerte, nur dass es ungleich schlimmer

war. Und dabei hatte die wirkliche Schlacht noch nicht einmal begonnen.

Artus hob die Stimme. »Formiert euch!«, rief er.

Die Tafelritter begannen sich rings um ihren König zu einem lockeren Kreis aufzustellen und Dulac begriff, dass es nun wirklich an der Zeit war, sich zu sputen. Die Pikten waren allerhöchstens noch dreißig Schritte entfernt, aber ihr Tempo hatte sich geändert. Während die Mitte der lang gezogenen Kette allmählich zurückfiel, wurden ihre Flanken schneller und schwenkten gleichzeitig herum. Die Pikten hatten wohl vor, Artus' Ritter zu umzingeln und sie dann von allen Seiten her anzugreifen. Irgendwie hatte Dulac das sichere Gefühl, dass Artus auch genau das von ihnen erwartete ...

Bevor auch er in den Umzingelungsring geriet, knallte er mit den Zügeln und sprengte den Hügel hinauf. Erst auf halber Strecke ließ er das Tier wieder langsamer laufen und drehte den Kopf um nach hinten zu sehen.

Die Pikten hatten ihr Manöver fast beendet. Den Ring aus Rittern umgab jetzt ein zweiter, größerer Kreis, der sich in diesem Augenblick schloss und sich gleichzeitig zusammenzuziehen begann. Doch auch in die Tafelritter kam Bewegung. Statt den Ansturm der Pikten in einer dichten Front zu erwarten, womit diese wohl gerechnet haben mussten, formierten sie sich blitzschnell zu zwei gleich großen Gruppen, die den Pikten entgegensprengten und ihren Ring beinahe mühelos durchbrachen. Fast im gleichen Atemzug löste sich ihre Formation vollends auf.

Dulac wandte seine Aufmerksamkeit wieder nach vorne und ritt den Hügel hinauf, so schnell er konnte. Als er den Waldrand erreichte, sprang er aus dem Sattel und wich ein

paar Schritte in den Schutz des dichten Unterholzes zurück, ehe er sich wieder herumdrehte.
Die wenigen Augenblicke hatten gereicht, um den Anblick unter ihm vollkommen zu verändern. Statt einer geordneten Aufstellung, in der zwei Heere aufeinander prallten, sah er auf den ersten Blick nichts als ein einziges, scheinbar chaotisches Durcheinander. Artus' Ritter hatten sich zu Gruppen von jeweils drei zusammengetan, die sich gegenseitig Deckung gaben, zugleich und viel schlimmer aber auch gnadenlos unter den Barbarenkriegern wüteten.
Selbst auf die große Entfernung konnte Dulac erkennen, dass die Lage für die Pikten hoffnungslos war. Sie waren annähernd zehnmal so viele, aber schlecht bewaffnet, zu Fuß und beinahe ohne Rüstung. So hatten sie keine Chance gegen die Ritter, die auf ihren gewaltigen gepanzerten Schlachtrössern wie Dämonen aus einer längst vergangenen Zeit über sie emporragten. Soweit Dulac erkennen konnte, war bisher nicht einer der Tafelritter gefallen oder auch nur ernsthaft verletzt, während sie selbst aber fürchterlich unter den Pikten wüteten. Binnen weniger Minuten würden sie das piktische Heer einfach auslöschen.
Plötzlich hatte Dulac das intensive Gefühl, nicht mehr allein zu sein. Nervös sah er sich um. Er war allein. Rings um ihn herum herrschte nur die schattenerfüllte Stille des Waldes, durchdrungen von demselben leisen Modergeruch, den er vorhin schon einmal wahrgenommen hatte. Und trotzdem wurde das Gefühl, dass jemand oder etwas da war, mit jeder Sekunde stärker. Dulac sah sich mit wachsender Nervosität um und wich vorsichtshalber einige Schritte weiter in den Schutz des Dickichts zurück. Unter ihm tobte die Schlacht mit unverminderter Wucht

weiter, aber das Schreien der Kämpfenden und Verwundeten schien bereits an Lautstärke abgenommen zu haben. Links von ihm knackte ein Ast. Dulac duckte sich hastig hinter einen Busch und Mordred und zwei Männer im verblichenen Schwarz der Pikten traten kaum zwei Schritte neben ihm aus dem Wald. Wäre er nur zwei Sekunden später in den Wald zurückgewichen, so hätten sie ihn unweigerlich gesehen.

»Die Schlacht steht nicht gut«, sagte einer der Pikten.

Mordred blickte einige Sekunden lang reglos auf das Geschehen unter sich hinab und zuckte dann mit den Schultern. »Das kommt ganz darauf an, von welchem Standpunkt aus man es betrachtet«, sagte er. »Ich finde, sie läuft gut. Artus gewinnt. Das sollte er doch, oder?«

Der Pikte machte ein finsteres Gesicht. »Das da unten sind unsere Brüder, Mordred. Artus wird sie alle töten.«

»Und damit eine ganze Weile beschäftigt sein«, sagte Mordred schulterzuckend. »Spielt nicht den Überraschten. Alles läuft ganz genau so ab, wie wir es geplant haben. Soldaten sind zum Sterben da. Seht es in einem anderen Licht: Hätten wir Artus' Heer in einer offenen Feldschlacht schlagen wollen, hätte es Euch weit mehr als zweihundert Krieger gekostet. Das da unten sind nicht Eure besten Männer, nehme ich an.«

»Nein«, erwiderte der Pikte düster.

»Dann ist es ein geringer Preis für das, was Ihr am Ende von mir bekommt ... wenn Eure Männer in Camelot ihre Aufgabe erfüllen, heißt das.«

Camelot? Dulac wurde hellhörig. Was war mit Camelot?

»Das werden sie«, versicherte der Pikte. »Solange sich die Hexe um den Magier kümmert.«

Mordred fuhr mit einer wütenden Bewegung herum und packte den Pikten mit beiden Händen am Kragen. »Nennt sie noch einmal Hexe und ich reiße Euch die Kehle heraus!«, zischte er.
»Ich ... verzeiht, Herr«, krächzte der Pikte. Er konnte kaum sprechen, weil ihm Mordreds Griff den Atem abschnürte. Sein Gesicht hatte alle Farbe verloren. »Ich ... ich meine selbstverständlich Lady Morgaine.«
Mordred hielt ihn noch einen Augenblick lang fest, dann ließ er ihn los und stieß ihn so derb von sich, dass der Mann fast gestürzt wäre.
»Ich nehme Eure Entschuldigung an«, sagte er. »Aber hütet in Zukunft Eure Zunge. Wenn Ihr eine solche Bemerkung in ihrer Nähe macht, dann ist es Eure letzte!«
»Natürlich, Herr«, sagte der Pikte nervös. »Es ... verzeiht mir.«
Mordred winkte ab. »Vergesst es. Und was Morgaine le Faye angeht, so könnt ihr sicher sein, dass sie sich um den alten Narren kümmern wird. Sie hat noch eine persönliche Rechnung mit Merlin offen, auf deren Begleichung sie schon viel zu lange wartet.« Er machte eine herrische Geste. »Reitet nach Camelot und tragt dafür Sorge, dass auch alles nach Plan verläuft. Ich erwarte Euch und Eure Männer spätestens morgen früh auf Malagon.«
Der Pikte und sein Begleiter entfernten sich hastig, aber Mordred blieb noch einen Moment stehen und sah reglos auf die Schlacht hinab. Dann geschah etwas, was Dulac schier das Blut in den Adern gerinnen ließ: Mordred drehte sich herum, blickte genau in seine Richtung und sagte:
»Ich weiß nicht, wer du bist oder was du willst. Aber ich

weiß, dass du da bist. Du warst auch gestern am See, nicht wahr?«

Panik stieg in Dulac hoch. Mordred wusste, dass er da war! Aber wie war das möglich? Dulac hielt vor Schrecken den Atem an, sah sich aber aus den Augenwinkeln verzweifelt nach einem Fluchtweg um.

»Zeig dich«, verlangte Mordred. »Du hast nichts zu befürchten, darauf gebe ich dir mein Wort!«

Dulac rührte sich nicht. Er hätte es nicht einmal gekonnt, wenn er es gewollt hätte. Er war vor Schrecken wie gelähmt.

»Gut, ganz wie du willst«, sagte Mordred nach einer Weile. Er lachte leise. »Ich werde nicht nach dir suchen. Vielleicht bist du ja nur neugierig. Solange du mir nicht in die Quere kommst, tue ich dir nichts. Aber hüte dich, meine Pläne zu stören.«

Damit ging er und Dulac blieb mit klopfendem Herzen zurück. Hätte Mordred beschlossen ihn zu suchen, wäre er nicht einmal in der Lage gewesen, wegzulaufen. Die Lähmung war von ihm abgefallen, aber er zitterte am ganzen Leib und sein Herz schlug so schnell, dass er kaum noch atmen konnte. Wie war es möglich, dass Mordred von seiner Anwesenheit gewusst hatte? Er war sicher, keinen verräterischen Laut verursacht zu haben, und der Wald war selbst hier so dunkel, dass er ihn unmöglich gesehen haben konnte. Und doch hatte er gewusst, dass er da war.

Andererseits – schließlich hatte auch er umgekehrt schon zweimal gespürt, dass Mordred in seiner Nähe war, und dieses Gefühl hatte ihn auch jedes Mal gerettet. Wenn er Mordreds Nähe fühlte, vielleicht erging es Mordred umgekehrt ganz genau so.

Was allerdings immer noch keine Antwort auf die Frage war, wie so etwas überhaupt möglich war.
Dulac blieb etliche Minuten lang reglos hinter seiner Deckung hocken und wartete darauf, dass sich sein rasender Herzschlag beruhigte und seine Hände und Knie aufhörten zu zittern. Beides geschah, aber das wirbelnde Chaos zwischen seinen Schläfen beruhigte sich nicht. Schließlich stand er auf und ging vorsichtig wieder zum Waldrand.
Mordred und die Pikten waren verschwunden und die Schlacht näherte sich ihrem Ende. Die Pikten leisteten kaum noch Widerstand. Die meisten suchten ihr Heil in der Flucht, aber Dulac bezweifelte, dass viele den Tafelrittern entkommen würden. Das schmale Tal war mit Toten und Sterbenden übersät und die Ritter machten gnadenlos Jagd auf die wenigen Überlebenden. Dulac hatte eine ziemlich konkrete Vorstellung davon, was weiter geschehen würde. Artus und seine Ritter waren nicht dafür bekannt, Gefangene zu machen.
Camelot.
Er musste nach Camelot!

Das Pferd war dem Zusammenbruch nahe, als er die Stadt erreichte. Für die Strecke, für die sie am Morgen mehr als drei Stunden gebraucht hatten, hatte er nun kaum die halbe Zeit benötigt. Das Tier war in Schweiß gebadet. Sein Atem ging keuchend und es zitterte am ganzen Leib und flockiger weißer Schaum flog von seinen Nüstern.
Trotzdem kam er zu spät.
Dulac hatte den Rauch schon von weitem gesehen, eine schwarze Wolke, die aus dem Herzen der Stadt aufstieg

und sich zu einer brodelnden Decke ausbreitete, als tobe ein fürchterliches Unwetter über Camelot. Einen Moment lang hatte er sich noch an die verzweifelte Hoffnung geklammert, dass in der Stadt vielleicht nur einige Kamine qualmten, aber natürlich war das nur reines Wunschdenken.

Camelot brannte.

Als er näher kam, sah er mindestens ein Dutzend Feuer, die hinter der Stadtmauer loderten, und auch über den Zinnen der Burg erhob sich schwarzer, fettiger Qualm. Dulac sprengte durch das nördliche Tor in die Stadt, musste sein Pferd aber schon nach wenigen Schritten zügeln und sprang aus dem Sattel, denn die Straßen waren mit durcheinander rennenden und schreienden Menschen voll gestopft, dass es zu Pferd einfach kein Durchkommen mehr gab. Vermutlich rettete er dem Tier damit das Leben, denn das Pferd torkelte ein paar Schritte zur Seite und wäre vor Erschöpfung fast zusammengebrochen, aber daran verschwendete Dulac in diesem Moment keinen Gedanken. Von Verzweiflung getrieben rannte er los.

Er brauchte nur zehn Minuten, um die Burg zu erreichen, aber diese zehn Minuten schienen zu zehn Ewigkeiten zu werden. Camelot war ein Albtraum. Zahlreiche Häuser standen in Flammen und an noch mehr Gebäuden entdeckte er die Spuren bereits gelöschter Brände. Auch der Dachstuhl von Tanders Gasthaus bestand nur noch aus einem Gerippe brandgeschwärzter Balken und viele der Menschen, zwischen denen er sich hindurchquetschte, trugen blutige Verbände oder hatten offene Wunden – und er sah auch mehr als einen toten Pikten.

Nichts davon zählte. Dulac rannte sich schier die Lunge

aus dem Leib um die Burg zu erreichen und hatte trotzdem das Gefühl, nicht von der Stelle zu kommen. Bis zum allerletzten Moment klammerte er sich an die widersinnige Hoffnung, dass die Burg dem Angriff widerstanden haben könnte, der Rauch über den Zinnen vielleicht nur von den Feuern der Verteidiger stammte, die Öl und Pech zum Sieden gebracht hatten, um es auf die Angreifer hinabzuschütten.

Es war eine vergebliche Hoffnung.

Das Burgtor war unbeschädigt, aber weit geöffnet, und unter dem steinernen Torbogen lagen drei blutbefleckte Tote in den Farben Camelots. Schwarzer Qualm erfüllte den Hof, sodass Dulac kaum noch atmen konnte. Die meisten Fenster, die auf den Hof hinausführten, waren zerborsten und aus manchen loderten noch hellrote Flammen. Dutzende von Männern hasteten hin und her, versuchten die Brände zu löschen oder schienen Hab und Gut in Sicherheit zu bringen, und er sah noch mehr Tote in den Farben Camelots. Mindestens einer war in eine blutbefleckte Rüstung gehüllt. Er sah auch hier tote Barbaren, mindestens ein Dutzend, wenn nicht mehr. Die Pikten hatten einen gewaltigen Preis für den Sieg über Camelot gezahlt, doch wie es aussah, hatten sie diesen Sieg auch errungen.

Dulac blieb einen Moment lang auf dem Hof stehen, sah sich hilflos um und lief schließlich die Treppe zum Kellergewölbe hinab. Wenigstens schlug ihm kein Rauch entgegen. Er hoffte, dass die Pikten gar nicht erst hier heruntergekommen waren. Schließlich – warum sollten sie eine *Küche* angreifen?

Rauch und drückende Hitze blieben hinter ihm zurück, als

er die Treppe hinunterging und die Luft hier unten kam ihm im Gegenteil sogar kühl vor. Es war unheimlich still. Er sah keinerlei Verwüstung. Wenn jemand hier unten gewesen war, so hatte er nichts zerstört oder mitgenommen. Es hatte eindeutig kein Kampf stattgefunden.

Allerdings war auch Dagda nicht zu sehen.

»Dagda?«, rief Dulac. »Wo seid Ihr?«

Er bekam keine Antwort. Dafür fiel ihm etwas auf, das ihm fast unheimlich erschien: Es war hier unten nicht nur kühl, es war *kalt*, so eisig, dass sein eigener Atem als grauer Dampf vor seinem Gesicht erschien und die Haut auf seinen Händen zu prickeln begann.

»Dagda?«, rief er noch einmal. »Antwortet mir!«

Er bekam auch diesmal keine Antwort und ging weiter. Ohne dass er es selbst merkte, wurden seine Schritte dabei immer langsamer, und als er die Tür zu Dagdas Schlafgemach erreicht hatte, zitterte er am ganzen Leib vor Kälte. Die Tür war nur angelehnt. Das Holz glitzerte, und als Dulac die Hand hob und sie vorsichtig aufdrückte, stellte er fest, dass es tatsächlich *Eis* war.

Von einem immer unguter werdenden Gefühl erfüllt, schob er die Tür ganz auf und trat in den dahinter liegenden Raum.

Sein Atem stockte.

Der Anblick war so fantastisch, dass er im ersten Moment nicht einmal Schrecken empfand, sondern sich nur aus ungläubig aufgerissenen Augen umsah.

Dagdas Schlafgemach hatte sich in eine Eishöhle verwandelt. Schimmernde weiße Kristalle glitzerten überall an den Wänden, der Decke und dem Fußboden und alles, was sich im Raum befand, war unter einer fingerdicken

Schicht aus Eis verborgen. Selbst die Flammen im Kamin waren gefroren, so unglaublich es auch war. Sie leuchteten in einem kalten Rot und Gelb, aber sie bewegten sich nicht ein bisschen, und wenn man genau hinsah, konnte man den Panzer aus Eis erkennen, der die Flammen umschloss.

Was hatte der Pikte gesagt? *Wenn die Hexe ihre Aufgabe erfüllt ...*

Dulac verspürte ein eisiges Schaudern, das nichts mit der grausamen Kälte zu tun hatte, die den Raum erfüllte.

Zauberei. Es war finstere Magie und Hexenwerk, deren Wirken er beobachtete, daran gab es gar keinen Zweifel. Es musste die Hexe gewesen sein, von der der Pikte gesprochen hatte – wie hatte er sie genannt? Morgaine le Faye –, die für all das hier verantwortlich war und vermutlich letzten Endes auch für den Fall Camelots. Kein Heer, und sei es noch so stark, hätte Camelot nehmen können, auch wenn es nur von fünf Rittern und einer Hand voll Wachen verteidigt wurde. Plötzlich musste er wieder an die unheimlichen Schatten denken, die er hier unten beobachtet hatte, und ihm wurde klar, dass er wohl Zeuge des ersten, gescheiterten Angriffs finsterer Magie geworden war.

Ein leises Stöhnen drang in seine Gedanken. Dulac schrak hoch, sah sich alarmiert um und entdeckte mit jähem Entsetzen, dass sich der eisglitzernde Umriss auf Dagdas Bett *bewegte*!

Mit einem einzigen Satz war Dulac dort und aus seinem Entsetzen wurde schiere Panik, als er erkannte, dass es tatsächlich Dagda war, der unter der gefrorenen Decke lag.

Kristalle schimmerten in seinem Bart und dem schütteren Haar, und als er die Lider hob, sah Dulac, dass auch seine Augen von einer dünnen trüben Eisschicht bedeckt waren. Als er atmete, erklang ein schreckliches Rasseln; ein Geräusch, als rieben sich Eissplitter aneinander.
»Dagda?«, murmelte Dulac. Er bekam keine Antwort und streckte die Hand aus, um Dagda an der Schulter zu berühren, wagte es aber dann nicht aus der absurden Furcht heraus, der alte Mann könnte unter seiner Berührung einfach zerbrechen wie eine Statue aus mürbem Eis.
Noch zwei- oder dreimal rief er Dagdas Namen, ohne dass sich Erkennen in Dagdas reifbedeckten Augen zeigte, dann benutzte er einer plötzlichen Eingebung folgend den Namen, den Mordred bei seinem Gespräch mit dem Pikten am Waldrand genannt hatte.
»Merlin!«
Dagda drehte den Kopf und sah ihn nun direkt an und jetzt war in seinen Augen Erkennen. Er hob die Hand und seine dürren Finger krallten sich mit solcher Kraft in Dulacs Unterarm, dass ihm vor Schmerz die Tränen in die Augen stiegen. Seine Hand war so kalt wie ein Klumpen Eis.
»Lancelot«, flüsterte er mit dünner, gläserner Stimme. »Morgaine. Sie hat ... ich ... ich habe sie unterschätzt.«
»Sprecht nicht, Dagda«, sagte Dulac leise. Er versuchte sich aus Dagdas Griff zu befreien, aber der alte Mann entwickelte erstaunliche Kräfte. »Ich bringe Euch hier heraus. Ihr erfriert ja.«
»Zu spät«, flüsterte Dagda. Er schüttelte schwach den Kopf. Auf dem gefrorenen Kissen hörte es sich an, als

scharrten Fingernägel über Glas. »Lancelot, hör mir ... zu«, hauchte er. »Du darfst nicht ...«

»Was darf ich nicht?«, fragte Dulac, als Dagda nicht weitersprach. Er war nicht mehr sicher, dass er noch eine Antwort bekommen würde. Obwohl Dagdas Finger sein Handgelenk noch immer mit der Kraft eines Schraubstockes umklammerten, konnte er doch spüren, wie da eine andere, viel gewaltigere Kraft tief in ihm zu erlöschen begann, lautlos und mit erschreckender Endgültigkeit.

»Dagda, stirb nicht!«, murmelte er.

»Lancelot«, stöhnte Dagda. »Mordred hat ... die ... die Rüstung ... Avalon ... du darfst ... auf keinen Fall ...«

Und damit starb er. Es geschah seltsam undramatisch. Die erlöschende Kraft, die Dulac gespürt hatte, war von einem Moment auf den anderen gar nicht mehr da und auch Dagdas Augen waren nun nicht mehr als gesprungene Kugeln aus bemaltem Eis.

»Nein«, flüsterte Dulac. »Dagda, nein, du ... du darfst nicht ...«

Seine Stimme versagte, aber nicht allein weil ihm der Schmerz die Kehle zuschnürte. Es war so kalt hier drinnen, dass die Luft in seinen Lungen zu gefrieren schien, und als er auf seine Hände hinabsah, stellte er fest, dass auch sie bereits von einer dünnen glitzernden Raureifschicht bedeckt war, ebenso wie seine Kleider. Er musste schnellstens hier raus, wenn er nicht Gefahr laufen wollte, zu erfrieren.

Es kostete ihn erstaunliche Kraft, Dagdas Finger von seinem Handgelenk zu lösen und den Arm des alten Mannes auf das hart gefrorene Bett sinken zu lassen, und trotz allem blieb er noch einige Sekunden um Dagdas Lider zu schließen. Erst dann wandte er sich um und lief aus dem Raum, so schnell er konnte.

Noch immer vor Kälte und Schmerz am ganzen Leib zitternd erreichte er den Hof und sah sich aus tränenerfüllten Augen um. Auch wenn es ihm viel, viel länger vorgekommen war, so war er doch nur wenige Minuten unten im Keller gewesen und es hatte sich nur sehr wenig verändert. Die meisten Feuer brannten noch und Dutzende von Männern eilten hin und her, schleppten Wassereimer oder Decken oder versuchten gar das Feuer auseinander zu reißen um ihm die Nahrung zu entziehen.

Dulac rührte keinen Finger um ihnen zu helfen. Er weigerte sich noch immer zu begreifen, dass Dagda tot sein sollte. Solange er lebte und sich erinnern konnte, hatte er Dagda gekannt. Es war buchstäblich kein Tag vergangen, an dem sie sich nicht gesehen hatten. Dagda war beinahe so etwas wie ein Vater für ihn gewesen und in gewisser Hinsicht vielleicht sogar mehr. Dass er tot war, war bitter genug, aber der Tod gehörte nun einmal zum Leben dazu und Dulac hätte es vielleicht noch ertragen, wäre er auf natürliche Weise gegangen. Aber dieser Mord, noch dazu durch das Wirken schwarzer Magie, war mehr, als er ertragen konnte. Jemand würde für diesen Tod bezahlen. Morgaine le Faye, die Hexe. Auch wenn er noch nicht einmal wusste, wer sie war.

Doch das Allerschlimmste sollte ihm noch bevorstehen.

Dulac drehte sich um und wollte gehen, als er bemerkte, dass sich der vermeintlich tote Ritter vor der Freitreppe bewegte. Erschrocken eilte er zu ihm, ließ sich neben ihm auf die Knie fallen und drehte die Gestalt in der schweren Rüstung unter Aufbietung aller Kräfte auf den Rücken.

Das Helmvisier des Ritters stand offen. Das Gesicht dahinter war blutverschmiert, aber Dulac erkannte es trotzdem sofort. Es war Sir Caldridge, einer der älteren und ein sehr erfahrener Tafelritter. Am Ende hatte es ihm nichts genutzt. Ein einziger Blick in Caldridges Augen zeigte Dulac, dass er sterben würde.

»Dulac«, murmelte Caldridge. »Du bist zurück. Wo ist Artus?«

»Ich bin vorausgeritten um euch zu warnen, aber ich kam zu spät«, antwortete Dulac. »Was ist hier passiert?«

»Eine Falle«, antwortete Caldridge im Flüsterton. »Die Pikten. Es war nur eine Falle, um Artus und die anderen ... von hier fortzulocken. Sie kamen ... zwei Stunden nachdem ihr weggeritten seid. Hunderte. Ein ganzes Heer. Wir haben die Tore geschlossen, weil wir dachten, sie wollten die Burg angreifen, aber sie ... sie haben die Stadt angegriffen. Es waren keine Soldaten in Camelot. Nur Frauen und Kinder. Sie haben wie die Teufel unter ihnen gewütet und die Stadt angezündet.«

»Und dann haben sie euch aufgefordert die Burg zu übergeben oder sie würden die ganze Stadt niederbrennen«, vermutete Dulac.

»Und uns im Gegenzug freies Geleit angeboten«, bestätigte Caldridge. »Wir mussten nachgeben. Sie hätten die ganze Stadt niedergebrannt und alle getötet. Aber sie haben uns belogen. Kaum hatten wir das Tor geöffnet, da sind sie über uns hergefallen. Wir haben uns gewehrt, aber es waren einfach zu viele.«

»Schon gut«, sagte Dulac. »Ich bin sicher, Ihr habt alles getan, was Ihr konntet. Macht Euch keine Vorwürfe. Ich gehe und suche nach einem Arzt für Euch.«

»Zu spät«, sagte Caldridge hastig. »Ich weiß, dass ich sterbe, aber das macht nichts. Sag Artus, dass ... dass alle tot sind. Wir haben ... sicher fünfzig von ihnen erschlagen, wenn nicht mehr, aber es waren einfach zu viele. Und ... und sag ihm, dass Uther und Lady Gwinneth ...«

»Gwinneth?«, entfuhr es Dulac. Eine kalte Hand schien nach seinem Herzen zu greifen. »Was ist mit ihr?«

»Die Pikten«, murmelte Caldridge. »Sie haben Sir Uther und ... und Lady Gwinneth mitgenommen. Sag Artus, dass ... dass beide unversehrt sind, aber ... aber der Anführer der Pikten lässt ihm ausrichten, dass er ihn auf Malagon erwartet. Er gibt ihm ... drei Tage Zeit.«

Dulac blieb noch so lange bei Caldridge, bis die Seele des Tafelritters seinen Körper verlassen hatte. Als er die schrecklichen Verletzungen des Ritters sah, kam es ihm wie ein schieres Wunder vor, dass dieser überhaupt noch so lange gelebt hatte. Offenbar hatte er all seine Kraft zusammengenommen, um die Nachricht an Artus zu überbringen, und war gestorben, nachdem er es endlich getan hatte.

Malagon ...

Auch dieses Wort hatte Dulac aus Mordreds Mund gehört. Er hatte gesagt, dass er den Pikten und seine Krieger spätestens am nächsten Morgen dort erwartete. Der Weg dorthin konnte also nicht allzu weit sein. Aber er wusste weder, was Malagon war noch in welcher Richtung es lag.

Nachdem Caldridge in seinen Armen gestorben war, verließ Dulac die Burg und machte sich auf den Weg zu Tanders Gasthaus. Wenn es jemanden außerhalb der Burg gab, der wusste, was Malagon war, dann war es der Schankwirt.

Erst auf dem Rückweg sah Dulac wirklich, wie schlimm es Camelot getroffen hatte. Kaum ein Haus schien ohne mehr oder minder schlimme Schäden davongekommen zu sein, kaum ein Bürger der Stadt unversehrt. Später sollte er erfahren, dass es nur wenige wirklich ernsthaft Verletzte gegeben hatte und nur eine Hand voll Tote, in diesen Momenten aber kam es ihm so vor, als bewege er sich durch eine Stadt der Toten, die vor Hunderten von Jahren geschleift worden war und in der man den Tod tausendfach öfter antraf als das Leben.

Seine Stimmung war auf den Tiefpunkt gesunken, als er Tanders halb niedergebranntes Gasthaus erreichte. Er streifte die Scheune mit einem raschen Blick – sie war unversehrt – und betrat dann das eigentliche Gasthaus. Fast überrascht registrierte er, dass er tatsächlich eine wenn auch leise Erleichterung verspürte, sowohl Tander als auch seine Söhne unversehrt zu erblicken. Die drei hielten sich in der vollkommen verwüsteten Küche auf und versuchten Ordnung in das Chaos zu bringen. Hier hatte es nicht gebrannt, aber der Raum war trotzdem hoffnungslos verwüstet. Es sah aus, als hätte das gesamte piktische Heer hier drinnen gewütet.

Als Dulac hereinkam, hielt Tander in seinem Tun inne und starrte ihn aus zornfunkelnden Augen an. »Wo bist du gewesen?«, fuhr er Dulac an. »Sieh dich um! Ich bin ruiniert!«

»Bei Artus«, beantwortete Dulac die Frage.

»Bei Artus, natürlich«, antwortete Tander höhnisch. »Camelot wird niedergebrannt und die Hälfte seiner Bewohner erschlagen und der junge Herr hat nichts Besseres zu tun als mit dem König durch die Lande zu ziehen!« Allein die Art, auf die Tander das Wort König aussprach, hätte ausgereicht, ihn den Hals zu kosten, hätte er es in Gegenwart Artus' getan.

»Sprecht nicht so von unserem König!«, sagte Dulac.

Tander lachte böse. »O ja, dem König!«, antwortete er noch hämischer. »Jetzt sieh dir an, was hier geschehen ist! Wo war er, dein famoser König, als die Pikten über uns hergefallen sind und wir ihn gebraucht hätten?«

»Wir haben gegen die Pikten gekämpft«, antwortete Dulac ruhig. »Es gab eine große Schlacht.«

»Eine große Schlacht! Dass ich nicht lache!«

»Wer hat gesiegt?«, wollte Wander wissen, Tanders ältester Sohn.

»Wir«, antwortete Dulac. »Artus und seine Ritter haben an die zweihundert Pikten geschlagen.«

»Wenigstens etwas«, sagte Tander abfällig. »Trotzdem hätten wir ihn hier gebraucht. Und dich auch. Was stehst du da herum und hältst Maulaffen feil? Fass gefälligst mit an! Wir haben genug Arbeit für ein Jahr!«

»Ich habe keine Zeit«, antwortete Dulac. »Ihr müsst mir eine Frage beantworten.«

Seine Antwort schien Tander für einen Moment die Sprache zu verschlagen. Dann ächzte er: »Keine ... Zeit? Was erdreistest du dich? Wirst du wohl auf der Stelle –«

»Malagon«, unterbrach ihn Dulac. »Was wisst Ihr davon?«

Tander trat mit drohend erhobener Hand auf ihn zu. »Das reicht jetzt. Ich werde dich lehren –«

»Tut das nicht«, sagte Dulac. Er sprach weder laut noch in

herausforderndem Ton und doch geschah etwas sehr Sonderbares. Tander machte noch einen Schritt, blieb dann stehen und sah Dulac fast verwirrt an. In den Zorn in seinen Augen mischte sich etwas, das Dulac für Furcht gehalten hätte, hätte er nicht gewusst, dass es vollkommen unmöglich war.

»Malagon«, sagte Dulac noch einmal.

Tander ließ langsam den Arm sinken. »Davon weiß ich nichts«, behauptete er. »Nur eine alte Legende.«

»Erzählt sie mir«, verlangte Dulac.

Tander schwieg, aber Sander, sein jüngerer Sohn, sagte: »Eine alte Festung, hoch oben im Norden.«

»Im Land der Pikten?«

»Nein«, antwortete Sander. »Aber auf dem Weg dorthin. Man sagt, sie sei verhext.«

»Verhext?«

»Geister und Dämonen treiben ihr Unwesen dort und nachts sieht man unheimliche Lichter. So mancher Wanderer, der dort nach einem Nachtlager gesucht hat, wurde nie wieder gesehen.«

»Abergläubisches Gerede!«, sagte Tander. »Jetzt haltet den Mund und arbeitet, beide!«

Dulac ignorierte ihn und wandte sich direkt an Sander. »Im Norden, sagst du?«

»An der Küste«, bestätigte Sander. »Die Menschen dort meiden die Gegend, aber es heißt, dass –«

»Jetzt ist es genug!«, sagte Tander herrisch.

Dulac nickte Sander dankbar zu und wandte sich um, doch Tander hatte seine Verwirrung wohl endgültig überwunden, denn er ergriff ihn am Oberarm und riss ihn mit einer fast brutalen Bewegung zurück.

»Darf ich fragen, wo du hinwillst?«, zischte er.
»Ich muss fort«, antwortete Dulac. »Artus hat mich hergeschickt, um einen Botengang für ihn zu erledigen. Er erwartet meine Rückkehr. Soll ich ihm sagen, dass ich stattdessen Eure Küche aufräumen musste?«
Tander ließ ihn widerstrebend los. »Verschwinde schon«, grollte er. »Aber glaube bloß nicht, dass du so leicht davonkommst. Wir reden noch über diese Sache.«
Dulac machte sich nicht einmal die Mühe, zu antworten, sondern drehte sich herum, verließ das Haus und ging direkt zur Scheune hinüber. Als er durch die Tür trat, schoss ihm ein kläffendes Fellbündel entgegen. Offensichtlich hatte Wolf die Scheune den ganzen Tag über nicht verlassen.
»Du hast auf sie aufgepasst, nicht wahr?«, fragte Dulac. »Das hast du gut gemacht.«
Wolf sprang kläffend und schwanzwedelnd an ihm hoch und wartete darauf, zur Belohnung für seine treuen Dienste wenigstens gestreichelt zu werden. Aber Dulac hatte im Moment keine Zeit für ihn.
Mit klopfendem Herzen näherte er sich dem Strohhaufen, in dem er die Rüstung versteckt hatte. Er hatte furchtbare Angst vor dem, was er nun tun musste, aber er hatte keine andere Wahl. Letzten Endes war es Dagda selbst gewesen, der ihm gesagt hatte, was zu tun war.
Dennoch zitterten seine Hände so stark, dass er Mühe hatte, das Stroh zu teilen und die Rüstung herauszuholen. Einen Moment lang überlegte er, sie bereits jetzt anzulegen, entschied sich aber dann dagegen. Er hatte Tanders zornige Worte über den König nicht vergessen. Bei der Stimmung, die im Moment in Camelot herrschte, war es

vielleicht nicht besonders klug, in einer Rüstung durch die Stadt zu gehen.
Außerdem gewann er auf diese Weise noch einmal einige kostbare Minuten, bevor er in diese schreckliche Rüstung schlüpfen musste.
Er ging zum anderen Ende der Scheune, holte einen leeren Sack und verstaute die einzelnen Rüstungsteile darin, so gut er konnte. Trotz der Größe des Kriegskleides erwies er sich als überraschend leicht, als Dulac ihn schulterte und damit aus der Scheune trat. Wolf folgte ihm schwanzwedelnd, aber mit leicht irritiertem Ausdruck in den Augen.
Dulac machte sich auf den Weg zum Nordtor. Er mied die Hauptstraße und bewegte sich nur durch schmale Gassen und Hinterhöfe, aber er begegnete trotzdem einer Menge Menschen, von denen ihm nicht wenige stirnrunzelnd nachblickten. Vielleicht glaubten sie ja, er hätte Diebesgut in seinem Sack; ein Verdacht, der nicht einmal so weit hergeholt schien. Plünderei war eines der verachtenswertesten Verbrechen, die Dulac kannte, trotzdem aber weit verbreitet.
Aber niemand sprach ihn an. Vielleicht lag es daran, dass der Waisenjunge, der auf dem Heuboden schlief und in der Burg arbeitete, in der ganzen Stadt bekannt war, aber vielleicht war es auch etwas anderes. Möglicherweise dasselbe, was Tander daran gehindert hatte, ihn zu schlagen. Dulac war es gleich. Die Hauptsache war, dass ihn niemand aufhielt.
Unbehelligt verließ er die Stadt und machte sich auf den Weg zu einem nahe gelegenen Waldstück. Nachdem er sich davon überzeugt hatte, dass er auch wirklich allein und unbeobachtet war, breitete er den Inhalt seines Sackes

vor sich auf dem Waldboden aus, um die einzelnen Rüstungsteile noch einmal zu betrachten. Es gab überhaupt keinen Grund dafür; allerhöchstens den, noch einmal Zeit zu gewinnen, bevor er die Rüstung endgültig anlegte.
Die größte Angst hatte er davor, sich hinterher wieder an nichts erinnern zu können. Tief in sich war Dulac längst klar geworden, dass niemand anderer als er selbst der Silberne Ritter gewesen war, den Evan am Ufer gesehen und der Uther vor den Pikten gerettet hatte; genauer gesagt: die Rüstung. Aber keine Rüstung, auch keine verzauberte, bewegte sich von selbst. Er konnte sich noch immer an rein gar nichts erinnern, aber es musste so gewesen sein, dass ihn die Zauberrüstung irgendwie dazu gebracht hatte, sie anzulegen. Nicht die Rüstung hatte ihm gedient, sondern er ihr. Ein Gedanke, der ihm zutiefst zuwider war. Er hätte sich selbst jetzt lieber die rechte Hand abhacken lassen, ehe er dieses verzauberte Ding noch einmal anzog, wäre es nicht um Gwinneths Leben gegangen. Und schließlich hatte ihn Dagda mit seinem letzten Atemzug selbst dazu aufgefordert, die Rüstung anzulegen, um Morgaine le Faye unschädlich zu machen.
Mit klopfendem Herzen legte er die einzelnen Rüstungsteile an, band sich den Schwertgurt um und befestigte den Schild auf seinem Rücken. Als Letztes hob er den Helm auf. Jetzt, im Nachhinein, wunderte er sich fast selbst darüber, dass ihm nicht sofort klar geworden war, dass mit dieser Rüstung etwas nicht stimmte. Er hatte unter Wasser atmen können, als er diesen Helm getragen hatte!
Dulac verscheuchte den Gedanken, schloss die Augen und setzte den Helm auf. Nach einem Moment hob er die Lider wieder und er rechnete fast damit, sich Tage oder

Stunden später und an einem vollkommen anderen Ort wieder zu finden. Er stand jedoch noch immer an derselben Stelle und es war genau die Zeit vergangen, die er gebraucht hatte, um den Helm aufzusetzen und die Augen zu öffnen.

Dulac atmete erleichtert auf, klappte das Helmvisier hoch und bewegte sich prüfend ein paar Schritte hin und her. Es fiel ihm sehr viel leichter, als er erwartet hatte. Er hatte überhaupt nicht das Gefühl, eine Rüstung zu tragen. Wenn er sie überhaupt spürte, so hatte er das Gefühl, ein Kleidungsstück aus anschmiegsamem, weichem Leder zu tragen.
Seine Hand senkte sich auf das Schwert und diesmal spürte er etwas. Es war, als flösse eine unsichtbare prickelnde Kraft in seine Hand, etwas, das direkt aus dem Schwert kam und ihn mit einem Gefühl fast unbesiegbarer Stärke erfüllte.
Er nahm die Hand wieder vom Schwert, doch es kostete ihn große Überwindung. Viel lieber hätte er die Waffe gezogen, um sie in warmes, lebendiges Fleisch zu stoßen, die Klinge Blut trinken zu lassen, um ihre Kraft auf diese Weise zu mehren ...
Dulac schloss die Augen und presste die Lider so fest zusammen, dass grelle Lichtblitze über die Schwärze dahinter huschten. Zugleich ballte er die Hände in den schweren Handschuhen so fest zu Fäusten, dass es wehtat. Die brodelnde Gier tief in seinem Inneren erlosch, aber nur ganz allmählich, und zurück blieb eine vage Furcht. Die Rüstung – und viel mehr noch das Schwert – waren auf unheimliche Weise verzaubert. Er konnte nur hoffen, dass er dieses Zaubers Herr wurde.

Aber er hatte gar keine andere Wahl.
Dulac bewegte sich einen Schritt zurück in Richtung Waldrand und blieb wieder stehen, als ihm schlagartig klar wurde, dass er einen Fehler gemacht hatte. Es war zwar recht umsichtig gewesen, die Rüstung erst hier draußen anzulegen, aber dafür umso dümmer, sich kein Pferd besorgt zu haben. Er konnte den Weg nach Malagon wohl schlecht zu Fuß zurücklegen!
Hinter ihm ertönte ein scharfes Krachen. Dulac fuhr erschrocken herum.
Nur wenige Schritte hinter ihm stand ein gewaltiges, in schimmerndes Silber gehülltes Pferd. Es war ein prachtvolles Tier, sicherlich so groß wie das des Königs, aber ungleich eleganter. Aus seinem Stirnpanzer ragte ein handlanger, gedrehter Silberdorn, was ihm das Aussehen eines mythischen Einhorns verlieh, und auf seinem Panzer und der weißen Satteldecke wiederholte sich das Symbol, das auch auf dem Schild auf Dulacs Rücken prangte. Ein sonderbar milder Schimmer umgab das Tier, wie ein Licht aus einer fremden Welt, das für einen Moment seine Konturen nachzeichnete und dann erlosch. Das Tier wandte den Kopf, sah ihn aus seinen großen, klugen Augen an und schnaubte dann auffordernd.
»Ja, ja, ich komme«, sagte Dulac. »Du hast ja Recht. Wir haben nicht viel Zeit.« Während er auf das Tier zuging und sich mit einer so kraftvollen Bewegung in den Sattel schwang, als hätte er sein Leben lang nichts anderes getan, stahl sich ein Lächeln auf seine Lippen.
»Nur gut, dass ich mir keinen Drachen gewünscht habe«, seufzte er.
Das Pferd schnaubte, als hätte es seine Worte verstanden,

dann drehte es sich um und setzte sich ohne das Zutun seines Reiters in nördlicher Richtung in Bewegung.

Er war den Rest des Tages und den allergrößten Teil der Nacht durchgeritten, ohne eine einzige Rast einzulegen. Sein Pferd war unermüdlich nach Norden getrabt, nicht allzu schnell, aber in stetigem Tempo und ohne vom direkten Weg abzuweichen. Sie waren durch Wälder geritten, über flache Wiesen und steinige Ebenen und kein Wald schien dem silbergepanzerten Ross zu dicht, kein Weg zu steinig, kein Hügel zu steil. Gegen Mitternacht hatten sie die Küste erreicht und das Tier war für den Rest der Nacht der Küste gefolgt. Nun zeigte sich im Osten der erste graue Schimmer des heraufdämmernden Tages und Dulac/Lancelot hatte sein Ziel fast erreicht. Malagon lag vor ihm.

Lancelot – es war seltsam, aber seit er diese silberne Rüstung trug, dachte Dulac von sich selbst immer öfter als Lancelot, den Namen, mit dem Dagda ihn angesprochen hatte, und nicht mehr als Dulac – Lancelot also hatte Malagon noch nie zuvor gesehen und er erkannte auch jetzt kaum mehr als einen finsteren, sonderbar bucklig wirkenden Schatten, aber er wusste einfach, dass er sein Ziel erreicht hatte. Dieser Schatten dort vorne schien ihm mehr als ein bloßer Schatten zu sein. Eine Dunkelheit schien von ihm auszugehen, die auf unheimliche Weise etwas *Lebendiges* hatte.

Malagon ...

Lancelot wiederholte den Namen ein paar Mal in Gedanken, ohne dass er dadurch irgendetwas von seinem düsteren Nachhall verlor. Obwohl er ihre Sprache nicht kannte, war er sicher, dass dieses Wort nicht von den Pikten stammte. Es klang völlig anders als das, was er aus dem Mund der Pikten gehört hatte, und schien für sich allein schon etwas Böses zu sein, als wäre es viel mehr als ein bloßer Name, sondern ein Wort, das an sich schon böse war und das Unheil brachte, wenn man es nur aussprach. Seine Hand strich über den Sattelgurt, ohne dass er sich der Bewegung selbst bewusst war. Er war nicht im Geringsten müde. Obwohl er zahllose Meilen zurückgelegt hatte, fühlte er sich so frisch und ausgeruht, als wäre er gerade eben erst losgeritten. Es musste die Zauberrüstung sein, die ihm Kraft gab, eine Kraft, die schier unerschöpflich zu sein schien, aber er fragte sich auch besorgt, ob er für diese geliehene Kraft vielleicht einen Preis würde zahlen müssen und wenn ja, welchen?

Sein Pferd schnaubte. Der Laut brach sich auf unheimliche Weise an den schwarzen Felsen, zwischen denen er angehalten hatte, und Lancelot konnte ein eisiges Frösteln nicht mehr ganz unterdrücken. Das war etwas, wovor ihn die Zauberrüstung nicht schützen konnte: die Furcht.

Gestern noch hatte er über Sanders Worte gelacht, aber nun kam ihm das, was der Sohn des Schankwirtes über Malagon erzählt hatte, plötzlich gar nicht mehr so närrisch vor. So wenig wie Dulac an irgendwelche Götter glaubte, so sehr glaubte er an die Existenz von Geistern und Dämonen.

Aber irgendetwas war hier, etwas Unsichtbares, das wie ein übler Geruch über allem zu liegen schien und mit jedem Atemzug ein wenig tiefer in seinen Körper eindrang. Der Gedanke erschien ihm im ersten Moment genau so absurd wie die Geschichten, die Sander erzählt hatte –

aber hatte er nicht selbst erst vor wenigen Stunden das Wirken finsterer Magie beobachtet und trug er nicht selbst eine Rüstung, die unmöglich von Menschenhand geschmiedet sein konnte?
Plötzlich hatte der Gedanke an die Zauberrüstung sehr viel mehr Beunruhigendes als Schutz. Wenn es Magie gab, dann mochten die finsteren Mächte, mit denen er es hier zu tun hatte, sich als durchaus stärker erweisen als die Mächte, die auf seiner Seite standen. Es gab keine Waffe, vor der es keinen Schutz gab, und keinen Schild, der gegen jede Waffe schützte.
Lancelot versuchte den Gedanken in den hintersten Winkel seines Bewusstsein zu verbannen und sah sich noch einmal aufmerksam um. Er war vielleicht noch eine Meile von Malagon entfernt. In wenigen Augenblicken würde draußen über dem Meer die Sonne aufgehen, und wenn er Malagon bis dahin nicht erreicht hatte, hatte er praktisch keine Chance mehr, das letzte Stück des Weges ungesehen zurückzulegen. So prachtvoll seine silberne Rüstung auch war, musste sie doch wie ein Spiegel aufleuchten, wenn sie auch nur von einem einzigen Lichtstrahl getroffen wurde. Er musste sich sputen.
Sein Pferd schien sich unwilliger zu bewegen, fast widerstrebend, als er es auf den gedrungenen Schatten oben auf der Steilküste zu lenkte. Mehrmals musste er es durch einen kräftigen Schenkeldruck oder eine Bewegung der Zügel dazu bringen, überhaupt weiterzugehen; etwas, das auf dem ganzen Weg hierher nicht einmal vorgekommen war. Dennoch erreichten sie die Festung gerade einen Augenblick, bevor sich die Sonne als rot leuchtender Ball aus dem Meer erhob.

Malagon war aus der Nähe betrachtet nicht besonders groß und unheimlicherweise schien es noch immer kaum mehr als ein düsterer Schatten zu sein. Aber es gab am Fuße des zerschundenen Felsenhügels Spalten und Risse, die selbst für das Pferd groß genug waren. Er führte das Tier in eines dieser natürlichen Verstecke, stieg aus dem Sattel und legte den Kopf in den Nacken um zur Burg hinaufzusehen. Malagon war eine Ruine, aber sie konnte selbst zu ihrer besten Zeit nicht besonders groß gewesen sein; ein gedrungener Turm, der von einer leicht asymmetrischen Mauer umgeben war, das war beinahe schon alles. Dennoch wirkte es, zumindest im unsicheren Zwielicht des Morgens, auf eine düstere Art gewaltiger als Camelot – oder zumindest *einschüchternder*. Das halbrunde Tor war am oberen Rand ausgebrochen, was ihm das Aussehen eines aufgerissenen Drachenmaules verlieh.
Lancelot dachte eine Weile darüber nach, dort hinaufzugehen und die Burg zu erforschen. Unter normalen Umständen hätte er nicht einmal darüber nachgedacht, sondern es ohne das geringste Zögern und mit großer Begeisterung getan. Aber er war nicht hier um seine Neugier zu befriedigen, sondern um Uther und vor allem Gwinneth zu befreien. Sicher hatte er noch eine Menge Zeit, ehe die Pikten mit ihren Gefangenen kamen. Er war zwar mindestens zwei Stunden nach ihnen aufgebrochen, aber viel schneller geritten als sie und auf einem Weg, den die piktischen Krieger wahrscheinlich nicht kannten. Mordred hatte gesagt, dass er die Pikten am frühen Morgen hier erwartete.
Eine kurze, in unregelmäßigen Stufen aus dem Fels gehauene Treppe führte zum Tor hinauf. Lancelot legte etwa

die Hälfte der Strecke zurück, dann drehte er sich herum und blickte nach Süden, in die Richtung, aus der die Pikten kommen würden. Es konnte nichts ausmachen. Die Sonne begann aufzugehen, aber es war noch immer alles andere als hell. In ihrer vornehmlich schwarzen Kleidung würde er die Barbarenkrieger vermutlich erst sehen, wenn sie unmittelbar vor ihm standen.
Er hörte einen Laut, der nicht in die normale Geräuschkulisse des Morgens passte: das Rauschen der Wellen, die sich zwanzig Meter unter ihm am Fuße der Steilküste brachen, das Wispern des Windes, der sich an Felsen rieb und in den Baumwipfeln raunte. Hinter ihm kollerte ein Stein. Lancelot fuhr herum, ließ seinen Blick aufmerksam in die Runde schweifen, konnte aber nichts entdecken. Dann wiederholte sich das Poltern und ihm wurde klar, dass es aus dem offen stehenden Tor Malagons kam. Jemand war dort drinnen.
Nun hatte er keine Wahl mehr.
Lancelot löste den Schild von seinem Rücken und befestigte ihn an seinem linken Arm, während er die Treppe hinaufging und sich dem Tor näherte. Die Selbstverständlichkeit, mit der er es tat, überraschte ihn selbst. Es war, als hätte er nie etwas anderes getan. Eigentlich sollten ihn diese kleinen Handgriffe beruhigen, denn er konnte durch sie durchaus darauf schließen, dass er in dieser Rüstung auch über andere Fertigkeiten verfügte, die er eigentlich nicht besaß. Aber das Gegenteil war der Fall.
Als er durch den zerbrochenen Torbogen trat, wurde er langsamer und blieb schließlich stehen. Die Mauer musste fast so dick wie hoch sein, der Länge des Torgewölbes nach zu schließen. In der Decke befand sich ein Muster

aus unregelmäßigen Löchern, durch die im Verteidigungsfall Steine oder auch heißes Öl auf die Angreifer geschüttet werden konnten. Das Tor selbst existierte nicht mehr, aber aus den Wänden ragten mächtige, rostzerfressene Scharniere, und als er dic andere Seite erreichte, musste er sich unter den Resten eines wuchtigen Fallgitters hindurchbücken. Malagon war klein, aber äußerst wehrhaft gewesen. Trotzdem war es am Ende gefallen. Die Spuren gewaltsamer Zerstörung waren fast so alt wie die Burg selbst, aber unübersehbar, und für einen Moment glaubte er sogar noch den Lärm des Kampfes zu hören, den Geruch der Brände wahrzunehmen, das Flackern der Feuer zu sehen ...

Nur mit Mühe gelang es ihm, die Bilder aus seinem Geist zu vertreiben und sich wieder auf das Hier und Jetzt zu konzentrieren. Der Hof schien verlassen und still vor ihm zu liegen, aber wie schon mehrmals zuvor *spürte* er einfach, dass er nicht allein war.

Nach kurzem Suchen fand er seinen Verdacht bestätigt. Hinter den zerborstenen Zinnen auf der anderen Seite des Hofes stand eine dunkle Gestalt, die reglos in östliche Richtung auf das Meer hinaus blickte. Einen Augenblick später gewahrte er einen zweiten Posten hoch oben auf dem Turm, der in die entgegengesetzte Richtung sah. Malagon war nicht so verlassen, wie es von außen den Anschein hatte.

Lancelot überlegte einen Moment, ob er sich auf die Mauer hinaufschleichen und den Posten dort oben ausschalten sollte, entschied sich aber dann dagegen – die Gefahr, von dem zweiten Wächter oben auf dem Turm gesehen zu werden, war zu groß.

Erst als er diesen Gedanken gedacht hatte, begriff er voller Entsetzen, was er um ein Haar getan hätte: Er hatte ganz kalt darüber nachgedacht, einen Menschen zu töten, nicht in Notwehr oder im Kampf, sondern heimtückisch und hinterrücks, aus reinem Kalkül heraus. Vom Standpunkt eines Kriegers aus war diese Überlegung vielleicht sogar gerechtfertigt, aber Dulac – nicht Lancelot – spürte für einen Moment nichts als eisiges Entsetzen. Diese Rüstung verlieh ihm mehr als nur die Stärke und die feinen Instinkte eines Kriegers, sie machte ihn auch zu etwas, vor dem er sich eindeutig fürchtete. Wäre es in diesem Moment nur um Uther und sogar Artus gegangen, so hätte er sie vermutlich abgelegt und wäre von Panik geschüttelt davongerannt. Aber dann erschien Gwinneths blasses Gesicht vor seinem inneren Auge und er tat es nicht. Ganz egal, welchen Preis er dafür zahlen musste, er würde Gwinneth retten.
Und dafür sorgen, dass Mordred ihr nie wieder etwas zu Leide tun konnte.
Aber er würde dafür nicht zum Mörder werden, ganz egal, mit welchen Argumenten ihn die düstere Stimme in seinem Inneren zu überzeugen versuchte, die sich als die seiner Vernunft ausgab.
Lancelot nahm die Hand wieder vom Schwert, wartete einen Moment ab, der ihm günstig erschien, und huschte dann geduckt und so leise und schnell er konnte über den Hof. Möglicherweise nicht leise genug, denn der Schatten über den Zinnen drehte sich mit einer erschrockenen Bewegung herum und starrte eine ganze Weile konzentriert auf den Hof herab, wandte sich zu Lancelots Erleichterung aber dann wieder um und setzte seine Beobachtung

des Meeres fort. Lancelot blieb noch einen Moment lang reglos gegen die Wand gepresst stehen und huschte dann weiter. Er hatte nichts zu befürchten. Hier unten auf dem Hof war es pechschwarz und die Augen des Mannes hatten sich bereits an das Sonnenlicht draußen über dem Meer gewöhnt. Er war vollkommen unsichtbar.
Dicht vor ihm lag eine Tür. Lancelot huschte geduckt hindurch, ging noch ein paar Meter und blieb dann stehen um zu lauschen. Vor ihm waren Geräusche. Er konnte sie nicht eindeutig identifizieren, aber sie schienen nicht natürlichen Ursprungs zu sein. Lancelot ging weiter und erreichte eine Gangkreuzung. Nachdem er einen Moment stehen geblieben war um sich zu orientieren, wandte er sich nach rechts um den Geräuschen zu folgen. Er konnte jetzt zwei, vielleicht drei Stimmen unterscheiden, und nachdem er eine weitere Gangbiegung hinter sich gebracht hatte, sah er auch einen blassroten Lichtschimmer, der ihm den Weg wies.
Vor ihm lag eine Treppe, die in halsbrecherischem Winkel in die Tiefe führte. Die Wände bestanden aus roh vermauerten Felssteinen und die gewölbte Decke war so niedrig, dass er den Kopf senken musste um nicht anzustoßen. Hier und da war ein von Rost zerfressener Fackelhalter in den Stein eingelassen und die Stufen waren von zahllosen Füßen glatt poliert und ausgetreten. In unregelmäßigen Abständen waren kleine Nischen in die Wand eingelassen. Die meisten waren leer, aber in einigen entdeckte er kleine, grob aus Stein oder Lava geschnitzte Götzenstatuen und manchmal auch gemeißelte Schriftzeichen, die an ungeschickte Kopien der Runen erinnerten, die er auf seinem Schwert und dem Sattelzeug des Pferdes gefunden hatte.

Er wusste nicht, wer diese Festung erbaut hatte oder wann, aber Malagon musste uralt sein.
Als er sich dem Ende der Treppe näherte, änderte sich seine Umgebung. Sowohl die Stufen unter ihm als auch die Wände und die Decke bestanden nicht mehr aus vermauerten Quadern, sondern waren aus dem natürlich gewachsenen Fels herausgemeißelt. Er befand sich nun unter der Erde.
Licht und Stimmen wurden stärker. Lancelot konnte erkennen, dass er sich einem großen, unregelmäßig geformten Raum näherte; vermutlich einer Höhle, über der die Festung erbaut worden war.
Er wurde immer langsamer, je weiter er ging, und seine Vorsicht erwies sich als durchaus begründet. Die Treppe führte in eine sehr weitläufige, aber niedrige Höhle hinab, die von einer Anzahl heftig flackernder Fackeln in unterschiedliche Bereiche aus tanzendem roten Licht und absoluter Finsternis unterteilt wurde. Genau auf der anderen Seite der Höhle befand sich ein mächtiges zweiflügeliges Tor aus schwarzem Eisen und unweit des Eingangs war ein grob aus Balken zusammengezimmerter Tisch aufgestellt worden, den eine Anzahl dazu passender Stühle umgab; eine ungeschickte, vielleicht aber sogar auch bewusst höhnisch gemeinte Kopie der Tafel in Artus' Thronsaal.
Auf der anderen Seite des Eingangs standen zwei Krieger in den schwarzen Rüstungen der Pikten. Es waren ihre Stimmen gewesen, die Lancelot gehört hatte. Sie sahen ihn im gleichen Augenblick, in dem Lancelot die Höhle betrat und sie erblickte, und obwohl die beiden Pikten in ein intensives Gespräch vertieft waren und unmöglich mit dem Eindringen eines Fremden hier unten gerechnet haben

konnten, reagierten sie augenblicklich: Der eine fuhr herum und griff nach dem Speer, der neben ihm an der Wand lehnte, während der zweite mit wehendem Mantel zu Lancelot herumwirbelte und sein Schwert zog.
Sie kamen nicht einmal dazu, einen Warnschrei auszustoßen. So schnell sie waren, erschienen Lancelot ihre Bewegungen doch geradezu lächerlich langsam. Das Runenschwert war plötzlich in seiner Hand, ohne dass er sich erinnern konnte, es gezogen zu haben, und ganz wie an jenem Morgen, als er mit Artus gekämpft hatte, schien es die Waffe zu sein, die ihm sagte, was er zu tun hatte, und nicht umgekehrt. Das Schwert sprang hoch und bohrte sich ohne fühlbaren Widerstand durch Harnisch und Brust des Kriegers, und noch bevor der Mann zusammenbrach, war Lancelot an ihm vorbei und riss den linken Arm in die Höhe. Sein Schild traf den zweiten Pikten mit solcher Wucht, dass er gegen die Wand geschleudert wurde und seine Waffe fallen ließ und im nächsten Augenblick kostete Lancelots Schwert zum zweiten Male Blut. Auch der zweite Pikte brach ohne einen Laut zusammen und starb.
Lancelot schob das Schwert in den Gürtel zurück und drehte sich rasch einmal um seine Achse. Niemand schrie Alarm, niemand stürzte sich aus den Schatten auf ihn. Er war allein.
Nachdem er noch einige Augenblicke lang konzentriert gelauscht und sich auf diese Weise davon überzeugt hatte, dass der kurze Zwischenfall auch tatsächlich unbemerkt geblieben war, schleifte er die beiden Toten in den hinteren, dunklen Teil der Höhle und schaffte auch ihre Waffen beiseite. Auf dem Boden blieb ein deutlich sichtbarer Blut-

fleck zurück, wo sie gelegen hatten, aber daran ließ sich nun einmal nichts ändern.
Ein Teil von ihm – Dulac – beobachtete sein eigenes Tun fast mit Entsetzen, aber der im Moment sehr viel stärkere Teil – Lancelot – erledigte die blutige Arbeit mit fast mechanischer Präzision und Schnelligkeit. Nach kaum einer Minute hatte er die Spuren des Kampfes so gut beseitigt, wie es ging, und näherte sich dem eisernen Tor auf der anderen Seite der Höhle. Es war nicht ganz geschlossen. Flackerndes rotes und gelbes Licht drang durch den Spalt und er glaubte noch immer Stimmen zu hören.
Als er näher kam, sah er, dass auch das Tor mit den gleichen Symbolen und Schriftzeichen übersät war wie die Nischen in den Wänden. Einige von ihnen schienen Götzen und Dämonen darzustellen, andere barbarische Schlacht- oder auch Folterszenen. Sie waren uralt, aber eindeutig von Menschenhand geschaffen und ihr bloßer Anblick jagte ihm schon einen kalten Schauer über den Rücken. Welches untergegangene Volk auch immer Malagon und diese Bilder geschaffen hatte, er war froh, ihm nicht begegnen zu müssen.
Vorsichtig bewegte er sich weiter, schob das Helmvisier hoch und spähte durch den handbreiten Spalt zwischen den beiden Torhälften. Dahinter lag eine weitere, etwas kleinere Höhle, deren Anblick ihm für den Moment den Atem stocken ließ.
Sie war fast perfekt kreisrund geformt. Von der gewölbten Decke hing ein Gewirr spitz zulaufender Stalaktiten, von denen Wasser tropfte, das sich in der Mitte der Höhle zu einem flachen See gesammelt hatte. Aus der Mitte dieses Sees wuchsen jedoch keine Stalagmiten hervor, wie es in

einer normalen Tropfsteinhöhle der Fall gewesen wäre, sondern ein filigranes Gebilde aus zerbrechlichen Kristallen, die in vornehmlich düsteren, jedoch allesamt prachtvollen Farben leuchteten, als wären sie von einem kalten inneren Feuer erfüllt. Manche dieser schimmernden Kristalle waren so groß wie ein Mann, andere wiederum nur Nadeln, kaum länger als der Finger eines Neugeborenen. Etwas Faszinierendes ging von diesem Gebilde aus, das nichts mit seinem fantastischen Aussehen zu tun hatte. Es war wie das Flüstern und Locken von etwas Lebendigem, das er mit einem Teil seiner Seele spürte, nicht mit seinen normalen menschlichen Sinnen. Nur mit großer Mühe gelang es ihm, sich von dem Anblick loszureißen und auch den Rest der Grotte in Augenschein zu nehmen.

In der von flackerndem, vielfarbigem Licht erfüllten Höhle hielten sich zwei Menschen auf, soweit Lancelot sehen konnte. Der Anblick des einen sorgte dafür, dass sich sein Gesicht schlagartig verdüsterte und er am liebsten das Schwert gezogen hätte, um durch das Tor zu stürmen, denn es war niemand anderer als Mordred, der Mann, der für den feigen Überfall auf Camelot und letztendlich Dagdas Tod verantwortlich war. Doch der Anblick der zweiten Gestalt hielt ihn davon ab, etwas Unbedachtes zu tun.

Er konnte sie nicht wirklich erkennen, denn sie stand ein Stück entfernt und mit dem Rücken zur Tür, sodass er nur einen schwarzen Umriss sah, dessen Konturen vom tanzenden Licht der Kristalle auf unheimliche Weise zum Leben erweckt zu werden schienen. Aber irgendetwas war an dieser Gestalt, was ihn zur Vorsicht mahnte. Er spürte ganz deutlich, dass sie auf ihre Art weit gefährlicher war als Mordred.

»... verstehe das alles nicht«, sagte Mordred in diesem Moment. In seiner Stimme lag mühsam unterdrückter Zorn. »Warum haben wir es nicht zu Ende gebracht? Camelot war praktisch schon in unserer Hand und Artus hilflos! Wir könnten jetzt schon in Camelots Thronsaal sitzen statt in diesem düsteren Loch.«

Die Gestalt vor den Kristallen lachte leise. »Immerhin hat dieser *hilflose* Mann mehr als zweihundert deiner piktischen Krieger erschlagen, Mordred«, antwortete sie und Lancelot war, als habe er diese Stimme schon einmal gehört. »Und das ohne einen einzigen Ritter zu verlieren.«

»Das waren keine Krieger«, antwortete Mordred verächtlich. »Zahnlose alte Männer, Schwache und Kranke. Und er hat es nur geschafft, weil er Merlins Magie auf seiner Seite hatte! Wie lange wird sie noch anhalten, jetzt, wo er tot ist?«

»Nicht mehr sehr lange«, antwortete die Gestalt und drehte sich herum und Lancelot erkannte voller Überraschung, dass es sich um die dunkelhaarige Frau handelte, die er schon einmal zusammen mit Mordred gesehen hatte. Schon damals am See war es ihm schwer gefallen, ihr Alter zu schätzen, und nun, in dem unsicheren tanzenden Licht, erschien es ihm vollkommen unmöglich. Sie konnte zwanzig sein, ebenso gut aber auch vierzig oder vierhundert. Ihren makellosen, sehr schönen Zügen haftete etwas Zeitloses an.

»Trotzdem ist es besser, zu warten, bis Merlins Zauber ganz erloschen ist«, fuhr sie fort, während sie sich langsam auf Mordred und damit auch auf Lancelot zu bewegte. Wie Mordred war sie ganz in Schwarz gekleidet, aber während er Mantel und Rüstung eines Kriegers trug, hatte

sie das prachtvolle Kleid einer Königin an. »Und wir sollten auch dafür Sorge tragen, dass er keinen anderen Weg findet, sie sich zunutze zu machen.«
»Du überschätzt ihn, Mutter«, sagte Mordred abfällig. »Das war schon immer dein größter Fehler.«
Mutter?, dachte Lancelot überrascht. Diese Frau war Mordreds Mutter? Es fiel ihm schwer, das zu glauben. Sie sah trotz allem eindeutig *jünger* aus als Mordred.
»Keineswegs, Mordred«, antwortete sie ernst. »Es ist schon immer dein Fehler gewesen, deine Gegner zu unterschätzen. Du fühlst dich unbesiegbar und du bist es auch fast, aber eben nur fast. Dieser kleine Unterschied könnte dich eines Tages das Leben kosten, vergiss das nie. Ich habe gehört, du hattest Streit mit Calvis? Du sollst gedroht haben, ihm die Kehle herauszureißen.«
»Ich hätte es besser getan«, grollte Mordred. »Dieser Hund hat dich eine Hexe genannt!«
Lancelot fuhr so heftig zusammen, dass er um ein Haar ein verräterisches Geräusch gemacht hätte. Jetzt wusste er, wer diese Frau war: Morgaine le Faye. Die Frau, die Dagda getötet hatte. Seine Hand senkte sich auf das Schwert, ohne dass er imstande war die Bewegung zurückzuhalten.
»Aber das bin ich doch auch.« Morgaine lachte. »Du solltest dein Temperament ein wenig zügeln, Mordred. Immerhin ist Calvis einer der drei Führer des piktischen Heeres. Und noch brauchen wir es.«
»Das gibt ihm nicht das Recht, so über dich zu sprechen«, widersprach Mordred gereizt. Dann machte er eine wegwerfende Geste. »Außerdem spielt es keine Rolle. Er ist tot. Artus hat ihn erschlagen.«
»Nein«, widersprach Morgaine. »Das hat er nicht.«

Mordred blinzelte. »Nein?«
»Er hat ihn übel zugerichtet, das ist wahr«, sagte Morgaine. »Aber er lebt. Artus hätte sich besser davon überzeugt, dass er auch wirklich tot ist. Mir scheint, er wird allmählich nachlässig. Ich habe dafür gesorgt, dass Calvis nach Hause gebracht und gut gepflegt wird. Möglich, dass wir ihn noch brauchen. Jeder Mann, der Artus hasst, ist ein Mann auf unserer Seite.«
»Ich verstehe dich nicht!«, sagte Mordred. Er begann unruhig auf und ab zu gehen, wobei er sich immer wieder mit der rechten Faust gegen den in Eisen gehüllten Oberschenkel schlug. »Wozu warten? Artus hat kein Heer, nur eine Hand voll Ritter, und wir haben Tausende von Kriegern! Warum stürmen wir Camelot nicht einfach und nehmen uns, was uns rechtmäßig zusteht?«
»Um über eine Ruine zu herrschen?« Morgaine schüttelte heftig den Kopf. Mitten in der Bewegung stockte sie und sah so direkt in Lancelots Richtung, dass er schon befürchtete, sie hätte ihn entdeckt, aber dann wandte sie sich wieder an Mordred und fuhr fort: »Du wirst deinen Kampf bekommen und den Platz an Artus' Tafel, der dir zusteht, aber du musst Geduld haben!«
»Geduld! Wie lange noch? Wie viele Jahre soll ich noch darauf warten, ihn für das zu bestrafen, was er dir angetan hat?«
Morgaine lachte leise. »Du bist ein schlechter Schauspieler, Mordred«, sagte sie. »Du willst Camelot. Du willst den Thron und du willst Artus' Tod, weil du niemals über Camelot herrschen kannst, solange er oder einer seiner Ritter noch am Leben sind. Was er mir angetan hat oder auch nicht, interessiert dich doch gar nicht.«

Mordred wollte widersprechen, doch Morgaine hob die Hand und schnitt ihm mit einer herrischen Bewegung das Wort ab. »Das ist in Ordnung. Du bist böse und egoistisch und du würdest keine Sekunde zögern, auch mich zu töten, wenn ich dir im Wege wäre. Leugne es nicht. Du bist genau so, wie ich dich gemacht habe. Und vergiss bitte eines nie: Dasselbe gilt auch für mich.«

»Ich verstehe«, sagte Mordred düster. Der Ton, in dem er sprach, enthielt eine schlimmere Drohung, als alle Worte es gekonnt hätten.

»Das hoffe ich«, antwortete Morgaine lächelnd. »Doch bevor wir weiter darüber streiten, wer von uns die schwärzere Seele hat, sollten wir uns erst einmal darauf konzentrieren, Artus zu besiegen. Wann erwartest du Uther und seine liebreizende Gemahlin, deine zukünftige Braut?«

»In längstens einer Stunde«, knurrte Mordred. »Vielleicht eher, falls –«

Er stockte mitten im Wort, drehte sich zur Tür herum und verengte die Augen zu schmalen Schlitzen. Seine Hand senkte sich auf das Schwert und zog sich nach sekundenlangem Zögern wieder zurück.

»Was ist?«, fragte Morgaine. Sie klang amüsiert.

»Nichts«, antwortete Mordred. »Ich ... ich dachte, dort wäre jemand.«

Morgaine lachte. »Nun, das mag daran liegen, dass dort wirklich jemand ist«, sagte sie. »Er steht schon die ganze Zeit da und belauscht uns. Genauer gesagt, seit er die beiden Wachen getötet hat.« Sie drehte sich zur Tür herum. »Nicht wahr, mein Freund?«

Lancelot prallte erschrocken von der Tür zurück, sah aber trotzdem, wie Mordred das Schwert halb aus der Scheide

zog und auf die Tür zueilen wollte, Morgaine ihn aber mit einer raschen Handbewegung zurückhielt.
»Warte!«, rief sie. »Ich will nur mit dir reden, mehr nicht!«
Lancelot zögerte. Das einzig Vernünftige, was er tun konnte, war, auf der Stelle herumzufahren und wegzurennen, bevor sich Mordred auf ihn stürzte oder er die halbe piktische Armee zu Hilfe rief. Dennoch blieb er stehen.
»Ich wusste es«, grollte Mordred. »Ich habe mich also nicht geirrt. Irgendwie habe ich gespürt, dass jemand da ist.«
»Was hast du erwartet?« Morgaine maß ihn mit einem fast verächtlichen Blick. »Er ist einer von uns.«
Einer von uns? Was sollte das nun wieder heißen?
»Warum kommst du nicht herein, sodass wir uns von Angesicht zu Angesicht unterhalten können, mein Freund?«, fuhr Morgaine fort. »Du hast nichts zu befürchten.«
Und Lancelot tat etwas, das er selbst am allerwenigsten verstand: Beinahe gegen seinen Willen hob er die Hand, klappte das Helmvisier herunter und ging zur Tür zurück. Mit einer langsamen Bewegung schob er sie auf und trat einen Schritt in die dahinter liegende Höhle hinein.
Mordred sog scharf die Luft ein. Seine Hand senkte sich erneut auf das Schwert. »Du!«
»Ich sehe, ihr kennt euch bereits«, sagte Morgaine amüsiert.
Mordreds Antlitz verdüsterte sich noch weiter. »Das ist der Kerl, der meine Männer erschlagen hat!«, zischte er.
»Bei deinem etwas voreiligen Versuch, Uther in deine Gewalt zu bringen«, vermutete Morgaine. »Nun verstehe ich manches besser.« Sie legte den Kopf auf die Seite und be-

trachtete Lancelot nachdenklich von Kopf bis Fuß. Dann nickte sie. »Ich würde sagen, du hast großes Glück, noch am Leben zu sein, Mordred. Wer bist du, mein Freund?«

Alles, nur eines ganz bestimmt nicht, dachte Lancelot. *Dein Freund.* Er schwieg.

»Du willst nicht reden«, sagte Morgaine. »Ich verstehe.«

»Lass mich und ich bringe ihn schon zum Reden!«, zischte Mordred.

»Narr!«, antwortete Morgaine in scharfem Ton. »Willst du, dass er dich tötet? Sieh dir seine Rüstung an und seinen Schild! Er gehört zu uns. Auch wenn ich nicht ganz sicher bin, ob er es selbst schon weiß.« Direkt an Lancelot gewandt und mit einem verzeihenden Lächeln fuhr sie fort: »Vergib meinem Sohn, Freund. Er ist jung und manchmal etwas ungestüm. Ich hoffe doch, du nimmst ihm seine Worte nicht übel.«

Lancelot antwortete auch jetzt nicht und Morgaine schien sein Schweigen wohl als Zustimmung zu deuten, denn das Lächeln auf ihrem Gesicht wurde um eine Spur wärmer.

»Ich glaube, du bist sehr verwirrt«, sagte sie. »Du bist noch nicht lange hier, nicht wahr? Allein in einer fremden Welt, deren Menschen du nicht kennst und deren Regeln du nicht verstehst. Auch ich habe lange gebraucht um sie zu lernen.« Sie zögerte, wartete abermals vergeblich auf eine Antwort und fuhr schließlich fort: »Ich kann dir alle deine Fragen beantworten. Warum kommst du nicht näher und stellst sie?«

Sie machte einen Schritt in Lancelots Richtung und Lancelot wich etwas zurück. Morgaine blieb wieder stehen.

»Ich verstehe«, seufzte sie. »Nun, es ist nicht leicht, ein Gespräch zu führen, wenn nur einer redet. Und es ist auch nicht leicht, Antworten zu geben, wenn die Fragen nicht gestellt werden. Aber ich glaube, ich kenne die meisten davon.«

Während sie sprach, geschah etwas Sonderbares: Es war nicht etwa so, dass sich ihr Gesicht veränderte, aber Lancelot sah sie plötzlich anders. Sie war ihm schon vorher bezaubernd vorgekommen, aber erst jetzt fiel ihm wirklich auf, wie unbeschreiblich schön sie war. Etwas sehr Warmes, Vertrautes ging von ihr aus und in ihren Augen lag eine Verlockung, der er sich mit jeder Sekunde weniger zu entziehen vermochte. Er vergaß alles andere. Es gab nur noch sie, ihr wunderschönes Gesicht und ihre Augen, in denen ein Versprechen auf unvorstellbare Freuden lag, die Frau, die –

Dagda getötet hatte.

Die Hexe, die für die Verheerung Camelots verantwortlich war, die Artus den Tod geschworen hatte und auf deren Befehl hin Gwinneth entführt worden war.

Es war nicht Lancelot, der diesen Gedanken dachte, sondern Dulac, der irgendwo tief in ihm immer noch existierte und ihm eine verzweifelte Warnung zuschrie. Und so dünn und kraftlos seine Stimme auch war, sie durchbrach den Zauber, den Morgaine gewoben hatte.

Etwas in Morgaines Augen erlosch, als sie spürte, dass ihre Bemühungen gescheitert waren, und Lancelot fuhr mit einem Schrei herum und stürzte aus der Tür.

»Wir sehen uns wieder, mein Freund!«, rief ihm Morgaine le Faye nach. »Schon bald! Und dann werde ich alle deine Fragen beantworten!«

Lancelot wirbelte endgültig herum und rannte davon, so schnell er konnte.

Erst nachdem er die Festung schon lange hinter sich gelassen hatte, kamen seine Gedanken wieder ein wenig zur Ruhe. Er erinnerte sich kaum, wie er Malagon verlassen und sein wartendes Pferd erreicht hatte. Wie von Furien gehetzt war er die Treppe hinauf- und durch die finsteren Korridore und Gänge gerannt, ohne inne zu halten oder auch nur einen Blick hinter sich zu werfen. Ein paar verschwommene Bildsplitter in seinem Kopf wollten ihm erzählen, dass er einem weiteren piktischen Krieger begegnet war, den er einfach über den Haufen gerannt hatte, ohne auch nur langsamer zu werden, aber er war nicht sicher, ob es wirklich geschehen oder bloße Einbildung war. Hinter seiner Stirn lieferten sich die unterschiedlichsten Gefühle einen wütenden Kampf. Er war in Panik. Die Worte der Hexe hatten ihn mit einem Entsetzen erfüllt, das er kaum in Worte zu fassen vermochte, und da war etwas in ihren Augen gewesen, was einen Teil seiner Seele schier zu Eis erstarren ließ.

Und doch war das Schlimmste seine eigene Reaktion gewesen.

Erst im Nachhinein war Lancelot klar geworden, wie nahe er daran gewesen war, der Verlockung der Hexe zu erliegen. Einer von uns. Er hörte die Worte Morgaine le Fayes immer und immer wieder. Einer von uns. Du bist einer von uns. Und auch wenn er nicht verstand, was sie damit gemeint hatte, erfüllten ihn diese Worte mit schierem Entsetzen. Vielleicht weil er spürte, dass etwas Wahres daran war. Das Gefühl des Vertrauten, das er in Morgaines Nähe empfunden hatte, war nicht eingebildet gewesen und es war wohl das, was ihn am meisten erschreckt hatte: Die bloße Vorstellung, er könnte – und sei es nur zu einem

kleinen Teil – so sein wie Mordred oder gar die Hexe, war fast mehr, als er ertragen konnte.
Lancelot versuchte sich einzureden, dass es vielleicht nur die Rüstung war, die Morgaine gesehen hatte. Ganz zweifellos war sie kein Menschenwerk und vielleicht hatte sie nur die Rüstung gesehen und nicht den, der darin steckte. Der Gedanke trieb ein bitteres Lächeln auf seine Lippen. Ausgerechnet er, der sich stets geweigert hatte, an die Existenz von Göttern und Dämonen zu glauben, dachte nun *so etwas*?
Er rief sich mit Gewalt zur Ordnung, ließ sein Pferd etwas langsamer traben und schließlich anhalten und richtete sich im Sattel auf um sich umzusehen. Es war mittlerweile hell geworden. Die Sonne hatte noch keine wirkliche Kraft, aber ihr Licht reichte aus, die Welt dem farbenverzehrenden Griff der Nacht zu entreißen.
Und Lancelot klarzumachen, dass er keine Ahnung hatte, wo er war.
Links von ihm befand sich ein schmales Waldstück, nicht allzu hoch, aber so unpassierbar und finster wie jeder Wald in diesem Teil des Landes. Zur Rechten erstreckte sich flaches, ganz sanft gewelltes Grasland, das aber mehr zu erahnen als wirklich zu erkennen war, denn über dem Boden lag noch grauer Nebel, der nicht nur alles mit seiner Feuchtigkeit durchtränkte, sondern dem Moment auch etwas sonderbar Mystisches verlieh. Andere – selbst Dulac noch vor wenigen Tagen – hätten das Gefühl vielleicht als *unheimlich* bezeichnet, aber ihm erschien es auf sonderbare Weise ... vertraut. Hätte er nicht gewusst, dass es vollkommen unmöglich war, hätte er gesagt, dass er sich zu Hause fühlte ...

Und was, dachte er schaudernd, wenn Morgaine Recht hat? Wenn er wirklich zu *ihnen* gehörte, wer immer sie auch waren, und sie nicht nur die Rüstung, sondern auch den Mann darin gesehen hatte? Niemand wusste, wer er war und woher er kam, nicht einmal er selbst. Der einzige Mensch auf der Welt, der es gewusst hatte, war tot, gestorben, bevor er ihm das Geheimnis seiner Herkunft endgültig enthüllen konnte. Die wenigen Andeutungen, die Dagda vor seinem Tode noch gemacht hatte, hatten eher dazu beigetragen, seine Verwirrung noch zu steigern. Keine Antworten, sondern nur weitere Fragen.
Trotzdem ergab sich allmählich ein Bild, das Lancelot mehr erschreckte, als er wahrhaben wollte. Immerhin wusste er, dass er in der Nähe eines Sees gefunden worden war – und hatte er nicht auch die Rüstung in einem See gefunden? Was, wenn es derselbe See gewesen war?
Aus diesem Gedanken ergab sich eine andere, noch bedeutend unangenehmere Frage:
Was, wenn es *seine* Rüstung war? Wenn er sie keineswegs zufällig gefunden hatte, sondern sie *die ganze Zeit auf ihn gewartet hatte*?
Er hörte ein Geräusch, sah hoch und gewahrte eine lang auseinander gezogene Reihe von Gespenstern, die lautlos aus dem Nebel auftauchten.
Es waren dunkel gekleidete Reiter, die auf schwarzen Pferden ritten, und es war der Nebel, der ihre Konturen verwischte und das Geräusch ihrer Hufschläge verschluckte, der ihrem Erscheinen etwas Gespenstisches verlieh. Es waren die Pikten. Seine scheinbar ziellose Flucht hatte ihn zufällig genau in die Richtung geführt, aus der Mordreds Handlanger herankamen.

Der Gedanke ließ ihn erneut lächeln. Zufällig? Ganz bestimmt nicht! Es gab keinen Zufall, jedenfalls nicht, solange er diese verzauberte Rüstung trug, und vielleicht auch sonst nicht.
Er klappte das Helmvisier herunter, überzeugte sich davon, dass der Schild sicher an seinem linken Arm befestigt war, und ritt den Männern in gemächlichem Tempo entgegen. Während sie näher kamen, zählte er sie. Es waren vierzehn Gestalten: Zwölf piktische Krieger auf gewaltigen Schlachtrössern und zwei etwas kleinere Gestalten, ebenfalls in schwarze Mäntel gehüllt, aber auf helleren und deutlich edleren Pferden. Eines der Tiere erkannte er sogar. Er hatte es schon einmal im Hof von Artus' Burg gesehen. Uther und Gwinneth.
Seine Hand senkte sich instinktiv zum Schwert und zog sich dann wieder zurück, noch bevor er die Bewegung ganz zu Ende geführt hatte. Es waren immerhin zwölf Krieger. Irgendetwas sagte ihm, dass er selbst diese Übermacht nicht zu fürchten brauchte, aber es waren auch eindeutig zu viele, um sich auch nur den kleinsten Fehler zu erlauben. Er musste an das denken, was Morgaine vorhin zu Mordred gesagt hatte. *Er* würde nicht den Fehler begehen und seine Gegner unterschätzen.
Die Reiter kamen noch ein Stück in unverändertem Tempo näher und wurden dann langsamer, wobei sie sich gleichzeitig dichter zusammenschlossen. Lancelot konnte sich gut vorstellen, wie sein Erscheinen auf sie wirken musste. So wie sie für ihn lautlos wie Gespenster aus dem Nebel aufgetaucht waren, musste *sein* Anblick auf sie umgekehrt noch viel unheimlicher sein: eine Gestalt in schimmerndem Silber, die wie aus dem Nichts aus den wogen-

den grauen Schwaden erschien, hoch zu Ross auf einem silbernen Einhorn, von dessen Schuppenpanzer die Nässe tropfte. Wäre er an Stelle der Pikten gewesen, hätte er Angst empfunden.

Und offensichtlich erging es ihnen auch ganz genau so, denn sie wurden immer langsamer und hielten schließlich an, zu einem dichten Pulk zusammengedrängt. Ihre Pferde bewegten sich unruhig und auf den Gesichtern der Reiter lag ein Ausdruck gespannter Aufmerksamkeit, aber auch ein gehöriger Schuss Furcht. Lancelot rief sich in Erinnerung, dass diese Männer nicht nur Barbaren waren, sondern auch abergläubische Heiden, die an Götter und Dämonen und Teufel glaubten. Vermutlich hielten sie ihn für irgendetwas Ähnliches – eine Tatsache, aus der er unter Umständen Nutzen ziehen konnte.

Fünf Schritte vor den Reitern hielt er an. Er versuchte einen Blick auf Uthers und vor allem Gwinneths Gesicht zu erhaschen, aber es gelang ihm nicht. Beide sahen zwar in seine Richtung, aber sie waren zu weit entfernt und zu gut von den Pikten abgeschirmt. Die Barbaren mochten Angst vor ihm haben, aber sie nahmen ihre Aufgabe ernst.

Einer der Männer ritt ihm einen Schritt entgegen und hielt dann wieder an. »Wer bist du?«, fragte er in gebrochenem Englisch. »Was willst du von uns?«

Lancelot antwortete nicht. Er starrte den Mann nur schweigend durch die schmalen Sehschlitze seines Helmvisiers an und die Furcht in den Augen des Pikten wurde zur Panik.

»Wer seid Ihr?«, fragte der Pikte noch einmal, lauter und in herausforderndem Tonfall, der in Wahrheit aber nur

seine Nervosität unterstrich. »Gebt den Weg frei. Wir haben keinen Streit mit Euch!«
Die Tatsache, dass er zum respektvollen *Ihr* wechselte und dem einzelnen Reiter, der sich ihm und seinem Dutzend Begleitern in den Weg stellte, versicherte, keinen Streit mit ihm haben zu wollen, machte seine Furcht sehr deutlich. Lancelot war jetzt sicher, dass er mehr in ihm sah als nur irgendeinen Ritter, der zufällig seinen Weg gekreuzt hatte. Vielleicht wusste er ja, wer er war. Und vielleicht, dachte Lancelot, war dies der Moment, um ein paar Antworten zu bekommen.
»Warum sagt Ihr nichts?«, fragte der Pikte nervös. »Wenn Ihr nicht reden wollt, dann ... dann ...«
Er brach ab und suchte sichtlich nach Worten und Lancelot hörte sich zu seiner eigenen Überraschung sagen: »Ihr könnt in Eurer Sprache reden. Ich verstehe sie.« Und nicht nur das. Er hatte Piktisch gesprochen, eine Sprache, die er erst vor wenigen Tagen zum ersten Mal gehört hatte! Nun waren ihm die Worte so glatt über die Lippen gekommen, als wäre er damit aufgewachsen!
»Dann sagt mir, was Ihr von uns wollt, edler Herr«, antwortete der Pikte in seiner Muttersprache. »Wir sind in einer wichtigen Mission unterwegs und haben nicht viel Zeit!«
Lancelots ausgestreckte Hand deutete auf Uther und Gwinneth. Er sagte nichts, aber der Pikte verstand die Bedeutung der Geste trotzdem. Er wirkte erschrocken, aber nicht überrascht, fast so, als hätte er genau das erwartet.
»Ich bin für die sichere Ankunft unserer Gäste verantwortlich, Herr«, antwortete er. »Mordred wird uns alle töten, wenn wir ohne sie zurückkommen.«

Hinter ihm entstand Unruhe in den Reihen der Pikten. Die Sehschlitze des Helmes engten Lancelots Gesichtsfeld stark ein, aber er wusste trotzdem, was vor sich ging: Einige der fremden Krieger lenkten ihre Tiere unauffällig zur Seite, um in seinen Rücken zu gelangen und ihn so einzukreisen. Das durfte er nicht zulassen.
»Gebt sie frei«, sagte er. Gleichzeitig zog er sein Schwert. Die runenbedeckte Klinge fuhr mit einem scharrenden, fast gierig klingenden Laut aus der Scheide und funkelte boshaft im Licht der Morgensonne.
»Das kann ich nicht machen, Herr«, antwortete der Pikte.
»Dann sterbt«, sagte Lancelot.
Diesmal konnte er spüren, wie es geschah, auch wenn es sich wieder im Bruchteil eines Augenblickes vollzog. Rüstung, Schild und Schwert übernahmen die Kontrolle über seinen Willen, ohne ihn jedoch vollends auszuschalten. Anders als vorhin, als er die beiden Wächter niedergeschlagen hatte, war er kein unbeteiligter Zuschauer mehr. Aber die magischen Waffen schienen ihm zu sagen, was er zu tun hatte, und Dulac reagierte mit einer Schnelligkeit und einem Geschick, als hätte er jede einzelne Stunde seines Lebens auf dem Übungsplatz verbracht.
Anders als die Pikten erwartet haben mussten, attackierte er den Krieger vor sich nicht, sondern zwang sein Pferd auf der Stelle herum und wandte sich den Männern zu, die in seinen Rücken zu gelangen versucht hatten.
Es waren drei. Lancelot streckte einen mit einem geraden Stich in die Brust nieder, riss den Schild hoch, um einen Schwerthieb des zweiten zu parieren, und führte gleichzeitig einen weit ausholenden Streich, an dessen Ende die Spitze des Runenschwertes den Waffenarm des dritten

Barbarenkriegers traf und glatt durchschlug. Während der Mann mit einem gellenden Schmerzensschrei zu Boden fiel, führte er die begonnene Bewegung mit dem Schild zu Ende und schmetterte den Krieger damit vollends aus dem Sattel. Sein Pferd setzte ohne sein Zutun über das zusammenbrechende Tier des zweiten Kriegers hinweg, sprengte drei oder vier Schritte weit in gestrecktem Galopp davon und drehte sich dann herum. Der ganze Waffengang hatte kaum mehr als eine Sekunde gedauert.

Der Rest des piktischen Heeres stand da wie gelähmt. Der Ausdruck auf den Gesichtern der Menge war pures Entsetzen und Lancelot konnte sie nur zu gut verstehen. Alles war so schnell gegangen, dass sie kaum richtig gesehen haben konnten, was geschah, und nun waren bereits drei ihrer Kameraden tot oder lagen im Sterben.

Lancelot hingegen fühlte sich ... großartig. Ein Teil von ihm, Dulac, der immer schwächer wurde, schrie lautlos vor Entsetzen über das auf, was er getan hatte, aber der weitaus größere Teil genoss das Gefühl des Sieges, den er davongetragen hatte, in vollen Zügen. Er fühlte sich stark. Sein Atem ging ruhig und die furchtbaren Hiebe, die er geführt hatte, schienen ihn keine Kraft gekostet, sondern ihm neue Kraft gegeben zu haben, als hätte das Runenschwert die Lebenskraft der Männer getrunken. Sein Pferd scharrte unruhig mit den Hufen, aber nicht vor Furcht oder Nervosität, sondern vor Ungeduld, sich in den Kampf zu stürzen. Ganz plötzlich war es ihm, als könne er in die Zukunft blicken, als er in die Gesichter der Pikten sah. Er wusste mit unerschütterlicher Sicherheit, dass er diese Männer töten würde, jeden Einzelnen von ihnen.

Trotzdem hob er noch einmal das Schwert und deutete auf Uther. »Gebt sie frei!«
Statt zu antworten sprengten die Pikten los. Sechs der noch lebenden neun Männer trieben ihre Pferde mit trotzigen Kampfschreien direkt auf ihn zu, während ihre drei Kameraden Uthers und Gwinneths Pferde am Zaumzeug packten und in entgegengesetzter Richtung mit ihnen davonsprengten.
Lancelot fluchte lautlos in sich hinein. Hatte er gedacht, dass es so einfach sein würde? Offensichtlich hatte er den Mut der Barbarenkrieger unterschätzt. Das halbe Dutzend Reiter musste wissen, wie schlecht ihre Aussichten standen ihn zu überwältigen, aber die Männer schienen entschlossen ihr Leben zu opfern, damit ihre Kameraden die Gefangenen in Sicherheit bringen und somit Mordreds Befehl ausführen konnten.
Lancelot war es recht. Die Krieger würden ihn nicht aufhalten; wenigstens nicht lange genug, damit die anderen entkommen konnten.
Er sprengte den Pikten entgegen, hob Schild und Schwert und schwenkte im letzten Moment nach links, um die Front der Pikten nicht in ihrer Mitte zu treffen, sondern an der Flanke. Seine Rechnung ging auf. Ein weiterer Pikte sank tödlich getroffen aus dem Sattel, ehe seine Kameraden auch nur ihre Waffen heben konnten, aber im nächsten Moment waren die fünf überlebenden Pikten über ihm.
Ohne die magische Rüstung hätte er nicht einmal den ersten Zusammenprall überlebt. Die Pikten kreisten ihn ein und überschütteten ihn aus allen Richtungen mit einem Hagel von Hieben und Stichen.

Nicht einer davon durchbrach seine magische Rüstung. Lancelot spürte die Treffer, aber es war nur die bloße Berührung, die er fühlte, kein Schmerz, nicht einmal die Kraft, mit der die Hiebe geführt wurden. Noch während der Krieger, den er im ersten Ansturm niedergestreckt hatte, mit durchschnittener Kehle rücklings aus dem Sattel kippte, riss er sein Schwert herum und verschaffte sich mit einem wuchtigen Hieb Luft. Er traf niemanden, trieb aber zumindest drei seiner Gegner weit genug zurück, um sich den verbliebenen beiden zuwenden zu können. Lancelots Schild kam hoch und traf den einen mit solcher Gewalt, dass er nach hinten kippte und halb bewusstlos aus dem Sattel gestürzt wäre, hätten ihn nicht die Steigbügel gehalten. Der andere beging den Fehler, seine vermeintliche Schwäche ausnutzen und einen Schwertstreich in seinen ungeschützten Rücken anbringen zu wollen. Die Klinge fuhr Funken sprühend und mit einem kreischenden Laut über das silberfarbene Metall, ohne auch nur einen Kratzer auf seiner Oberfläche zu hinterlassen, und der Pikte bezahlte den Angriff mit seinem Leben. Lancelots Schwert drang mit einem knirschenden Laut durch seinen Brustharnisch. Der Mann kippte mit einem seufzenden Laut seitwärts aus dem Sattel und Lancelot wandte sich den verbliebenen Barbarenkriegern zu.
Er wurde noch zwei- oder dreimal hart getroffen, aber die Gralsrüstung schützte ihn zuverlässig, während seine eigenen Hiebe von grässlichem Erfolg gekrönt waren. Schließlich war nur noch der Mann übrig, mit dem Lancelot am Anfang gesprochen hatte. Er blickte in dessen Augen und er erkannte darin Furcht und Hoffnungslosigkeit. Sosehr er davon überzeugt war, diesen Zweikampf zu gewinnen,

so gewiss war sich der Pikte, unterliegen zu müssen. Trotzdem griff er sein Schwert fester und attackierte Lancelot ohne das geringste Zögern. Warum tat er das? Während Lancelot mit seinen Begleitern beschäftigt gewesen war, hätte er Zeit genug gehabt, um zu fliehen, aber er versuchte es nicht einmal, sondern zog es vor, seine Waffe zu ergreifen und in den sicheren Tod zu gehen.
Lancelot wollte ihn nicht töten. Das Schwert in seiner Hand schrie nach dem Blut des Kriegers, aber er wollte es nicht. Dieser Mann war nicht sein Feind. Sie hatten sich noch nie zuvor gesehen und ihre Wege würden sich vermutlich auch niemals wieder kreuzen. Statt dem Verlangen der Runenklinge nachzugeben, parierte Lancelot die beiden ersten verzweifelten Hiebe des Pikten und führte dann einen einzelnen wuchtigen Schlag, der den Angreifer entwaffnete, ohne ihn jedoch zu verletzen. Der Pikte taumelte unter der Gewalt des Hiebes zurück, richtete sich dann aber wieder im Sattel auf und starrte verblüfft auf seine plötzlich leeren Hände hinab.
Lancelot setzte dazu an, ihm zu sagen, dass er gehen sollte, da machte sein Pferd einen blitzschnellen Satz nach vorne. Die gepanzerte Brust des Schlachtrosses prallte gegen die Flanke des piktischen Pferdes und brachte es aus dem Gleichgewicht und das handlange gedrehte Horn, das aus seinem Stirnpanzer ragte, brach mit einem knirschenden Laut durch den Harnisch des Kriegers und bohrte sich fast zur Gänze in seine Brust.
Lancelot starrte den zusammenbrechenden Krieger mit einer Mischung aus Entsetzen und Unglauben an. Der Mann kippte langsam nach hinten aus dem Sattel und in seinen Augen stand ein Ausdruck, den Lancelot nie wie-

der im Leben vergessen würde. Sein Pferd taumelte, versuchte mit einem ungeschickten Grätschschritt sein Gleichgewicht wieder zu finden und stürzte dann endgültig, als Lancelots Schlachtross sich abermals gegen seine Flanke warf. Ein blitzschneller, gezielter Tritt mit den furchtbaren Hufen besiegelte das Schicksal des Tieres endgültig.

Lancelot war zutiefst verstört. Er hatte gewusst, dass es zum Kampf kommen würde und dass etliche der Pikten dabei den Tod finden mussten. Was diesem Krieger jedoch widerfahren war, hatte nichts mehr mit einem Kampf zu tun. Er war längst vorbei gewesen und Lancelot hatte ihm das Leben schenken wollen. Wozu einen Gegner töten, der bereits besiegt war und sich nicht mehr wehren konnte?

Das Schlachtross drehte den Kopf und starrte ihn aus einem dunklen, auf beunruhigende Weise wissenden Auge an, dann stieß es ein halblautes Schnauben aus und scharrte mit den Hufen im blutigen Sand. Es war noch nicht vorbei. Das, weshalb er eigentlich hier war, war noch nicht getan.

Lancelot drehte sich im Sattel herum und suchte nach den drei verbliebenen Pikten. Sie hatten sich bereits eine gute halbe Meile entfernt und rasten in gestrecktem Galopp auf das kleine Waldstück zu, das Lancelot vorhin passiert hatte. Vielleicht hofften sie, sich im dichten Unterholz vor dem Silbernen Ritter verbergen zu können, aber Lancelot wusste, dass sie es niemals erreichen würden. Sein Einhorn war viel schneller als ihre schwer gebauten Pferde und ihre beiden Gefangenen taten ihr Möglichstes um sie zu behindern.

Er sprengte los. Schon nach wenigen Augenblicken schoss das silberne Einhorn schnell wie ein Pfeil dahin, wobei seine Hufe kaum den Boden zu berühren schienen. Trotz ihres großen Vorsprunges holte er die Reiter gute fünfzig Meter vor dem Waldrand ein, galoppierte an ihnen vorbei und riss das Pferd dann mit einer so plötzlichen Bewegung herum, dass es um ein Haar gestrauchelt wäre.
Die drei Krieger mussten den Kampf beobachtet haben und wissen, mit wem sie es zu tun hatten, doch sie erwiesen sich als ebenso todesmutig wie ihre Kameraden. Während sich einer die Zügel von Uthers und Gwinneths Pferden griff und blitzschnell zur Seite ausbrach, rissen die beiden anderen ihre Waffen aus den Gürteln und sprengten auf ihn zu. Einer von ihnen war mit einem Schwert bewaffnet, der zweite mit einem Morgenstern, einer Waffe, deren bloßer Anblick Dulac schon immer mit Entsetzen erfüllt hatte.
Er fing den Schwerthieb des ersten Kriegers mit seinem Schild ab, duckte sich unter der stachelbesetzten Kugel am Ende der wirbelnden Kette hindurch und versuchte einen Treffer anzubringen, verschätzte sich aber und fügte dem Pikten nur einen harmlosen Kratzer an der Schulter zu, der die Wut des Mannes nur noch steigerte. Der Krieger führte einen zweiten, diesmal besser gezielten Hieb nach Lancelots Rücken, der sein Ziel diesmal traf.
Die faustgroße, mit spitzen Dornen besetzte Eisenkugel vermochte die Rüstung nicht zu durchschlagen, aber die Wucht des Hiebes war so gewaltig, dass er nach vorne geworfen wurde und halb über dem gepanzerten Hals des Einhorns zusammenbrach. Praktisch im gleichen Augenblick traf ihn ein Schwerthieb dicht oberhalb des Schildes,

nur knapp von dem Spalt zwischen Helm und Rüstung entfernt.
Wieder war es das Pferd, das den Kampf entschied. Als der Pikte an ihm vorbeijagte, drehte es blitzschnell den Kopf. Das schreckliche Horn auf seinem Schädel riss die Flanke des anderen Pferdes auf und das Tier brach mit einem gequälten Wiehern zusammen und begrub seinen Reiter unter sich.
Lancelot richtete sich benommen im Sattel auf. Ihm blieb kaum Zeit, sein Schwert wieder fester zu ergreifen und in eine sichere Position zu rutschen, da sprengte der zweite Pikte auch schon wieder heran und schwang seinen schrecklichen Morgenstern. Durch seinen ersten Erfolg offenbar mutig geworden schien er diesmal entschlossen, den Kampf mit diesem Ansturm zu beenden. Ein Fehler, der ihn das Leben kostete.
Der Morgenstern prallte mit vernichtender Wucht auf Lancelots Schild. Der Hieb fügte dem silbernen Metall nicht einmal einen Kratzer zu und Lancelot drehte seinen Schildarm im letzten Moment um eine Winzigkeit, sodass die Eisenkugel abgelenkt wurde und die Wucht seines eigenen Schlages den Krieger beinahe aus dem Sattel riss. Lancelots Runenschwert beendete den Kampf fast ohne sein Zutun. Das plötzlich reiterlose Pferd sprengte in unverändertem Tempo weiter, während Lancelot das Einhorn herumzwang und zur Verfolgung des letzten Kriegers ansetzte.
Er brauchte nur wenige Augenblicke um ihn einzuholen und zu seiner unendlichen Erleichterung erwies sich der Mann als klüger als seine Kameraden. Er sah wohl ein, wie sinnlos jeder weitere Widerstand sein musste, denn er ließ

die Zügel der beiden Pferde los und galoppierte davon, so schnell er konnte. Für einen schrecklichen Moment schien es Lancelot, als ob das Einhorn sich seinen Befehlen widersetzen und den Mann verfolgen wollte, um auch ihn noch zu töten, aber dann gehorchte es ihm. Der Pikte raste in gestrecktem Galopp davon und Lancelot wendete das Einhorn und ritt zu Uther und Gwinneth zurück. Während er das Schwert in den Gürtel zurückschob und sich den beiden Gefangenen näherte, machte er eine neue Erfahrung: Sein Herz jagte vor Anstrengung und seine Schulter und sein Rücken schmerzten fast unerträglich. Neben vielem anderen, auf das er gerne verzichtet hätte, hatte er noch etwas gelernt: Die silberne Rüstung machte ihn zu einem schrecklichen Gegner, aber er war nicht unverwundbar.

Gwinneth und Uther sahen ihm aus großen Augen entgegen, als er näher kam. Uther war sehr blass. Seine linke Gesichtshälfte war angeschwollen und über dem Auge prangte eine erst halb verschorfte Schnittwunde. Er war den Pikten offenbar nicht kampflos in die Hände gefallen. Eine Weile standen sie sich nur stumm gegenüber und sahen sich an, dann beugte sich Lancelot vor, zog den Dolch aus dem Gürtel und durchtrennte mit einer raschen Bewegung die Stricke, die Uthers zusammengebundene Handgelenke an den Sattelknauf fesselten. Gwinneth lenkte ihr Pferd näher heran. Sie erwartete wohl, dass Lancelot nun dasselbe mit ihr tat, doch stattdessen richtete sich dieser wieder im Sattel auf und reichte den Dolch an Uther weiter. Er sah Gwinneth noch immer nicht an. Sie konnte sein Gesicht unter dem silbernen Helm unmöglich erkennen, aber er war nicht sicher, ob dasselbe auch für

seine Augen galt. Und er war erst recht nicht sicher, ob er sich noch beherrschen konnte, wenn er sie ansah.
Uther griff zögernd nach dem silbernen Dolch. Seine Hände waren stundenlang aneinander gebunden gewesen und taub und er stellte sich nicht besonders geschickt dabei an, Gwinneths Fesseln zu durchtrennen. Aber es gelang ihm, ohne sie zu verletzen.
»Ich danke Euch«, sagte er, als er Lancelot das Messer zurückgab. Er versuchte zu lächeln, aber es wurde eher eine Grimasse daraus.
Lancelot nahm den Dolch mit einem wortlosen Nicken entgegen und schob ihn in den Gürtel zurück. Er spürte, dass Gwinneth ihn anstarrte, und allmählich begann er sich selbst albern dabei vorzukommen, so zu tun, als wäre sie gar nicht da. Fast widerwillig drehte er den Kopf und maß sie mit einem verstohlenen Blick, und als er in ihr Gesicht sah, schien sich sein Herz zu einem schmerzenden harten Ball zusammenzuziehen.
Gwinneth war unverletzt, aber ihr Gesicht war von tiefer Erschöpfung gezeichnet und unter der Erleichterung in ihrem Blick loderte ein Schmerz, der vielleicht nie wieder ganz erlöschen würde. Dennoch war sie so schön wie eh und je und sie sah ganz und gar nicht mehr wie ein Kind aus. Lancelot fragte sich, wie er auch nur eine Sekunde lang hatte glauben können, Morgaine le Faye käme ihr auch nur *nahe*.
»Das ist jetzt das zweite Mal, dass Ihr uns aus der Gewalt der Barbaren befreit, edler Ritter«, sagte Uther ein wenig gestelzt. »Mir scheint, ein einfaches Danke reicht nicht mehr.«
Lancelot drehte sich wieder zu ihm herum. Es war seltsam:

Jetzt, wo alles vorbei war, wusste er nicht, was er sagen sollte.
»Lasst mich Euer Gesicht sehen, edler Herr«, verlangte Gwinneth. »Ich möchte wissen, wie der Ritter aussieht, dem mein Gemahl und ich unsere Leben verdanken.«
Lancelot schüttelte den Kopf. Das Visier öffnen? Unmöglich. Wenn nicht Uther, so musste ihn doch Gwinneth auf der Stelle erkennen.
Gwinneth wollte enttäuscht widersprechen, aber Uther brachte sie mit einer raschen Geste zum Schweigen. »Ganz wie Ihr wünscht«, sagte er. »Aber verratet Ihr uns wenigstens Euren Namen?«
Lancelot zögerte noch einen Herzschlag, doch dann antwortete er. »Lancelot. Mein Name ist Lancelot Dulac.«
»Lancelot Dulac.« Uther wiederholte den Namen, als versuche er in seinem Klang irgendetwas Vertrautes zu entdecken, und Lancelot behielt Gwinneth dabei scharf im Auge. Sie sah ihn aufmerksam an, zeigte aber ansonsten keine Reaktion. Wahrscheinlich hatte der Helm seine Stimme hinlänglich verzerrt, sodass sie sie nicht erkannte.
»Und woher kommt Ihr, Sir Lancelot?«, wollte Uther wissen.
»Von weit her«, antwortete Lancelot ausweichend. »Aus einem Land, dessen Namen Ihr vermutlich noch nicht einmal gehört habt, Uther.«
Uther lächelte flüchtig. Er hatte verstanden, was Lancelot mit dieser Antwort sagen wollte. »Ich respektiere Eure Wünsche, Sir Lancelot«, sagte er. »Wie könnte ich auch nicht, nach allem, was Ihr für mich und meine Gemahlin getan habt? Was kann ich tun, um mich bei Euch zu bedanken?«

»Nichts«, antwortete Lancelot. »Dass Ihr und Lady Gwinneth am Leben und unversehrt seid, ist Dank genug. Aber damit es so bleibt, sollten wir uns auf den Weg zurück nach Camelot machen. Einer der Pikten ist entkommen.«

»Und er wird bald mit Verstärkung zurückkehren«, sagte Uther nickend. »Ihr habt Recht. Hier ist es nicht sicher. Obwohl es mich nicht wundern würde, wenn Ihr es mit dem gesamten piktischen Heer aufnehmen würdet.« Er sah Lancelot mit unverhohlener Bewunderung an. »Bei Gott, ich habe schon viele Ritter getroffen, aber niemals habe ich einen Mann so kämpfen sehen. Ich wusste nicht einmal, dass es möglich ist.«

Um ein Haar hätte Lancelot geantwortet: ich auch nicht. Aber dann machte er nur eine Bewegung, die Uther als ein Achselzucken auslegen konnte, und deutete in südliche Richtung. »Wir sollten wirklich losreiten«, sagte er. »Es ist ein langer Weg zurück nach Camelot.«

Uther nickte und eine spöttische Stimme hinter Lancelot sagte: »Ich fürchte, das kann ich nicht zulassen.«

Gwinneth stieß einen kleinen, erschrockenen Schrei aus und schlug die Hand vor den Mund und Lancelot riss sein Pferd herum und erstarrte dann vor Schrecken.

Sie waren vielleicht noch zwanzig oder dreißig Schritte vom Waldrand entfernt. Morgaine le Faye und Mordred waren lautlos wie Gespenster aus dem Dickicht herausgetreten. Die Hexe trug noch immer das einfache schwarze Kleid, in dem Lancelot sie in der Höhle gesehen hatte, hatte aber nun ein Diadem aus schwarzen Diamanten in ihr Haar gesteckt und Mordred hielt einen riesigen Langbogen in der rechten und zwei schwarz gefiederte Pfeile in der linken Hand.

»Ich habe dir doch gesagt, dass wir uns wieder sehen werden, mein Freund«, sagte Morgaine. »Das war wirklich ein beeindruckender Kampf. Ich muss König Uther beipflichten: Ich habe selten zuvor einen Mann so kämpfen sehen. Trotzdem musst du noch eine Menge lernen. Ich könnte es dir beibringen, wenn du willst.«
Gwinneth sog die Luft zwischen den Zähnen ein und Uther fragte leise: »Ihr kennt diese Frau, Sir Lancelot?«
Bevor Lancelot antworten konnte, sagte Morgaine lachend: »Nicht so, wie Ihr befürchtet, Uther. Euer tapferer Retter treibt kein doppeltes Spiel, wenn es das ist, was Ihr glaubt.« Sie schüttelte den Kopf, trat einen Schritt zur Seite und maß Gwinneth mit einem nachdenklichen Blick. »Ein schönes Kind«, sagte sie dann. »Eure Gemahlin wird bald zu einer wunderschönen Frau heranwachsen, Uther. Ich glaube, ich kann meinen Sohn jetzt besser verstehen ... und euch auch, Sir Lancelot.«
»Was wollt Ihr?«, fragte Uther.
Das Lächeln in Morgaines Augen erlosch. Sie beantwortete Uthers Frage nicht, sondern wandte sich wieder zu Lancelot um.
»Ich kann nicht zulassen, dass du mir meine Gäste entführst«, sagte sie.
»Dann versucht mich daran zu hindern«, sagte Lancelot. Seine Hand senkte sich auf das Schwert, aber Morgaine zeigte sich wenig beeindruckt. Sie gab Mordred einen Wink und dieser hob seinen Bogen und legte beide Pfeile zugleich auf die Sehne.
»Du bist noch nicht so weit, mein Freund«, sagte sie in bedauerndem Tonfall. »Vielleicht verlange ich zu viel von dir. Ich werde dir Zeit geben, dich in Ruhe zu entscheiden.«

»Wie ... meint Ihr das?«, fragte Lancelot misstrauisch.
Morgaine hob die Hand und Mordred spannte sofort seinen Bogen. »Du kannst gehen, Lancelot«, sagte sie. »Und ich mache dir zudem ein Geschenk. Du kannst einen von ihnen mitnehmen. Gwinneth oder Uther. Entscheide dich.«
»Niemals«, sagte Lancelot.
»Seid vernünftig, Lancelot«, sagte Uther leise. »Ihr kennt diese Frau nicht. Lasst mich hier und rettet Gwinneth.«
»Wie edel«, sagte Morgaine spöttisch. »Kein anderes Benehmen hätte ich von einem König erwartet.«
»Niemals!«, sagte Lancelot noch einmal. »Geht uns aus dem Weg oder ich töte euch beide.« Diesmal meinte er seine Worte bitterernst. Seine Hand schloss sich fester um den Schwertgriff, während er Mordred und den Bogen in seinen Händen aufmerksam musterte. Die beiden Pfeile auf der Sehne sahen schlichtweg albern aus und er fragte sich, was Mordred überhaupt vorhatte. Selbst wenn es ihm gelang, beide Pfeile zugleich abzuschießen, so konnte er doch nur auf ein Ziel feuern.
Aber auf welches?
»Du wirst dich entscheiden«, sagte Morgaine. »Jetzt!«
Mordred schoss. Die Sehne entspannte sich mit einem peitschenden Knall und die beiden Pfeile verwandelten sich in rasende Schatten. Lancelot warf sich mit einer verzweifelten Bewegung zur Seite und versuchte den Schild in die Höhe zu bekommen, aber er spürte selbst, dass er zu langsam war, viel zu langsam. Der Pfeil, der auf Gwinneth gezielt war, schrammte über die Oberkante seines Schildes, hämmerte mit grausamer Wucht gegen seine Rüstung und durchschlug sie, um sich tief in seine Schulter zu gra-

ben. Die schiere Wucht des Treffers schleuderte ihn rücklings aus dem Sattel, aber noch während er fiel und die Welt vor seinen Augen in rotem Schmerz versank, sah er etwas ganz und gar Unmögliches. Mordreds zweiter Pfeil hatte sein eigentliches Ziel getroffen. Uther sank mit einem seufzenden Laut nach vorne, brach über dem Hals seines Pferdes zusammen und fiel seitwärts zu Boden.

Der Aufprall raubte Lancelot beinahe das Bewusstsein. Rote Nebel wallten vor seinen Augen. Wie aus großer Entfernung hörte er Gwinneth schreien, aber er war unfähig, darauf zu reagieren. Der Schmerz in seiner Schulter war unbeschreiblich. Dünne Linien aus purer Qual schienen von der Wunde auszugehen und sich tiefer und immer tiefer in seinen Körper hineinzufressen. Trotzdem wurde ihm klar, dass der Pfeil vergiftet gewesen sein musste. Die Zauberrüstung hatte ihn nicht geschützt.

Ein Gesicht erschien in den wirbelnden roten Schwaden vor seinen Augen. Jemand berührte ihn an der Schulter und der grausame Schmerz sank zu einem Brennen herab und erlosch dann ganz.

»Ich sagte dir doch, dass du dich entscheiden wirst«, sagte Morgaine ruhig. Sie kniete neben ihm nieder, drückte ihn mit der linken Hand zu Boden und schloss die rechte um den Pfeil, der aus seiner Schulter ragte. Der Schmerz kam zurück, doppelt so schlimm wie zuvor, und Lancelot schrie gellend auf, als Morgaine den Pfeil mit einem Ruck aus seiner Schulter riss.

»Ich schenke dir damit das Leben, mein Freund«, sagte sie ernst. »Aber das ist ein einmaliges Geschenk. Ginge es nach Mordred, so würde ich dir auf der Stelle die Kehle durchschneiden. Aber ich habe andere Pläne mit dir.« Sie

stand auf, brach den Pfeil in der Mitte durch und ließ die Stücke zu Boden fallen.
»Noch einmal werde ich dich nicht verschonen, wenn du dich mir in den Weg stellst«, sagte sie. »Für heute magst du gehen, aber du musst dich entscheiden, auf welcher Seite du stehst.«
Lancelot wollte antworten, aber bevor er noch dazu kam, schlug der Schmerz wie eine lodernde Woge über ihm zusammen und er verlor das Bewusstsein.

Seine Schulter fühlte sich taub an und eine kühle Hand lag auf seiner Stirn, als er erwachte. Jemand hatte ihm den Helm abgenommen.
Lancelot öffnete die Augen und das Erste, was er sah, war ein Paar wunderschöne Augen, die aus einem ebenmäßigen, sehr blassen Gesicht auf ihn herab blickten.
»Wie fühlt Ihr Euch?«, fragte Gwinneth. Ihre Stimme war sehr leise und von der gleichen, ehrlich empfundenen Sorge erfüllt, die er auch in ihren Augen las.
Ganz automatisch wollte er mit »gut« antworten, aber dann wurde ihm selbst klar, wie närrisch das gewesen wäre. Außerdem erwachte in seiner Schulter ein pochender Schmerz, der ihm nahezu die Tränen in die Augen trieb.
Statt zu antworten fragte er: »Uther?«
Gwinneths Gesicht umwölkte sich. »Er ... er ist tot«, sagte sie stockend. »Mordreds Pfeil hat ihn direkt ins Herz getroffen. Aber macht Euch keine Vorwürfe, Sir Lancelot. Es war nicht Eure Schuld. Ihr seid der tapferste Mann, den ich je getroffen habe, doch selbst die größte Tapferkeit muss gegen schwarze Magie versagen.«

Lancelot sah mit wachsender Verwirrung zu Gwinneth hoch. Wieso sprach sie so mit ihm? Als sie ihm den Helm abgenommen hatte, musste sie ihn doch erkannt haben! Spielte sie ein grausames Spiel mit ihm? Das konnte er sich nicht vorstellen. Nicht nach dem, was gerade geschehen war!

Sehr behutsam, damit der Schmerz in seiner Schulter nicht noch schlimmer wurde, richtete er sich auf und sah sich um. Uther lag wenige Meter neben ihm auf dem Rücken. Jemand – wahrscheinlich Gwinneth – hatte eine Satteldecke über sein Gesicht gelegt. Die beiden Pferde grasten friedlich nebeneinander, während das Einhorn ein gutes Stück entfernt dastand und aufmerksam in ihre Richtung sah. Von Morgaine le Faye und Mordred war nichts mehr zu sehen.

»Sie sind fort«, sagte Gwinneth. Sie hatte seinen Blick bemerkt und richtig gedeutet. Sie zögerte. »Sie ... hat noch etwas zu mir gesagt, bevor sie ging.«

»Und was?«, fragte Lancelot, als sie nicht sofort weitersprach.

Er konnte Gwinneth ansehen, wie schwer es ihr fiel, seine Frage zu beantworten. »Ich soll Euch etwas ausrichten. Sie sagt, Ihr ... Ihr sollt Eurem Herzen folgen. Dann würdet Ihr schon den Weg auf die richtige Seite finden.«

Lancelot dachte einen Moment über diese Worte nach, aber sie ergaben einfach keinen Sinn. Nicht, wenn sie aus Morgaines Mund kamen.

Mit einiger Mühe stand er auf, hob den Schild auf, den er fallen gelassen hatte, und winkte das Einhorn herbei. Er konnte hören, wie sich Gwinneth hinter ihm bewegte, und gewann noch einige Sekunden damit, den Schild umständlich und mit nur einer Hand am Sattelgurt zu befestigen. Er verstand immer noch nicht, warum Gwinneth so tat, als ob sie ihn noch nie gesehen hätte. Konnte es an der Rüstung liegen, die er trug? Natürlich hatte sie ihn erkannt, aber vielleicht glaubte sie ja umgekehrt, dass er sich mit ihr ein Spiel erlaubt hatte, als sie sich in Camelot begegnet waren.

Er würde der Sache ein Ende bereiten, jetzt gleich. Er drehte sich mit einem Ruck herum und verzog das Gesicht, als seine Schulter mit einer kleinen Schmerzexplosion auf die unvorsichtige Bewegung reagierte.

»Gwinneth«, sagte er. »Ich muss Euch etwas erklären.«

Gwinneth sah ihn erwartungsvoll an. »Ja?«

»In Camelot«, begann er. »Als wir uns dort getroffen haben, da wusste ich noch nicht –«

Er brach ab, als er den Ausdruck völliger Verständnislosigkeit sah, der sich auf Gwinneths Gesicht ausbreitete.

»In ... Camelot?«, wiederholte sie zögernd. »Ihr ... Ihr meint in diesem Gasthaus? Dem *Schwarzen Eber*.«

Diesmal war es Lancelot, der mit der Antwort zögerte. Der Ausdruck auf Gwinneths Gesicht war nicht gespielt. Sie erkannte ihn tatsächlich nicht!

»Schon gut«, sagte er verwirrt. »Verzeiht. Ich bin ... ein wenig durcheinander.« Er deutete auf den toten Uther. »Es tut mir Leid, aber wir haben wenig Zeit. Dass Morgaine gegangen ist, bedeutet nicht, dass die Pikten nicht wiederkommen. Könnt Ihr mir helfen, ihn auf das Pferd zu heben?«

Er deutete auf seine verletzte Schulter und Gwinneth nickte. Mit vereinten Kräften hoben sie den Leichnam des töten Königs auf sein Pferd, dann stiegen sie selbst auf und ritten in südlicher Richtung los.

Für eine lange Zeit sprach keiner von ihnen ein Wort. Lancelot maß Gwinneth dann und wann mit einem verstohlenen Blick. Die meiste Zeit starrte sie mit leeren Augen vor sich hin, aber manchmal strich ihre Hand fast zärtlich über den Hals des Pferdes, auf dem ihr toter Ehemann lag, und er sah Tränen in ihren Augen schimmern. Auch wenn sie nicht »wie Mann und Frau« zusammengelebt hatten, wie sie ihm in Camelot erzählt hatte, so musste sie ihn doch geliebt haben.

Auch Lancelot schmerzte Uthers Tod. Er hatte ihn kaum gekannt, aber selbst die wenigen Sätze, die sie miteinander gewechselt hatten, hatten ihn erkennen lassen, dass Uther ein aufrechter Mann gewesen war; etwas, was für sehr wenige Männer galt, die er kennen gelernt hatte. Sein Tod erschien ihm so sinnlos. Mordred hatte keinen Grund gehabt, ihn umzubringen.

»Es tut mir so Leid, Mylady«, sagte er leise. »Ich kannte Uther nicht, aber nach allem, was ich über ihn gehört habe, war er ein guter Mann.«

»Das war er«, bestätigte Gwinneth. »Und ich habe ihm den Tod gebracht.«

Lancelot sah überrascht auf. »Ihr? Wie meint Ihr das?«

»Wie ich es sagte«, antwortete Gwinneth. Tränen liefen über ihre Wangen, aber ihr Gesicht blieb starr und in ihrer Stimme war eine furchtbare Leere. »Auf mir lastet ein Fluch. Ich bringe allen den Tod, denen ich begegne. Ihr solltet Euch also besser von mir fern halten, Ritter Lancelot.«

»Was für ein Unsinn«, widersprach Lancelot heftig.

»Es ist kein Unsinn.« Gwinneths Tränen begannen heftiger zu fließen, aber ihr Gesicht war nach wie vor wie aus

Stein gemeißelt. »Zuerst war es mein Vater. Er hat sein Reich verloren, seine Burg und am Schluss sein Leben. Und nun Uther. Zuerst hat ihm Mordred sein Land genommen, dann seine Burg und jetzt das Leben.«
»Ich habe kein Land, das ich verlieren könnte«, sagte Lancelot. »Nicht einmal eine Burg.«
»Aber ein Leben.« Gwinneth lachte bitter. »Vielleicht sollte ich Uther folgen, um nicht noch mehr unschuldigen Menschen den Tod zu bringen.«
»Redet nicht so!«, sagte Lancelot scharf. »Das gestatte ich nicht! So etwas ist Gotteslästerung!«
Zu seiner Überraschung wandte sich Gwinneth im Sattel um und lächelte, das allerdings auf eine Weise, die ihm das Herz zusammenzog. »Gotteslästerung ...« Sie nickte nachdenklich. »Seid Ihr ein Christ, Sir Lancelot?«
»Warum fragt Ihr das?«, fragte Lancelot ausweichend.
»Wir reiten nach Camelot«, antwortete Gwinneth. »Artus hat schon vor langer Zeit das Kreuz der Christenheit auf sein Banner geschrieben, aber ich sehe die Symbole der alten Götter auf Eurem Schild.«
Lancelot wurde hellhörig. »Und?«, fragte er.
»Artus hat kein Problem damit«, sagte Gwinneth. »Uther hat mir erzählt, dass er zwar zur heiligen Kommunion gegangen ist, den Glauben an die alten Götter aber trotzdem noch nicht ganz abgelegt hat. Viele seiner Ritter sind jedoch nicht so tolerant wie er.« Sie maß seine Rüstung mit einem abschätzenden Blick. »Ihr könnt Eure Rüstung nicht verbergen, aber es wäre vielleicht besser, wenn Ihr Euch bei Gesprächen über den Glauben ... ein wenig zurückhieltet.«
Lancelot verstand, was sie meinte. *Nicht so tolerant* war

noch sehr zurückhaltend ausgedrückt. Etliche von Artus' Rittern – allen voran Sir Lioness, so freundlich er sonst auch sein mochte – waren regelrechte religiöse Fanatiker.
»Auch ich glaube noch an die alten Götter«, sagte Gwinneth plötzlich.
»Ihr?«, wunderte sich Lancelot. »Aber Uther –«
»Uther«, fiel ihm Gwinneth sanft ins Wort, »war ein sehr kluger Mann, der die Zeichen der Zeit stets richtig zu deuten gewusst hat. Die Christenheit wird dieses Land zur Gänze erobern. Er hat sich einer Kraft gebeugt, der er auf Dauer nicht widerstehen konnte, statt an ihr zu zerbrechen. Mag das Christentum ruhig seine Symbole auf den Dächern unserer Häuser errichten. Unsere Herzen wird es nicht erobern ... und wie ist es mit Euch?«
Lancelot hatte niemals wirklich über diese Fragen nachgedacht. Er konnte sie nicht beantworten. Aber Gwinneths Worte berührten ihn seltsam, so als wäre da doch etwas tief in ihm, das sich sehr wohl seine Meinung gebildet hatte, wenn auch, ohne dass er sich dessen bewusst gewesen wäre. Er schwieg verwirrt.
»Ihr wollt nicht darüber sprechen«, sagte Gwinneth ein wenig enttäuscht. »Ich verstehe. Vielleicht ist es auch das Klügste.«
»Wenn es sich mit Artus und seinen Rittern wirklich so verhält, wie Ihr sagt, Mylady«, sagte Lancelot, »dann wäre es vielleicht besser, wenn auch Ihr Eure wahre Überzeugung für Euch behieltet.«
»Niemand wird mir etwas tun«, antwortete Gwinneth überzeugt. »Ich bin bei Artus so sicher, wie ich nur sein kann.« Sie lachte. »Und hört auf, mich *Mylady* zu nennen. Dabei komme ich mir vor wie eine alte Frau!«

»Nur, wenn Ihr aufhört, mich *Ritter* und *Sir* zu nennen«, antwortete Lancelot.

»Lancelot?«, schlug Gwinneth vor.

»Gwinneth«, bestätigte Lancelot lachend.

Auch Gwinneth stimmte in dieses Lachen ein, und obwohl es den tiefen Kummer nicht vertreiben konnte, der sie gefangen hielt, war es doch ein sehr befreiendes Lachen, das dem Sonnenlicht wieder ein wenig von seinem Glanz zurückzugeben schien. In dem Meer aus Schmerz, in dem sie zu ertrinken gedroht hatten, war dieses einfache Lachen ein Hoffnungsschimmer und somit Ausdruck jener stillen Kraft, die Menschen schon immer dazu befähigt hatte, das schier Unmögliche zu vollbringen.

»Ihr kennt Artus?«, nahm Gwinneth an.

Lancelot verneinte. »Ich war noch nie auf Camelot«, log er.

»Er wird Euch gefallen.« Gwinneth sah ihn nachdenklich von der Seite an. »Ihr seid sicher, dass Ihr noch nie in Camelot gewesen seid? Ich meine ... irgendwie habe ich das Gefühl, dass wir uns kennen müssten.«

Lancelots Herz machte einen erschrockenen Sprung und er hoffte, dass man seinem Gesicht seine wahren Gefühle nicht zu deutlich ansah. »Ihr müsst Euch täuschen, Gwinneth«, sagte er. »Eine so wunderschöne Frau wie Euch würde ich doch nicht vergessen. Kein Mann, in dessen Brust ein Herz aus Fleisch und Blut schlägt, könnte das.«

Gwinneth errötete leicht. »Ihr schmeichelt mir, Lancelot. Es ist, wie ich es sagte: Artus wird Euch gefallen. Ihr seid euch sehr ähnlich. Er ist natürlich älter als Ihr und erfahrener in höfischen Umgangsformen –«

»Oh«, machte Lancelot. »Damit wollt Ihr mir sagen, dass ich ein ungehobelter Klotz bin, nehme ich an.«
Gwinneth lachte. »Gewiss nicht. Hört auf mich zu verspotten, Lancelot. Artus ist im gleichen Maße Politiker, wie er Ritter ist. Dafür seid Ihr der bessere Kämpfer.«
»Ich habe gehört, dass auch Artus ein gefürchteter Schwertkämpfer sein soll«, antwortete Lancelot.
»Das stimmt«, bestätigte Gwinneth, schüttelte aber trotzdem den Kopf. »Doch so etwas ... hätte man es mir erzählt, hätte ich es nicht geglaubt. Selbst jetzt fällt es mir schwer, es zu glauben, obwohl ich es doch mit eigenen Augen gesehen habe. Zwölf Männer! Ihr habt ganz allein *zwölf* Männer besiegt!«
Lancelot antwortete nicht gleich. Das Gespräch begann sich in eine Richtung zu bewegen, die ihm unangenehm war. »Es ... es waren nur elf«, antwortete er.
»Den Letzten habt Ihr entkommen lassen, ich weiß«, sagte Gwinneth. »Ich bin froh, dass Ihr ihn nicht verfolgt habt, um auch ihn noch zu töten. Artus hätte das nicht getan.«
»Ist er so grausam?«, fragte Lancelot.
»Manchmal ja, glaube ich«, antwortete Gwinneth. »Ich kenne ihn nicht gut genug, um mir ein Urteil über ihn erlauben zu können. Aber Uther hat mir oft von ihm erzählt.«
»Sie waren gute Freunde, nicht wahr?«, fragte Lancelot leise.
»Gute Freunde?« Gwinneth runzelte die Stirn, sah ihn einen Moment lang nachdenklich an und sagte dann noch einmal. »Gute Freunde?« Sie schüttelte den Kopf. »Ihr wusstet es nicht?«
»Was?«, fragte Lancelot verwirrt.

»Uther und Artus«, antwortete Gwinneth. »Ich dachte, Ihr wüsstet es. Uther Pendragon war Artus' Vater.«

Sie waren mehrere Stunden in südlicher Richtung geritten und hatten nur zwei kurze Pausen eingelegt, um Gwinneths Pferd eine Rast zu gönnen. Lancelots Einhorn schien keine Erschöpfung zu kennen und auch Gwinneth selbst hielt sich erstaunlich gut, wenn man bedachte, dass sie seit mittlerweile guten zwanzig Stunden im Sattel sitzen musste, ohne auch nur eine Sekunde Schlaf gefunden zu haben. Ihr und Uthers Pferd jedoch waren dem Zusammenbruch nahe.

Und auch Lancelot selbst fühlte sich schlecht. Seine Schulter pochte, nicht unerträglich, aber stetig, und im Laufe des Vormittags bekam er Fieber. Er war jetzt sicher, dass der Pfeil, den Mordred auf ihn abgeschossen hatte, vergiftet gewesen war. Ohne die Zauberrüstung wäre er vermutlich schon längst tot, doch auch so konnte er spüren, dass tief in ihm ein verbissener Kampf tobte. Ein Kampf, über dessen Ausgang er sich lange Zeit nicht so sicher war, wie er sich einzureden versuchte.

Dazu kam, dass ihm Gwinneths Worte einfach nicht aus dem Sinn gingen. Uther war Artus' Vater gewesen? Es fiel ihm schwer, das zu glauben. Nicht, dass er etwa annahm, Gwinneth würde ihn belügen. Aber er hatte gehört, wie Uther über Artus gesprochen hatte und wie Artus *mit* Uther gesprochen hatte. Es hatte sich nicht angehört wie ein Gespräch zwischen Vater und Sohn; allenfalls wie ein Gespräch zwischen alten Freunden, zwischen denen vor langer Zeit etwas vorgefallen sein musste, das ihre Freundschaft zerstörte, ohne dass beide es sich bis zu diesem Moment eingestanden hatten.

Er fragte sich, ob Mordred gewusst hatte, wer Uther in Wahrheit war. Wenn, dann wäre seine Tat noch verruchter, als sie es ohnehin schon gewesen war, denn dann hätte Mordred wissentlich sein eigenes Blut vergossen: das seines Großvaters.

Kaum hatte er diesen Gedanken gedacht, da wurde ihm klar, wie lächerlich er war. Mordred hatte keine Hemmungen, das Blut seines *Vaters* zu vergießen – wieso also sollte er auch nur eine Sekunde zögern, dasselbe mit seinem Großvater zu tun?

Die Sonne war mittlerweile in den Zenit hinaufgestiegen und es war warm geworden. Obwohl sich der Nebel längst aufgelöst hatte, lag etwas wie ein unsichtbarer klammer Hauch über dem Land. Ihr Weg führte sie zwischen kleinen, aber zahlreichen Waldstücken und ausgedehnten Sumpfgebieten hindurch. Der Pflanzenwuchs war zum Großteil niedrig und die wenigen Büsche kahl und geduckt. Aus den Augenwinkeln betrachtet wirkten sie manchmal wie hingekauerte düstere Gestalten. Aus den Wäldern krochen Schatten und die gleiche Art von unheimlicher Stille, die er schon am Morgen bemerkt hatte, lag über allem.

Als hätte sie seine Gedanken gelesen, sagte Gwinneth: »Ein seltsames Land, nicht wahr?« Sie machte eine ausholende Geste mit der linken Hand. »Die Menschen erzählen sich düstere Geschichten darüber und meiden es. Mir gefällt es.«

Lancelot sah sie überrascht an und Gwinneth fuhr mit einem bekräftigenden Kopfnicken fort: »Ich mag es, weil es so wild und unberührt ist. Ich könnte mir vorstellen, dass es früher überall so ausgesehen hat. Bevor es Menschen gab, meine ich.«

»Zu Zeiten des Alten Volkes?«

Gwinneth hob die Schultern. »Vielleicht noch früher. Alles hier ist so ... friedlich. Nennt mich verrückt, aber manchmal habe ich das Gefühl, hierher zu gehören und nicht nach Camelot oder in irgendeine andere Stadt.«

Verrückt? O nein, das kam ihm nicht verrückt vor, ganz und gar nicht. Eher schon unheimlich, denn das, was sie sagte, war fast wortwörtlich das, was er selbst an diesem Morgen gedacht hatte, in einem anderen, aber ähnlichen Teil dieses Landes.

»Wollt Ihr denn in Camelot bleiben?«, fragte er.

»Artus hat Uther versprochen, sich um mich zu kümmern, sollte ihm etwas zustoßen«, antwortete Gwinneth.

»Ja, aber ist es auch das, was Ihr wollt?«, fragte Lancelot geradeheraus.

Gwinneth zögerte gerade lange genug, um nicht mehr ganz so glaubhaft zu klingen, wie sie es wohl beabsichtigt hatte. »Ja«, sagte sie.

»Ja?«

»Welche Wahl habe ich schon?«, fragte Gwinneth. »Ich kann nirgendwohin. Das Schloss meiner Eltern ist zerstört und über Uthers Palast herrschen nun die Pikten.« Sie lachte bitter. »Ich mag eine Königin sein, aber ich bin trotzdem heimatlos und arm wie eine Bettlerin. Ich besitze nur noch das, was ich auf dem Leib trage.«

»So geht es mir auch«, sagte Lancelot.

»Ihr seid eine heimat- und mittellose Königin?«, fragte Gwinneth. In ihren Augen glitzerte es spöttisch.

»Nein«, lächelte Lancelot. »Aber auch ich besitze nicht mehr als das, was ich bei mir habe. Ich brauche nicht mehr. Weltlicher Besitz belastet nur. Eine Schatztruhe oder gar ein Haus lassen sich schlecht mitnehmen, wenn man auf Reisen geht.«
»Und Ihr seid viel auf Reisen«, vermutete Gwinneth. Lancelot schwieg.
»Ihr wollt nicht darüber reden«, sagte Gwinneth. »Damit werdet Ihr bei Artus nicht durchkommen. Er wird Euch so lange bedrängen, bis Ihr von Euren Abenteuern erzählt.«
»Ich ... werde Euch nicht nach Camelot begleiten«, sagte Lancelot zögernd.
Gwinneth wandte erschrocken den Kopf. »Nicht?«
»Keine Sorge«, sagte Lancelot rasch. »Ich begleite Euch, bis Ihr in Sicherheit seid. Aber es ist besser, wenn ich Camelot nicht betrete.«
»Warum? Ich dachte, Ihr kennt Artus gar nicht.«
»Es hat nichts mit Artus zu tun«, antwortete Lancelot. »Ich habe meine Gründe. Bitte respektiert das.«
»Natürlich«, antwortete Gwinneth. Sie klang traurig und enttäuscht. »Es ist nur ... ich dachte, dass ...«
»Es ist besser so, glaubt mir«, unterbrach sie Lancelot. »Camelot ist nicht der richtige Ort für mich.«
»Ihr kennt es doch gar nicht.«
»Das muss ich auch nicht«, antwortete Lancelot. Camelot? Es war vollkommen unmöglich, dass er nach Camelot ging oder gar Artus unter die Augen trat. Nicht in dieser Rüstung. »Es ist sicher eine prachtvolle Stadt, aber ich bleibe niemals lange an einem Ort.«
»Auch nicht ...« Gwinneth brach ab und wusste für einen Moment nicht wohin mit ihrem Blick. Statt den Satz zu

Ende zu führen, flüchtete sie sich in ein halb verlegenes, halb enttäuschtes Lächeln. Lancelot wusste, was sie hatte sagen wollen, und dieses Wissen grub sich wie ein glühender Dolch in sein Herz.

»Ihr wollt Artus also nicht sehen«, sagte Gwinneth nach einer Weile.

»Es ist besser so«, bestätigte Lancelot.

Gwinneth hob die Schultern. »In diesem Fall solltet Ihr Euch wohl besser beeilen. Wenn ich mich nicht sehr täusche, dann ist er das dort vorne nämlich.«

Lancelot sah erschrocken hoch. Während sie geredet hatten, hatte er nicht auf den Weg geachtet und auch nicht auf ihre Umgebung. So war ihm auch das gute Dutzend Ritter entgangen, das vor ihnen aufgetaucht war. Es waren prachtvolle, schwer gepanzerte Ritter auf gewaltigen Schlachtrössern, über deren Köpfen das Banner Camelots wehte. Artus selbst ritt an ihrer Spitze.

Lancelot hielt das Einhorn mit einem harten Ruck am Zaumzeug an und fuhr im Sattel herum. Auch hinter ihnen waren Ritter erschienen, und als er nach rechts und links blickte, da erkannte er ohne große Überraschung auch dort eine Anzahl in Silber und Gold gepanzerter Gestalten. Sie waren umzingelt. Im ersten Moment verstand er dieses Manöver nicht, ja, es machte ihn regelrecht zornig. Doch dann begriff er, dass der König in Wahrheit höchst umsichtig gehandelt hatte. Gwinneth und Uther waren mit Gewalt aus Camelot verschleppt worden und alles, was der König jetzt sah, waren ein einzelner fremder Ritter, Gwinneth selbst und ein drittes Pferd, über dessen Rücken offensichtlich ein Toter gelegt war. Artus hatte nur ein gesundes Maß an Vorsicht walten lassen.

»Jetzt werdet Ihr Artus wohl einige von Euren Geschichten erzählen müssen, ob Ihr es wollt oder nicht«, sagte Gwinneth. Sie klang nicht besonders unglücklich, fand Lancelot. »Wenn Ihr keine wisst, die Ihr erzählen wollt, dann könnt Ihr Euch ja welche ausdenken. Keine Sorge, ich werde Euch bestimmt nicht verraten.«

»Ich fürchte, das wird nicht gehen, Gwinneth«, antwortete Lancelot bedauernd. »Ich muss mich nun von Euch verabschieden. Artus wird Euch den Rest des Weges sicher zurück nach Camelot begleiten.«

»Aber –«, begann Gwinneth.

Lancelot hob die Hand, schloss das Helmvisier und zwang das Einhorn herum. Der Einkesselungsring der Tafelritter war mittlerweile fast geschlossen. Zur Linken gab es noch eine schmale Lücke. Mit einem normalen Pferd hätte er keine Chance gehabt, sie zu erreichen, bevor sie sich schloss, aber mit dem Einhorn gelang es ihm.

Es war Dulac, der lange nach Einbruch der Dunkelheit wieder zurück nach Camelot kam, nicht mehr Lancelot, und in den Stunden, die seit seinem Abschied von Gwinneth vergangen waren, war ihm eines klar geworden: Er würde die verzauberte silberne Rüstung nie wieder anlegen.

Es musste auf Mitternacht zugehen. Die meisten Häuser in Camelot waren dunkel, aber hier und da brannte doch Licht und manchmal hörte er Stimmen oder ein gedämpftes Hämmern und Werken. Die Bewohner der Stadt versuchten ihre beschädigten Häuser notdürftig zu reparieren. Die Burg selbst war taghell erleuchtet und selbst über die gesamte Länge der Stadt hinweg deutlich zu sehen.

Sein Ziel war jedoch nicht die Burg. Er war den ganzen Tag über geritten ohne ein einziges Mal anzuhalten. In dem gleichen Waldstück, in dem er auf das Einhorn gestoßen war, war er wieder aus dem Sattel gestiegen und hatte sich anschließend der Rüstung entledigt, um sie unter einem dichten Dornengestrüpp zu verbergen. Als er sich wieder aufgerichtet hatte, war das Einhorn verschwunden gewesen, aber das hatte er eher mit Erleichterung zur Kenntnis genommen statt mit Bedauern. Wie bei der Rüstung selbst hatte sich auch in die Faszination, die das gepanzerte Pferd auf ihn ausübte, schon längst Unbehagen und mehr als nur eine Spur von Furcht gemischt. Heute Morgen hatte er sich noch gefragt, ob er vielleicht einen Preis für die geliehene Kraft und Unverwundbarkeit zahlen musste. Nun kannte er die Antwort. Es gab einen Preis und er war höher, als er befürchtet hatte. Vielleicht sogar höher, als ihm in diesem Moment schon klar war. Er hatte Menschen getötet. Nicht nur einen, sondern zahlreiche Männer, mehr als ein Dutzend, so mühelos und ohne zu zögern, als hätte er ein Feuer ausgetreten. Zwar versuchte er sich damit zu trösten, dass er es hatte tun müssen um Gwinneth zu retten, aber obgleich das durchaus der Wahrheit entsprach, vermochte es sein nagendes schlechtes Gewissen nicht zu besänftigen. Er hatte Menschen getötet. Es spielte keine Rolle, wie viele und aus welchem Grund. An seinen Händen klebte Blut, das allein zählte. Er würde diese verfluchte Rüstung nie wieder anlegen, ganz egal, was geschehen mochte.

Statt Camelot anzusteuern ging er zu Tanders Gasthaus. Er erreichte es buchstäblich mit letzter Kraft. Nachdem er die Rüstung abgelegt hatte, hatte sein Körper begonnen nachhaltig sein Recht zu fordern. Die wenigen Dutzend Schritte zum Tor hatten ihn mehr Kraft gekostet als die zahllosen Meilen, die er davor zurückgelegt hatte, und dazu kam, dass seine Schulter immer heftiger schmerzte. Die Wunde war wieder aufgebrochen und blutete und jeder Schritt schien ihn mehr Kraft zu kosten als der vorhergehende. Er hätte Camelot vermutlich nicht einmal mehr erreicht, wenn er es gewollt hätte.

Mit letzter Kraft langte er beim Gasthaus an und taumelte zur Scheune. Das Haus war dunkel. Nicht der geringste Laut drang heraus. Tander und seine Söhne mussten längst schlafen. Dulac schleppte sich zur Scheune, stemmte sich mit der unverletzten Schulter gegen das Tor und bekam es mit einiger Mühe auf.

Ein schwarzes Fellbündel schoss ihm entgegen, kläffte schrill und begann schwanzwedelnd an ihm hochzuspringen.

»Nicht so laut, Wolf«, murmelte Dulac. »Du weckst ja noch alle auf.«

Wolf kläffte nur noch lauter und gebärdete sich wie toll. Er würde keine Ruhe geben, bis er seinen Willen hatte, und vorher vermutlich die halbe Stadt aufwecken. Dulac ließ sich mit einem resignierenden Seufzer in die Hocke sinken und streckte die Hände aus. Der kleine Hund kam schwanzwedelnd näher und setzte dazu an, ihm die Finger abzulecken, wie er es fast immer tat um ihn zu begrüßen, stockte dann aber mitten in der Bewegung und hörte auf mit dem Schwanz zu wedeln. Er knurrte. Als Dulac die Hand nach ihm ausstreckte, wich er einen Schritt zurück und fletschte drohend die Zähne.

»Was ist denn in dich gefahren?«, fragte Dulac. »Wolf, was ist los?«
Er streckte den Arm noch weiter aus. Wolf knurrte, wich noch ein winziges Stück zurück – und schnappte nach seiner Hand.
»Wolf!«, keuchte Dulac erschrocken. »Bist du verrückt geworden?«
Der Hund knurrte drohend und wirbelte dann herum, um wie von Furien gehetzt davonzurasen. Dulac blickte fassungslos in die Richtung, in der der Hund verschwunden war, und dann auf seine rechte Hand. Wolfs Zähne hatten zwei winzige, nadelstichgroße Wunden in seinem Handrücken hinterlassen. Zwar hatte er sich beim Herumbalgen mit dem Hund schon öfter die eine oder andere Schramme zugezogen, aber Wolf hatte ihn noch niemals absichtlich gebissen.
Er war zu müde, um sich weiter den Kopf über das sonderbare Verhalten des Hundes zu zerbrechen. Ohne sich auch nur noch einmal aufgerichtet zu haben, kroch er auf den nächsten Strohhaufen, rollte sich zusammen und schloss die Augen.
Er hatte es kaum getan, da wurde die Tür aufgestoßen und Tander und sein älterer Sohn kamen herein. Tander trug eine flackernde Kerze in der rechten Hand und Wander hatte sich mit einem gewaltigen Knüppel bewaffnet.
Dulac hob den Kopf aus dem Stroh und blinzelte ihnen entgegen. »Was ist los?«, murmelte er.
Wander atmete erleichtert auf, als er ihn erkannte, aber Tanders Gesicht verdüsterte sich noch weiter. »Ach nein«, sagte er hämisch. »Geruht der Herr auch einmal wieder nach Hause zu kommen? Ich hoffe, du hast dich gut er-

holt, während wir uns hier halb zu Tode geschuftet haben.«

Dulac ließ den Kopf wieder auf das Stroh sinken und schloss die Augen. Er war viel zu müde, um mit Tander zu streiten oder ihm auch nur zu antworten. Seit er die magische Rüstung ausgezogen hatte, nahmen seine Kräfte immer mehr ab. Er wollte nur noch schlafen.

Tander war jedoch nicht gewillt, es dabei bewenden zu lassen. Er kam mit zwei, drei raschen Schritten näher und riss Dulac an der verletzten Schulter herum. »Ich werde dich lehren, hier –«

Dulac schrie vor Schmerz auf und Tander prallte überrascht um einen halben Schritt zurück und starrte seine rechte Hand an. An seinen Fingern klebte Blut.

Sein Sohn erfasste die Lage schneller als er. »Du bist ja verletzt!«, sagte er erschrocken. Er ließ sich neben Dulac auf ein Knie herabsinken, zog dessen blutgetränktes Hemd auseinander und ließ einen erschrockenen Laut hören.

»Das sieht schlimm aus«, sagte er. »Was ist passiert?«

»Die Pikten«, antwortete Dulac. Er hatte sich die Geschichte auf dem Weg hierher zurechtgelegt. Sie war sehr simpel, kam ihm aber gerade deshalb sehr überzeugend vor. »Ich bin aus dem Tor gelaufen und nach Norden.«

»Um dieses Malagon zu suchen«, sagte Tander hämisch. »Hast du es gefunden?«

Dulac ignorierte die Frage. »Im Wald habe ich angehalten um mich zu orientieren. Es waren zwei. Sie waren im Gebüsch versteckt. Als ich sie gesehen habe, bin ich weggelaufen. Ich war schneller als sie, aber als sie merkten, dass sie mich nicht einholen konnten, haben sie auf mich geschossen.«

»Blödsinn!«, sagte Tander. »Wahrscheinlich hat er sich diese Verletzung aus lauter Ungeschick selbst zugefügt und jetzt erzählt er diese verrückte Geschichte um unser Mitleid zu erheischen.«
»Diese Verletzung stammt von einem Pfeil«, widersprach Wander. Er legte die flache Hand auf Dulacs Stirn. »Er hat Fieber. Wir müssen ihn ins Bett bringen und ihm kalte Wadenwickel anlegen. Und er braucht eine warme Suppe.«
»Das ist nicht nötig«, widersprach Dulac. »Lasst mich einfach schlafen. Morgen früh geht es mir bestimmt schon wieder besser.«
»Kommt nicht in Frage.« Wander machte eine entsprechende Geste. »Kannst du allein gehen?«
Dulac war ganz und gar nicht sicher, dass er es konnte, aber er nickte trotzdem und stützte sich schwer auf Wanders ausgestreckte Hand um in die Höhe zu kommen. Seine Knie zitterten. Ohne Wanders Hilfe hätte er es wohl kaum bis zum Haus geschafft.
Drinnen war es warm und behaglich. Im Herd musste noch vor kurzem ein Feuer gebrannt haben, denn Wander brauchte nur wenige Augenblicke, um mit einer Schale voll lauwarmer Suppe zurückzukommen, die er vor ihm auf den Tisch stellte. Sein Vater sah ihm die ganze Zeit über missmutig zu. Er rührte keinen Finger um ihm zu helfen, beschwerte sich aber auch nicht darüber, dass Dulac eine Schale Suppe bekam ohne dafür zu arbeiten, was für ihn schon eine überraschende Großzügigkeit darstellte.
Dulac war unendlich müde. Er wollte nichts anderes als sich auf der harten Küchenbank auszustrecken. Aber der